Pollen

Les Poches du Diable

Joëlle Wintrebert

Pollen

Du même auteur

LES OLYMPIADES TRUQUÉES, roman, 1980, *J'ai lu*, 2009
LES MAÎTRES-FEU, roman, *J'ai lu*, 1983
CHROMOVILLE, roman, *J'ai lu*, 1984
LE CRÉATEUR CHIMÉRIQUE, roman, 1988, *Folio SF*, 2009
LENTEMENT S'EMPOISONNENT, roman, *Flammarion*, 1999
LES AMAZONES DE BOHÊME, roman, *Robert Laffont*, 2006
LA CHAMBRE DE SABLE, roman, *Glyphe*, 2008
LA CRÉODE ET AUTRES RÉCITS FUTURS, nouvelles, *Le Bélial'*, 2009
LES ENFANTÔMES, nouvelles, *ActuSF*, 2017
TRANSFUSION, nouvelles, *Le Miradou*, 2017
L'ENFANT DU LIGNAGE, nouvelle, *Ours éditions*, 2020
LE DON DES CHIMÈRES, novella, *Armada*, 2020

ISBN : 979-10-307-0431-0

Au diable vauvert
www.audiable.com

La Laune 30600 Vauvert
Catalogue sur demande
contact@audiable.com

Pour Dominique,
cette histoire de fratries
fusionnelles…
Et mille remerciements au CRL Languedoc-Roussillon
et à la Résidence du Diable vauvert,
maîtres-accoucheurs de la fin de ce roman.

1

Tu ne tueras pas.
Tu ne porteras pas la main sur autrui dans l'intention de blesser.
Tu ne verseras pas le sang.

Telle était la loi de Pollen.

Sandre regardait le stylet. Une arme affilée, coupante. Il l'avait affûtée avec soin.

Tu ne tueras pas.

Il scruta la Citadelle. La porte qui donnait sur les jardins s'ouvrit enfin. Un guerrier en sortit et se mit à courir. Ses pas lourds creusaient le sable des allées. Il ne s'arrêterait qu'à bout de souffle. Sandre frapperait à cet instant.

Le guerrier pénétra dans le Jardin Rouge. Sandre le guettait depuis deux jours. Le cycle de ses foulées était immuable. Bientôt il atteindrait le Jardin Bleu, il s'arrêterait devant la fontaine, épuisé.

Caché derrière la statue des Mères, Sandre attendait, ses doigts moites sur le stylet. Un tic agitait sa paupière. Tu ne tueras pas. La peur lui serrait la gorge mais sa résolution n'avait pas faibli. Et si mon corps me trahit ? Et si mon bras manque de puissance. C'est un *guerrier* que je vais attaquer. Un être d'exception, entraîné au combat.

Sandre suffoqua. L'odeur des violanthes était insupportable, ce soir. L'antidote de Moray le protégeait-il encore contre les effluves empoisonnés des fleurs-gardiennes ? Sa salive lui semblait un bloc étrange arrêté dans sa gorge. Ses mains fourmillaient. Et s'il tombait, comme tous ceux qui s'approchaient trop près de la Citadelle ?

Les pas du guerrier sonnèrent sur les dalles mélodiques de l'atrium, enrayés de fatigue. Sandre respirait à petits coups. Ce n'était pas le moment de flancher. Précédée par son lumen qui l'éclairait à pleine puissance, sa proie approchait.

Tapi dans l'ombre des Mères, Sandre vit le guerrier s'arrêter à l'endroit prévu, prendre appui sur ses genoux pliés, haleter comme s'il était pris de malaise.

Le premier soir de sa traque, Sandre avait pensé que le guerrier lui échappait, tué par les fleurs censées le protéger. Les guerriers sont immunisés contre les violanthes. En voyant l'athlète s'éloigner d'un pas égal, Sandre avait compris son erreur.

À l'instant où le guerrier s'arrêta, Sandre se jeta sur lui, perçant tel un guêpion, à l'endroit du cœur. Le guerrier s'effondra. Il râlait.

Sandre sauta en arrière pour éviter la chute de sa victime. En même temps, il arracha le lumen. Privé de son symbiote, l'animal devint obscur. D'un coup de pied, Sandre l'écarta. Le lumen s'éteignit tout à fait.

Le guerrier gisait devant la fontaine. Un soupir étrange quitta sa bouche, puis son corps se figea. Sur sa tunique s'élargit une tache, distincte à la faible clarté des étoiles. Sandre se mit à trembler. Figé, l'esprit gourd, la mémoire obscurcie, il essayait de se rappeler les consignes.

« Assure-toi qu'il est mort, avait dit Moray. Surtout, n'oublie pas le stylet. »

Sandre gémit. Le stylet ! Il s'en était aussitôt débarrassé. Un geste irrépressible. Comment retrouver l'arme, la signature de son crime ?

Fébriles, ses mains exploraient la terre entre les fleurs. Son cœur battait entre ses lèvres, il allait étouffer.

« Panique, avait dit Moray, et ce sera comme si tu avais retourné le stylet contre toi. On t'a dressé à ne pas tuer. Après, chacun de nous a voulu se punir. Résiste. Prends le temps de respirer. »

Sandre s'assit sur ses talons, inspira, expira, et s'aperçut aussitôt que ce n'était pas une bonne idée : l'odeur des violanthes l'accablait, écœurante, musquée. Il se sentit devenir moite et froid, il s'éloignait de lui-même, au-dessus de lui les étoiles s'éteignirent.

Il vomit en reprenant conscience, trois longs jets brûlants. Les yeux mouillés de larmes, il s'aperçut qu'il avait déjà commencé à se rendre. On avait inscrit en lui l'horreur de la violence. Il ne parvenait pas à la dominer. Il se souvint des exhortations de Moray.

« Tu as été conditionné, Sandy. Frappe, et tu seras délivré. Ne laisse pas le doute t'empoisonner. Les scrupules sont stériles. Les guerriers nous volent nos sœurs et nos amies. Nous devons les combattre. »

Le Mouvement lui demandait de tuer un inconnu ? Ce qu'on ne connaît pas n'est en rien menaçant. Il aurait voulu tuer le guerrier qui lui avait ravi son amie et celui-là était hors d'atteinte.

Moray psalmodiait :

— On ne rallie pas le Mouvement pour se venger. Outre qu'il serait dangereux de se faire justice, dans la mesure où un mobile trop évident attire sur vous suspicion puis enquête, les actes du Mouvement servent une cause plus noble : libérer Pollen de l'emprise insupportable des guerriers.

Sandre secouait la tête en ricanant.

— Tu ne pourras jamais les tuer tous. À moins de détruire le Bouclier. C'est ça, votre projet ? Pollen attaquant ses défenseurs ?

Moray haussait les épaules.

— Tu ne comprends pas. C'est un travail de sape. Le but est de montrer que nous n'avons aucun besoin du Bouclier. Nous sommes capables de défendre Pollen. Au moins certains d'entre nous. Pourquoi payer tribut ?

— Sans les filles qu'ils enlèvent à Pollen, les guerriers cesseraient de se reproduire. Et tu crois qu'ils vont accepter de bon gré leur extinction ?

— Qui parle d'extinction ? Si le Bouclier disparaît, les guerriers s'installeront sur Pollen. Et s'il faut combattre, nous serons à leur côté.

— *Aucun facteur de violence ne sera toléré sur Pollen*, aurais-tu oublié la loi des Mères ?

— Tu as étudié l'histoire de l'humanité, Sandy. Cite-moi un exemple de loi qui soit restée immuable. Les lois changent. Les peuples grandissent. Crois-moi, les guerriers reviendront sur Pollen. Ils pourraient même nous aider à retrouver la parité hommes-femmes.

Sandre essuya ses larmes d'un revers de main. Je t'en ficherai, des parités hommes-femmes, grogna-t-il dans un murmure exaspéré. Un instant, sa colère contre son chef et la principale revendication du Mouvement lui permit de se redresser, mais s'assurer de la mort du guerrier le plongea dans un nouveau malaise. Ses doigts tremblaient tant, quand il les approcha du cou de sa victime, qu'il ne parvint pas à décider si le pouls battait encore sous la chair élastique et tiède.

Et s'il battait, que faire, sans le stylet ?

Le stylet ! Il fallait retrouver le stylet. Pour les empreintes, et aussi parce qu'un autre coup de cette arme ne serait pas difficile à porter.

Des yeux, Sandre cherchait le lumen, resté dans son coin, inerte et sombre, tel un gros ballon dégonflé. Sans éclairage, ses chances de retrouver l'arme étaient nulles. Il saisit le symbiote, le caressa de ses mains qui tremblaient, soupira de soulagement en voyant poindre sa luminescence : l'animal avait cessé de se sentir menacé. Sandre saisit l'ombilic du symbiote, l'approcha de son crâne où son extrémité se riva. Le lumen ronronna. Un instant plus tard, il irradiait.

Et Sandre, affolé, découvrit le sang. Un affreux ruisseau rouge dont il lui semblait entendre le bruit, battant dans ses oreilles. L'odeur était écœurante. Sandre vacilla. Ce flux luisant et pourpre contrastait horriblement avec le visage trop blanc du guerrier.

Tu ne verseras pas le sang…

Ses yeux s'emplirent de larmes. Il secoua la tête comme pour en détacher les images terribles et ses mains commencèrent à faucher les violanthes, mécaniques. Sa vision brouillée venait de détecter le stylet quand il entendit les cris. Appels. Le bruit d'une course. Enfin la décharge qui tétanise. Le noir de l'inconscience effaça la douleur.

2

Les thermes luisaient, baleine blanche échouée au bord de la nuit. Les yeux clos, Salem flottait entre leurs colonnades, sur l'eau lumineuse et brûlante. Soudain, elle sursauta. Quelqu'un l'avait frappée ? Les thermes étaient déserts ! Son premier réflexe fut de s'éloigner, immergée, souffle en suspens. Sur le point de suffoquer, elle fit surface et d'un coup d'œil balaya le bassin : pas d'agresseur. Ou alors la pourchassant entre deux eaux ? Non, elle aurait vu un remous.

Elle comprit et son corps se glaça dans la chaleur. Sandy ou Sahrâ ? Il était arrivé quelque chose. À Sandy, oui. Elle reconnaissait cette sensation de muscles endoloris. Décharge de choqueur. Lors de la dernière manifestation du Mouvement, quand les garçons s'étaient attaqués au Mémorial des Mères, une vigie avait pris Sandy pour cible. Salem n'avait pas oublié la douleur subie par son jumeau. C'était Sandy. Jamais Sahrâ ne se serait exposée à un courroux légal. Surtout la nuit qu'elle disait volontiers « le berceau des rêves ». C'est pendant la nuit que l'esprit se ressource, ajoutait-elle. Si vous ne dormez pas, vous vivrez des jours embrouillés.

Comme Sandy, Salem était une nocturne ; le discours de Sahrâ l'agaçait. Si elles n'avaient pas été si semblables, avec leur peau couleur de miel, la ruée brillante de leurs cheveux obscurs, le cuivre lumineux de leurs prunelles, elle se serait demandé comment elles avaient pu sortir toutes les trois du même œuf. « La nuit est le berceau de la révolte », lui répondait-elle pour le plaisir de la voir se troubler.

Mais Sahrâ percevait mieux les sensations ou les émotions de son frère ou de sa sœur… Et Salem ne fut guère étonnée de sentir son com vibrer à son poignet. Elle se connecta.

Le visage de sa sœur se précisa devant elle, affolé. Jamais Salem n'avait vu Sahrâ dans cet état. Elle prétendait toujours masquer ses émotions pour ne pas incommoder ceux qui l'entouraient. En réalité, elle parvenait à les extérioriser autrement. Ses délires musicaux étaient de parfaits exutoires.

Sahrâ ouvrit deux fois la bouche avant de réussir à souffler d'une voix blanche :

— Sandy est perdu. Il a commis l'irréparable.

— Tu ne veux pas dire…

— Si. Un guerrier. Il s'est servi de ton coupe-papier.

— Mon stylet ! Voilà pourquoi il l'avait affûté.

— Qu'allons-nous faire ? gémit Sahrâ.

— Tu n'as aucune idée ?

Sahrâ secoua la tête, un geste de son frère, et Salem prit conscience du bloc de chagrin qui retenait les mots de sa sœur dans sa gorge. Des mots d'impuissance. Bouleversée, elle vit Sahrâ éclater en sanglots et cria : « J'arrive ! ».

Elle avait quitté les thermes nue et dégoulinante sous sa tunique enfilée en hâte. Courant, souffle court, elle se disait qu'elle n'avait pas vu Sahrâ pleurer depuis le jour de ses dix ans, et elle réalisait ce que signifiait une telle manifestation d'abandon.

Éclairée par son lumen mal assujetti qu'elle retenait d'une main, négligeant les larmes qui l'aveuglaient, son souffle qui la brûlait, ses jambes qui fléchissaient, elle atteignit le nid de sa triade, escalada les marches à l'intérieur de l'arbre, arracha sa tunique et enlaça sa sœur sur le matelas de sève. Elle goûta sur ses joues le sel de leurs larmes mêlées, prit entre ses lèvres la bouche tremblante, caressa de sa langue la caverne si douce…

Le long baiser leur rendit un peu de calme. Salem écarta son visage et regarda sa sœur, dont les yeux disaient : cette fois c'est trop grave, rien ne pourra sauver Sandy.

Le carillon de l'entrée sonna les deux coups de l'urgence. Salem se changea en statue de glace. C'est Sahrâ qui se leva pour appuyer sur le bouton de présence, Sahrâ qui assumait, comme toujours, indiquant à leur hôte dans quelle chambre elles se trouvaient.

Bousculer Salem qui semblait avoir émigré dans un ailleurs plus clément : « Habille-toi, bon sang. Mon peignoir est derrière la porte », essuyer son visage en hâte pour ne pas trahir sa détresse, sourire enfin en identifiant les pas dans l'escalier.

Salem aussi avait reconnu leur visiteuse. Elle ne prit pas la peine de refermer les pans du peignoir et se laissa choir sur le lit, soulagée.

— Marraine ! s'exclama Sahrâ d'un ton fervent, accueillant sur la dernière marche de l'escalier la lourde femme qui avait élevé sa triade.

— Vous habitez trop haut pour moi, mes petites.

— Heureusement, plaisanta Salem. Sinon, tu ne ferais jamais d'exercice.

— Pauvre Kindia, compatit Sahrâ. Tu halètes comme un cyon, et tu es plus rouge. Viens t'asseoir.

Kindia rassembla les pans de sa tunique, s'installa et but avec reconnaissance au bock de sève fermentée que lui tendait Salem. Les deux sœurs communièrent à leur tour et, le rituel de bienvenue terminé, attendirent, déférentes et anxieuses, que Kindia prît la parole.

Mais Kindia tardait. Salem s'aperçut qu'entre les éphélides qui constellaient les joues de leur marraine la peau était très pâle. Et les yeux verts dont, enfant, Salem jouait à compter les paillettes fixaient le sol, obstinés.

— Alors ? osèrent demander d'une seule voix les jumelles.

— Alors que puis-je vous apprendre que vous ne sachiez déjà, soupira Kindia que semblaient passionner les veines dorées du bois poli, sous ses pieds.

— Tu es arrivée très vite, commença Sahrâ.

— Je n'étais pas encore couchée.

— Qui t'a prévenue ?

— La bourgmestre. Dès que les vigies lui ont annoncé l'identité du meurtrier.

— Jade nous protège, gémit Sahrâ. Sandy a donc tué le guerrier.

— C'est tout comme. Il vit encore, mais il a perdu trop de sang et le cœur est lésé.

— Tais-toi, tais-toi ! On le sait bien que Sandre est fou, qu'il est allé trop loin.

— Ifni m'a dit de vous rejoindre. Elle s'apprêtait à réveiller la matriarche. Sandre doit être jugé et cette fois, les guides de notre commune n'y suffiront pas. Il passera devant la Cour des Cent. Tant qu'il s'attaquait au matériel, passe, mais blesser un humain… Pire, blesser pour tuer !… Mes pauvres petites, votre frère sera condamné.

— Les guides effaceront sa mémoire ? demanda Sahrâ dans un filet de voix.

— Jade nous en préserve, dit la marraine attirant ses filleules sur son vaste sein.

3

Neutralisé par une cellule de force comme un fauve que l'on s'apprête à emmener là où il ne pourra plus nuire, Sandre était installé sur la scène, au centre de l'hémicycle, et les projecteurs braqués sur lui l'empêchaient de distinguer clairement ses juges, la matriarche Oural et ses cent guides. Les yeux baissés mais le menton haut, il peinait à garder un visage impassible.

Le procès se déroulait à huis clos. Ce traitement était réservé aux procès politiques. On devait craindre l'effet contaminant du geste de Sandre et de ses paroles. À part Ifni, qui avait accepté d'assurer sa défense, Sandre serait jugé sans témoins. Et sans compassion, il l'aurait juré. L'histoire de Pollen montrait que les guides n'étaient jamais favorables aux condamnés quand ils étaient du sexe masculin. Moray disait volontiers qu'elles avaient au fil des années oublié leur rôle, qui était de guider, justement. Elles ne savaient plus qu'écraser.

Il remarqua soudain que son avocate lui adressait des signes frénétiques. C'était à lui de parler. Mais à quoi bon, sans public, sans ses frères pour le soutenir et l'entendre.

— En décidant de tuer cet homme, insistait la matriarche de sa voix douce et pourtant inflexible, c'est notre civilisation que tu voulais anéantir.

Sandre s'était promis de se taire mais la perche tendue était irrésistible.

— Quelle civilisation ? explosa-t-il. Quel est ce monde où les hommes sont jugés par des femmes ? Quel est ce monde où pas un homme n'a le droit d'être juge ? Quel est ce monde où le tiers masculin subit la domination des deux tiers féminins ?

— Il subit parce que ce tiers est un ramassis de violeurs en puissance et d'assassins.

L'invective venait de la droite où siégeaient les guides de sa commune. Sandre frissonna. Il connaissait cette voix rauque et puissante. Kirov, une Radicale. Elle savait se maîtriser assez pour se montrer persuasive. Elle avait enfoncé la défense de Sandre lors de l'affaire du Mémorial des Mères.

— Allons, Kirov, si tu profères des paroles de haine, tu te mets au rang de ceux que tu condamnes. N'oublie pas que nous avons les mêmes gènes.

Sandre aimait bien Ifni, la bourgmestre de sa commune. Elle avait accepté le rôle d'avocate, une tâche impossible. Ifni aimait s'occuper des âmes perdues.

— Tu négliges un peu vite le chromosome sexuel, ricanait Kirov. Il est pourtant responsable de tous nos maux. Réveillez-vous, mes sœurs. Nous n'avons pas besoin des hommes. Aujourd'hui, leurs cibles sont les guerriers. Demain, ils s'attaqueront aux femmes.

— Et le Bouclier ?

La voix était anonyme mais Sandre reprit espoir en entendant un concert d'approbations.

— Le Bouclier ! crachait Kirov. Les femmes sont aptes à le gérer sans hommes. Nous avons toujours su nous défendre sans succomber à la violence.

— En es-tu si sûre ? intervint la bourgmestre, ironique. Les criminelles ne manquent pas dans l'histoire de l'humanité.

— On peut tuer parce qu'on y a été conduit.

Un brouhaha montait dans l'hémicycle. Le marteau de la matriarche s'abattit sur le pupitre de la tribune.

— Nous sommes ici pour juger Sandre, dit Oural d'un ton sévère. Et non le sexe des hommes… dont beaucoup d'entre nous ne souhaitent pas se passer, chère Kirov.

Ces derniers mots ponctués d'un petit rire qui trouva nombre d'échos dans la salle.

— Sandre, mon garçon, reprit la matriarche quand la vague eut fini de déferler, veux-tu nous expliquer ton geste ?

Crime passionnel, lui avait martelé Ifni en le préparant au procès. Tu aimais plus que tout l'amie qu'un guerrier t'a ravie. Si tu joues cette carte, tu as tes chances. L'Amour, elles comprennent. Parle-leur politique, tu es fichu.

— Ils m'avaient pris Riyad, mon amie, dit Sandre sans se forcer pour trouver le ton du ressentiment. Depuis, je vivais dans la peur. Est-ce qu'ils n'allaient pas m'enlever Salem, ou Sahrâ ? Vous qui êtes si solidaires, comment supportez-vous le rapt des filles ?

— Le Bouclier est un mal nécessaire, on te l'a enseigné, n'est-ce pas, mon garçon ? Veux-tu priver Pollen de protection ? Laisserais-tu des pirates dévaster une nouvelle fois ta planète ?

— Non, révérende mère, bien sûr que non, mais les Polléniennes devraient se défendre elles-mêmes. Pourquoi ne pas élever les guerriers sur Pollen ?

— Alors que notre Charte interdit qu'ils se mêlent à la population ? Dans la ségrégation ? Ce serait vite insupportable. Nous avons voulu ce monde sans violence. N'oublie pas que tu as failli ne pas exister. N'oublie pas les deux mille morts du Jour des Fous. Sur l'Arche qui nous amenait ici, il n'est resté que cent femmes pour te construire un avenir.

— Je sais tout cela, révérende mère, mais, pardonne-moi, il me paraît plus dangereux de laisser une caste de guerriers se développer en orbite que sur Pollen, où nous pourrions la contrôler.

— Pourquoi crois-tu que les guerriers viennent chercher nos filles ? Il ne naît que des garçons, là-haut. C'est un bon moyen de contrôle, tu ne trouves pas ?

— Un jour, ils enlèveront des femmes sans vous demander votre avis.

Une houle de rires submergea les gradins. Sandre ouvrait des yeux ronds. En quoi était-il si drôle ?

— Pardonne notre amusement, petit. Les guerriers ont eu cette idée, vois-tu.

La matriarche fit une pause. Dans l'assistance, l'hilarité décrut. L'exaspérante matrone ! Allait-elle cesser de se jouer de lui ?

— Ils ont eu cette idée, reprit Oural. Ils ont débarqué comme des conquérants, fouillé nos maisons – qui n'étaient pas nombreuses, c'était aux tout débuts du Bouclier –, et ils sont repartis avec leurs Sabines.

— Leurs Sabines ?

— Tu demanderas à Kindia. Les marraines racontent volontiers cette histoire du passé de Terra. Mais à la différence de Romulus et des ravisseurs d'alors, nos guerriers se sont vite aperçus qu'ils avaient un problème : leurs femmes étaient stériles… et le resteraient sans un traitement adéquat, secret que détenaient nos généticiennes.

— Vous les avez manipulées, dit Sandre sans retenir une moue de dégoût.

— Et nous n'en sommes pas fières. L'histoire nous avait appris la prudence. Les événements nous ont donné raison. Si nous ne maîtrisions pas leur fécondité, les guerriers cesseraient toute allégeance à la colonie qu'ils ont mission de protéger. L'équilibre ne peut se maintenir sans échange.

Sandre secoua la tête et son rictus devint méprisant.

— Drôle d'échange quand on vous met le couteau sous la gorge ! La mort si vous refusez.

La voix haïe de la Radicale roula sur lui comme la foudre.

— C'est toi qui parles de couteau ! Toi qui te baignais cette nuit dans le sang d'un autre. Toi qui ne témoignes pas du moindre regret !

— Tais-toi, Kirov, intervint Ifni. Sandre regrette son geste. Bien sûr qu'il le regrette. Comment peux-tu en douter.

— Ce n'est pas à toi que je parle, rugit la Radicale. C'est au meurtrier de témoigner son repentir. Nous t'écoutons, homme.

Dans le silence de tombe qui suivit, Sandre regardait devant lui sans rien voir. Il se demandait ce que représentaient vraiment toutes ces femmes acharnées à sa perte. Mais pas Ifni, non. Ifni lui avait répété qu'il devrait faire amende honorable. Il avait acquiescé. Cela semblait si facile.

Regrettait-il son geste ? Il se sentait glisser dans un abîme, éclaboussé par le sang du guerrier. Tout ce sang… Il regrettait le sang, oui. Chaque fois qu'il avait fermé les yeux depuis, ses paupières s'étaient peintes en rouge et la nausée l'avait chaviré.

Mais il savait que ce malaise était un effet de son conditionnement. Quant à la mort du guerrier, elle semblait déjà si lointaine. Il n'avait aucune peine à la tenir en dehors de lui.

— Sandre ? suppliait la voix d'Ifni.

Elle était si lointaine, elle aussi. Sandre éprouvait un sentiment de perte. Jamais plus il ne serait un enfant. Et il refusait de toutes ses forces le destin sans issue de l'adulte. Il se réfugia en lui-même tandis que la voix de Kirov se déchaînait dans l'hémicycle.

4

Oural s'affala sur son matelas de sève. Elle était épuisée. Les délibérations avaient été rudes et la laissaient insatisfaite, avec l'impression d'avoir été la proie d'un essaim de carabes et de n'avoir été délivrée qu'à l'état d'enveloppe aux cartilages rongés.

Toutes ses articulations criaient grâce. Bientôt, elle ne pourrait plus escalader son arbre. Comme les petites de moins de treize ans, il lui faudrait rejoindre un habitat collectif ou subir une cure de réjuvénation. Cela signerait la fin de sa carrière politique. Elle en rêvait parfois. Peut-être retrouverait-elle avec sa sœur la fusion qu'elle avait connue dans l'enfance? Et certaines closeries étaient très agréables...

Vaines spéculations puisqu'elle n'était pas prête. Elle devait organiser sa succession. Et jusqu'ici, elle avait refusé d'y penser.

Ses mains coururent sur le néoderme qui protégeait la sève de l'arbre. Elle percevait sous ses doigts sa tiédeur, son infime palpitation. Ce flux secret la pacifiait toujours. Les nids arboricoles étaient la meilleure réalisation des ingénieures de l'Arche.

Aucune autre symbiose ne provoquait un tel état de détente, un tel sentiment d'accord avec l'essence même de la vie. Les lumens étaient de trop petits corps pour produire un effet analogue. Ils avaient pour fonction occulte de pacifier, eux aussi, d'aider à la résolution des tensions, et certaines Polléniennes ne savaient plus s'en passer, allant jusqu'à dormir sans se déconnecter. Oural se gardait d'une utilisation excessive. Les lumens se rechargeaient principalement aux bornes de la centrale à fusion installées dans chaque arbre-nid, mais pour irradier hors de ces bornes, il fallait qu'ils fussent en symbiose avec une Pollénienne. Cette symbiose impliquait une excitation électrique et Oural la traduisait comme une déperdition d'énergie.

Fantasme, assuraient les ingénieures. L'échange est infime et ne peut en aucun cas affaiblir ta vitalité.

Bien, avait acquiescé Oural, sans revendiquer son droit à un soupçon de crédulité, voire de superstition. Chaque fois qu'elle utilisait le symbiote, et elle s'y résignait le moins possible, elle l'appelait « le vampire », du nom de ces créatures mythiques de la vieille Terre qui avaient embarqué sur l'Arche en même temps que la médiathèque des nautes.

Oural bascula sur le ventre. Non loin d'elle, le lumen enfiché sur sa borne au bout de son ombilic illuminait la chambre. Une faible oscillation l'animait. Si l'on prêtait l'oreille, on percevait son ronronnement grave et doux.

« Animal, grogna-t-elle. Je t'accepterais plus facilement si tu n'étais qu'une machine. »

Cette réflexion, Oural s'était toujours gardée d'en faire part à quiconque. Jade avait voulu les biomécanismes. La fondatrice de Pollen était ingénieure, personne n'aurait osé contester ses choix pour la planète. Jusqu'ici, ils avaient sauvegardé son utopie, les sept cités de Pollen étaient des jardins. Vues du ciel, elles étaient magnifiques, chacune d'entre elles caractérisée par la teinte précieuse de ses arbres-nids : Aigue-marine, Améthyste, Saphir, Émeraude et Rubis, Topaze et Chrysolithe… Mais plus que belles, à la différence des villes de l'ancienne Terre saccagée par les hommes, elles étaient facteur d'équilibre.

Oural allait s'abandonner au sommeil sans avoir trouvé le courage de se déshabiller quand le carillon de l'entrée la ramena sur les rives de l'éveil. Elle avait droit au repos autant que n'importe quelle autre citoyenne, et le carillon n'avait sonné qu'une fois. Pas d'urgence, elle allait se permettre de jouer les absentes.

Mais elle se tenait toute raide au bord du lit sans le moindre doute quant à l'identité de sa visiteuse. Comment allait-elle s'en défaire ? Refuser de répondre ? Elle se leva et appuya sur le bouton de présence.

Sur le tableau de l'entrée, le témoin vert indiqua la chambre centrale du deuxième étage et Kindia soupira. Pour la millième fois elle se promit de commencer dès le lendemain le régime qui allégerait sa carcasse… et trouva l'énergie de sourire malgré son angoisse, peu dupe d'elle-même.

Allons, elle se hisserait bien une fois de plus. Pas un escalier d'arbre dont les marches ne fussent raides. C'était l'un des défauts des nids. Jade soit louée, les enfants dont elle était marraine habitaient avec elle des closeries sans étage. S'il arrivait à Kindia de regretter la tranquillité du nid de sa triade les soirs de colère où certaines diablesses l'avaient particulièrement chahutée, cela ne durait pas, elle avait des réserves infinies de patience.

Encore vêtue de sa tunique de parade aux reflets chatoyants, Oural l'attendait, assise sur son lit. Kindia ne put s'empêcher de rester bouche bée devant les splendides entrelacs des montants qui contenaient la sève, devant le délicat veinage des autres parois de la caverne. La symbiose entre la matriarche et son nid devait être parfaite. L'amour irradiait de ce lieu.

Jamais Kindia n'avait sollicité d'audience privée. Jamais elle n'avait approché de si près la matriarche. L'espace d'un instant, elle lui trouva l'air d'une vieille statue marquée par les intempéries, puis le regard d'Oural fulgura et cette impression s'évanouit.

— Révérende mère, souffla Kindia.

S'agenouillant, elle saisit la main de la matriarche pour la baiser. Oural la repoussa gentiment.

— Pas de cérémonie entre nous, s'il te plaît. Nous ne sommes pas à l'Assemblée. Et cette rencontre n'est pas officielle.

— Pardonne mon intrusion. Je sais à quel point tu dois être fatiguée.

Son émotion était trop forte. Sa gorge lui refusait tout service. Elle essaya de contrôler au moins ses yeux, mais ils se mirent à déborder telle une rivière en crue.

— Ma petite fille, dit Oural en l'attirant sur le lit et en la pressant contre elle. Ma toute petite…

— Je n'ai que vingt ans de moins que toi, parvint à hoqueter Kindia, souriant au milieu de son désespoir.

— Justement, grogna la matriarche qui lui tapotait le dos comme à un bébé dont il faut obtenir le rot. Justement…

Elle se leva, tendit un mouchoir à Kindia qui en usa avec un bruit de trompette, remplit un bock de sève et le porta aux lèvres de la marraine.

— Tu as l'intention de me faire retomber en enfance, renifla celle-ci, ou c'est une manœuvre de diversion ?

— Allons, ma fille, bois en signe de bienvenue, puis je boirai à mon tour et nous pourrons parler.

Kindia but, Oural but, un lourd silence succéda au rituel.

— Ce n'est pas plus facile, finit par dire la matriarche.

Des mots prononcés dans un soupir, et qui n'étaient destinés qu'à elle-même.

— Tu vas casser le jugement ? demanda Kindia contre tout espoir.

— Tu sais bien que c'est impossible. La Cour des Cent est souveraine.

— Sandy est un enfant ! Ce jugement est inique.

— Sandre a dix-sept ans. L'âge légal du discernement. À dix-sept ans, on est adulte, et responsable de ses actes : c'est un principe.

— Tu veux dire une fiction.

— Peut-être, mais ce crime est le pire que nous ayons eu à juger en une décennie. Et ton filleul n'a pas montré le moindre repentir.

— On l'a manipulé.

— J'en suis certaine. Dès demain, le Mouvement sera dissous. Il a cessé d'être un simple exutoire. Trop de guerriers ont été victimes d'attentats ces derniers temps. Hélas, leurs agresseurs n'ont pas été retrouvés. Sandre, et cela l'honore, a refusé de donner des noms. Ça n'a pas joué en sa faveur. Quelqu'un doit payer. Ce sera lui.

— Tu pourrais le gracier.

— Et désavouer mes guides ? Non. Je crois moi aussi qu'il faut faire un exemple.

— Ça ne suffisait pas, effacer ses souvenirs ?

— Il a commis un crime. L'acte de violence ultime. Personne ne l'ignore. Même privé de mémoire, il aurait fallu l'enfermer. Il sera mieux sur le Bouclier. À la place qui lui convient, d'ailleurs, vu son agressivité.

— Jade le protège. Il se fera écharper, tu le sais. Et s'il en réchappe, comment pourra-t-il jamais s'adapter, dans un ghetto pareil ?

— Ne noircis pas le tableau. C'est un ghetto douillet. Et n'oublie pas que sans souvenirs, il repart à zéro.

Kindia hocha la tête, les larmes revenues dans ses yeux. Incapable d'ajouter un mot, elle croisa les mains devant elle dans le mouvement d'adieu, deux ailes prêtes à l'envol.

Une nouvelle fois, Oural cassa le protocole, serrant le large corps de la marraine entre ses bras maigres.

— Aie confiance, dit-elle. Ton filleul est fort, il s'en sortira.

Le visage penché sur son épaule, elle écouta les pas difficiles décroître dans l'escalier et le chuintement final de la porte d'entrée. Au-dessus de la vasque où l'on tirait la sève, le miroir sans pitié lui renvoyait l'image de son corps trop vieux, un sarment sec.

— Un jour, tu n'auras plus besoin de mentir, souffla-t-elle à son reflet.

Elle savait quelles violences attendaient Sandre.

5

Dans l'attente de la navette, Sandre avait été installé au caravansérail d'Aigue-Marine, la commune de l'astroport. Un bracelet de contention l'empêchait d'outrepasser les limites de sa chambre, pourtant deux vigies lui avaient été assignées, qui surveillaient les portes nord et sud du bâtiment et ne laissaient entrer que les visiteuses habilitées.

Précaution inutile. Même si elles s'étaient prétendues ses amies, pas plus les filles que les garçons de son groupe n'auraient couru le risque d'un tête-à-tête avec le condamné. Sandre avait appris que le Mouvement venait d'être dissous. Il s'était étonné de n'éprouver aucun regret. Il ne parvenait pas à se sentir coupable. Pire, une sombre satisfaction montait en lui à la pensée que Moray et les autres seraient désormais empêchées. Qu'elles payent, elles aussi, grinçait-il, sinistre. Qu'elles payent un peu la petite mort que l'on va m'infliger.

Malgré les calmants qui lui étaient administrés, il se tétanisait à l'idée qu'il serait bientôt amnésique, sans plus de souvenirs qu'un nouveau-né. Affronter le Bouclier l'aurait moins effrayé avec une mémoire intacte. Il ne doutait pas qu'il aurait retrouvé Riyad, l'amie qui lui avait été ravie, et qu'elles auraient renoué leur amour. Cette douceur aurait allégé la perte de Salem et de Sahrâ.

Il ne croyait pas que l'amnésie lui enlèverait tout à fait ses deux sœurs. Peut-être oublierait-il leurs noms, leurs visages, mais elles étaient inscrites en lui, ineffaçables. Rien ne pourrait les lui arracher.

Accoudé au bord de la fenêtre, il se demandait s'il garderait le souvenir de ses chères montagnes dont les pics lointains et couronnés de neige rosissaient sur fond de crépuscule bleu sombre barré de traînées émeraude.

Furieux, il essuya ses yeux d'un revers de main. Autant s'y résoudre, jamais il n'aurait l'occasion de les explorer comme il l'avait rêvé. Jamais il ne serait botaniste, montant une expédition après l'autre afin d'aller répertorier la flore de régions inconnues. Résigne-toi, Sandy. Sans l'oubli, comment accepter l'enfermement du Bouclier, tu deviendrais fou.

Un colombien passait, froissant l'air de ses ailes immenses, la nacelle du courrier accrochée par le harnais rouge et or à son cou, et Sandre se revit à quatre ans, suspendu aux lèvres de la marraine, sûr qu'il pourrait un jour comme Sindbad avec l'oiseau Roc voyager aux dépens d'une créature ailée. Il grimaça. Il ne tarderait pas à s'envoler, même si ce n'était pas sur le dos d'un rapace mythique. Au moins, emprunter la navette serait un émerveillement. Il ne doutait pas, fût-il amnésique, de profiter du spectacle.

La petite armée des taupes de labour, au travail dans un champ voisin et soulevant les mottes de terre comme une houle, l'amusa de longs instants, puis la nuit tomba, brutale. Les ramures des arbres-nids s'illuminaient pour accueillir leurs habitantes de retour. Le caravansérail, bâti en marge du bourg, contribuait au sentiment d'exclusion du garçon. Ce qui jusqu'à ce jour lui avait paru banal se vêtait soudain de féerie. Il s'écarta de la fenêtre.

Allongé sur le lit marin qu'il avait réglé sur « petite houle », il admit la perte de son matelas de sève et se consola en se disant que la symbiose des Polléniennes avec leur arbre s'apparentait à une drogue. Le bercement du lit marin était agréable et, ses yeux suivant une mouette inlassable et crieuse dans l'holo du plafond, Sandre glissait vers le sommeil quand le carillon de la porte sonna. Un coup, la visite d'un familier, qu'il avait loisir de refuser. Deux coups auraient annoncé une vigie ou une autre officielle : elles sonnaient par simple courtoisie, entrant ensuite sans attendre.

Sandre secoua la tête. Kindia lui avait déjà rendu visite mais il n'avait pas revu ses jumelles depuis le soir du crime et les recevoir lui semblait soudain au-dessus de ses forces. Les raisons de son geste s'étaient obscurcies. Il s'était soustrait à sa triade et ne savait plus comment l'expliquer.

Le carillon sonna une nouvelle fois. Une impolitesse majeure. Sandre n'avait plus le moindre doute, l'index était celui de Salem. Sahrâ n'aurait jamais osé insister. Il souhaitait être mort en appuyant sur le bouton de présence.

Et Sahrâ, un instant indécise sur le seuil de la pièce, se jeta sur lui telle une pluie, le visage ruisselant.

Ma belle, ma douce, chuchotait-il, embrassant le cher visage au regard si triste, aux traits défaits, l'accueillant au creux de son épaule tandis que ses yeux cherchaient Salem et la trouvaient raidie à l'entrée de la chambre, tandis qu'il entendait son refus de lui pardonner, et sa détresse immense d'être abandonnée. Puis le flux de sa jalousie. N'avait-il pas commis cet acte pour Riyad, brisé sa triade pour une étrangère ? Salem se savait injuste, elle avait toujours compris la frustration de son frère, toujours accepté ses revendications, mais l'amertume l'emportait comme une mauvaise marée.

Viens, ma factieuse, viens mon petit cataclysme, chantonna-t-il, prends-moi, enlève-moi, ne me laisse pas sur tes rives.

Une sensation d'urgence le frappait maintenant, la prescience qu'il voyait ses sœurs pour la dernière fois en tant que membre de la triade. Son cœur se déroba dans sa poitrine, un grand vide l'emplissait avant l'heure. Et en même temps, il sentait une lente déchirure partager en deux ses jumelles. Jamais plus elles ne seraient entières.

Il tendit la main et Salem la saisit, en écarta les doigts, poussa sa langue entre les interstices, un et un et encore un et un et reviens, elle avait tant de fois répété ce jeu sensuel, puis elle descendit sur la paume, la pliant pour lécher le creux des sillons, dévorant la base du pouce de ses dents rongeuses avant de glisser sur la soie du poignet. Elle continua de goûter son bras tandis que Sahrâ le déshabillait, mais dès que son sexe fut libre, dressé tel un épi, sa faim immense la submergea, l'accroupissant au-dessus de son frère. Tandis qu'elle le chevauchait, Sahrâ l'embrassait à pleine bouche, absorbant ses râles comme s'ils allaient lui donner l'éternité.

Plus tard, il la prit à son tour, doucement, doucement, avec les infimes mouvements de hanche qui la menaient au plaisir, résistant avec peine à la langue obstinée de Salem qui s'enfonçait en lui avec la science et l'énergie d'un animal fouisseur.

Plus tard encore, il admirait les corps abandonnés de ses sœurs, leur chaude carnation pain d'épices, le flot sombre et brillant de leurs chevelures emmêlées, ces visages si semblables au sien, qui ne s'étaient pas départis des rondeurs de l'enfance. Elles dormaient, épuisées par les larmes et l'amour, et il entra dans leur sommeil et souffla sur les noirceurs et la peur le vent bleu de la paix. Satisfait, il les sentit se détendre, il leur aurait au moins offert l'ultime cadeau d'une nuit tranquille.

Puis, comprenant ce qu'il avait perdu dans sa folle inconscience, il pleura.

6

Pour la troisième fois en moins d'une heure, le com vibrait à son poignet. Caius jura. Un bref coup d'œil lui avait confirmé la source de l'appel. Allons, il ne servait à rien de différer. Il tira le mince émetteur et se connecta. Devant lui, l'image dansante d'une femme usée apparut, puis se stabilisa.

— Je t'attendais plus tôt, matriarche.

— Des salutations t'écorcheraient la bouche, général ?

Les lèvres de la vieille Mère de Pollen s'effaçaient dans une moue sévère mais ses yeux riaient.

— Tu es plissée comme une guenon. Il serait temps que tes filles t'administrent l'élixir de jouvence.

— Et toi, tu es plus jaune qu'un citron flétri. Tu devrais cesser de te gaver. À ta place, je ne confierais pas mon foie aux carabins du Bouclier.

— Un de ces jours, je flinguerai les satellites de com.

— Mais, mon petit, tu n'es pas capable de te passer de moi.

— Justement, tu viendrais me voir en personne. Tu n'imagines pas les délices d'une petite fête avec mes hommes.

— Jade m'en préserve. Je les imagine très bien, et c'est à ce sujet que j'appelle.

— Tu as mis le temps. La navette a décollé depuis deux heures. Toi, ce sont les prières qui t'écorchent la bouche.

— Tu ne veux pas protéger le garçon.

— Il ne fallait pas l'envoyer ici.

— Nous n'avions pas d'autre choix. La peine de mort, fût-elle déguisée, n'existe pas chez nous.

— Le Bouclier, c'est aussi chez toi, matriarche. Ne l'oublie pas. Et à l'occasion, interroge-toi : préférerais-tu une mort franche et massive, ou une désagrégation progressive, qui te rapprocherait toujours plus de la fin ?

— Cesse de m'effrayer. Vas-tu protéger le garçon ?

— Oural ! Ce n'est pas un simple déviant, cette fois. Il a tué Publius, l'un de nos meilleurs jeunes. Et qui sait pour les autres ? Six de mes hommes sont morts sur ta planète, faut-il le rappeler ?

— C'est aussi ta planète, général.

— D'accord. Match nul. Mais ne me demande pas de chouchouter un assassin.

La matriarche soupira et Caius remarqua ses épaules affaissées, la ligne courbe de son cou, l'ombre noire creusée sous ses yeux. L'inquiétude lui pinça le ventre. Jamais il ne l'avait vue si fatiguée. Combien de temps tiendrait-elle encore sans passer le relais. Et ce relais, à qui ? Caius n'imaginait personne à la place d'Oural. Qu'adviendrait-il si elle mourait subitement ? Une guerre de succession ? Le Bouclier n'était pas prêt à en profiter.

— Cet assassin a dix-sept ans, disait la matriarche d'une voix ferme qui le rassura un peu. Tu m'accorderas qu'il a sans doute été manipulé, et qu'il ne peut en aucun cas avoir commis des meurtres qui remontent à plus de trois ans.

— Puisque tu l'affirmes, grogna-t-il.

— Caius ! protesta-t-elle, outrée. Je t'ai connu montrant plus de bon sens. Je peux concevoir un désir de vengeance, mais pas que tu accuses ce garçon d'être un récidiviste.

— Ton sac est vide ? fit-il sans retenir un petit sourire.

— Oui. J'ai bouffé toute ma provision de suppliques.

— Ce gosse s'attaque au fondement même de la loi des Mères et tu t'en fais l'avocate, j'aimerais comprendre.

— Tu as compris : c'est un *gosse*. Alors, tu le protégeras ?

— On verra, grommela Caius.

L'éclair facétieux de ses yeux était une indication suffisante. Oural hocha la tête. Caius lui serait fidèle, cette fois encore. Ses mains se croisèrent dans le mouvement des ailes de l'adieu, et elle se déconnecta.

7

Salem avançait la main dans la main de Sahrâ, aveugle à tout ce qui n'était pas, à l'intérieur d'elle-même, son refus de l'exil de son frère. C'était comme si dix-sept ans durant elle avait été éclairée par un lumen à pleine puissance, et qu'en un instant, l'ombilic lui étant arraché, elle ne discernait plus qu'une vague phosphorescence. Bientôt, même cette phosphorescence lui serait ravie. Elle s'effaçait à mesure que la navette s'éloignait. Là où se trouvait depuis toujours un halo de comète s'était ouvert un trou noir. Salem n'avait plus assez d'énergie pour résister à son attraction.

Aussi Sahrâ dominait-elle son propre chagrin, toutes ses forces mobilisées pour retenir sa sœur. Lorsque leurs coms avaient vibré, la veille, ordonnant aux deux filles de suivre leurs enseignements du lendemain, Sahrâ s'était surprise à crier de rage. Sandy venait de leur être enlevé et Grimsel exigeait leur présence ? Était-ce une vengeance de mâle, basse et mesquine, ou une brusque folie ? Qu'attendait leur tuteur ? Que Salem et Sahrâ poursuivent l'œuvre initiée par leur frère ?

Un appel de Kindia l'avait éclairée. Grimsel était téléguidé. L'ordre était venu de plus haut, du Conseil des écoles, et sans doute de la Pédagogue en personne.

— Tu vois, petite, le malheureux Grimsel n'est qu'un intermédiaire. Il est obligé de transmettre.

— Je n'irai pas.

— Ouh ! Défronce-moi ce museau renfrogné. Et réfléchis un peu. Si tu n'y vas pas, dis-moi qui tu punis : les guides qui ont condamné ton frère ?

Sahrâ s'était surprise à hausser les épaules. « Chrone ! » avait-elle juré avant de couper la communication, effarée. Elle n'avait pas insulté sa marraine depuis son départ de la closerie, le jour de ses treize ans.

De longs instants, elle avait regardé Salem, petit tas avachi dont elle ne pouvait attendre aucune aide. Puis elle s'était enivrée, bock après bock, méthodique. Et ses mains, ses pieds, ses bras, ses jambes, ses seins, son sexe, enfin sa tête s'étaient détachés d'elle. Ils flottaient, de plus en plus loin, de plus en plus flous, abandonnant le point brillant de sa conscience.

Mon arbre, avait-elle murmuré plus tard, tout son être réunifié, caressant de ses lèvres le néoderme sous lequel coulait la vie. Quand il y avait trop de questions, la sève donnait des réponses.

La nuit était très avancée quand elle avait appelé Kindia. La marraine n'était pas couchée. Elle avait attendu, patiente, non des excuses mais la preuve que Sahrâ n'allait pas se détruire. Oui, les guides croyaient bien faire en obligeant les jumelles de Sandre à reprendre une vie normale. Toute sollicitation paraissait préférable à l'enfermement du chagrin.

Et Sahrâ marchait, les doigts crispés sur la main de Salem, entre les cuves où se développaient les triades, écœurée de s'apercevoir que le processus n'était pas si différent de celui des cuves à viande dont on leur avait appris le fonctionnement six mois plus tôt.

Autour d'elles, des filles poussaient des trilles d'oiseaux excités. Sahrâ remarqua que beaucoup de garçons s'étaient séparés de leurs sœurs et, rassemblés, chuchotaient en regardant le système vasculaire des endomètres où circulait un sang artificiel mû par des pompes électriques.

La forte voix de Grimsel expliquait les mécanismes du développement depuis la formation du blastoderme. Une lumière rétroprojetée éclairait les matrices tour à tour, appuyant ses propos. Derrière les muqueuses villeuses aux veines rouges, on discernait des formes de moins en moins petites. Sahrâ tressaillit en découvrant dans plusieurs cuves des triades presque matures et qui se tenaient enlacées.

Elle ne doutait pas d'avoir étreint elle aussi son frère et sa sœur dans la matrice. La nostalgie la frappa si fort qu'un vertige la prit. Elle dut se cramponner à Salem pour ne pas tomber. Grimsel les surveillait sans doute, conscient de ce qu'on l'avait obligé à exiger d'elles, ce jour-là. En un instant, il fut là, soutenant Sahrâ, disant qu'il les dispensait de la partie théorique du cours, qu'il les autorisait à regagner leur nid.

Le grand diable au nez tordu et au regard de bronze vif semblait si désolé… Sahrâ faillit crier : Je vais bien, j'ai juste envie que Jade vous emporte, et je ne vois pas pourquoi on me traite comme une malade.

Elle n'avait jamais été douée pour les insultes, à la différence de Salem qui savait user d'un langage fleuri. Elle se tut, préférant acquiescer de la tête et tirer le poids mort de celle sur qui elle était censée s'appuyer.

Elle dominait son exaspération, cependant. Tu es tout ce qui me reste, pensait-elle, comment pourrais-je te malmener.

Elle entraîna Salem hors de la Maison de Naissance, le long des bâtiments violines qui abritaient les travaux des généticiennes. Elles arrivèrent devant le terminal des nacelles mais Salem ne voulait pas rentrer si vite au nid, elle avait besoin de marcher. Sahrâ vit avec regret une nacelle filer au-dessus de son rail. Salem était un poids mort. Cette promenade serait un calvaire.

Sa sœur s'éloignait déjà. De toute façon, il aurait fallu changer au Grand Marché : leur arbre se trouvait dans la 66e centurie, un quartier excentré d'Améthyste.

Un peu plus loin, Salem l'attendait, figée devant la grande pelouse de la nursery. C'était l'heure douce de l'après-midi où les karélitas promènent les bébés. Salem regardait les triades blotties dans les six bras des robots-peluche qui berçaient les plus agitées, et des larmes lui vinrent aux yeux. Sahrâ l'attira contre elle. L'émotion de sa sœur lui serrait la gorge. Aux temps obscurs de leur karélita, nourries ensemble dans la douce cage des six bras, elles n'étaient qu'amour et fusion.

Ces temps n'étaient plus. Désormais adultes et amputées d'un tiers d'elles-mêmes, elles devraient reconstruire leur vie.

Elle entraîna Salem dans les avenues de la périphérie. Un fort vent d'ouest soufflait, agitant la ramure élancée des arbres-nids, piquetant de lumières mouvantes les rares passantes et le pavage en bois de bout. Les feuilles aux nervures métalliques tintaient, mais Sahrâ, sourde aux délicats concertinos qui l'enchantaient d'habitude, tirait sa sœur telle une masse molle au poids inattendu.

Dans une artère adjacente, un glisseur approchait. Sahrâ s'immobilisa un instant, fascinée par cet artefact si différent des biomécanismes en usage sur Pollen. Ni les nacelles ni la navette ne l'impressionnaient autant, sans doute parce qu'elles desservaient des points fixes. Un glisseur était un véhicule indépendant. Dans la limite de son autonomie, il pouvait vous mener n'importe où sur la planète. Fabuleuse liberté. Et si peu de Polléniennes pour y accéder. À part la matriarche, qui en disposait à son gré, les édiles ne les utilisaient qu'en cas d'urgence et dans le cadre de leur travail. Seules les scientifiques en usaient plus souplement, à des fins d'exploration. Entre les mains des vigies, ils servaient au maintien de l'ordre ou au transport des malades.

La gorge sèche, Sahrâ regardait le fuselage oblong, dont le gris mat ne réfléchissait pas la lumière. Le glisseur se posa sans un bruit et la jeune fille, se détournant, poursuivit sa route. Sandre avait été emmené dans un engin semblable, elle s'apercevait que les glisseurs seraient désormais signe de perte et de chagrin.

Les deux sœurs longeaient les jardins de la Citadelle quand Salem se figea, comme sous l'effet d'une décharge de choqueur.

— Oh ! non, gémit Sahrâ.

Comment avait-elle oublié ces lieux maudits au point de négliger le détour.

Trois guerriers s'entraînaient dans le Jardin Rouge. Deux d'entre eux au corps à corps, le troisième à la corde à sauter. Sahrâ vit avec stupéfaction Salem sourire à ce spectacle. Était-il à ce point drôle qu'il l'eût tirée de son chagrin ? L'œil que Salem tournait vers elle était de nouveau clair.

— Je sais, dit-elle. Je sais comment retrouver Sandre.

Sahrâ s'apprêtait à rire avec indulgence quand la décision de sa sœur la frappa de plein fouet. Ses genoux plièrent sous elle, heurtèrent le sol. Il lui sembla que son âme se révulsait avant de s'échapper d'elle, et qu'un velours noir constellé de phosphènes l'absorbait dans ses plis.

8

Il flotte. Dans la navette, il a pensé que cette impression lui venait de son corps sans poids et de son esprit si embrouillé par les drogues qu'il ne savait plus rien de son identité. Quand il a commencé à se sentir mieux, après les longs vomissements du mal de l'air, on lui a dit la vérité. Il est un criminel. On a effacé sa mémoire mais il sait ce qu'est un crime et l'horreur qui lui est associée, tout comme il sait encore marcher, respirer, s'alimenter.

Quant à croire en la réalité de ce crime, sans souvenir, difficile d'y réussir.

Il flotte. Il vient de franchir les sas du Bouclier et ses pieds sont désormais ancrés, ce qui a soulagé son estomac malgré la pesanteur réduite, mais l'absence de passé l'allège comme une baudruche dont une simple pichenette provoquerait l'envol.

Pourtant, depuis son éveil, il n'a pas cessé de lutter, cherchant fouillant creusant en lui sans relâche, en quête de lest. Même son nom lui a été ravi. Cette perte de son nom le trouble plus que tout. Puisqu'il a dix-sept ans, son nom commençait par un S : les jeunes des triades nées une même année portent un nom commençant par la même lettre de l'alphabet. Chaque année, la lettre change, et tous les vingt-six ans, le cycle recommence.

Sandre se souvient aussi que sur Pollen, tous les noms sont issus d'un très ancien atlas de la Terre. En jetant les bases de leur utopie, les Mères s'étaient souciées de ne pas couper les liens avec la planète d'origine.

Les noms du Bouclier sont semblables à ceux de la Rome antique. Sandre ne s'appelait pas Servius. D'ailleurs on ne lui a pas caché qu'il s'agissait d'un nouveau patronyme. Rien de ce qu'il sera désormais ne doit faire écho à sa vie antérieure.

Il flotte. Ses pieds martèlent le plastique de la coursive, mais c'est comme s'il marchait suspendu au-dessus de ces guides, comme s'ils étaient indépendants de lui. Incapable de se reconnaître en Servius, il se perçoit indéfini, sans contours, étendu comme une brume sur son escorte, avec l'effet dissociant de se trouver partout à la fois et de pouvoir dévisager l'un après l'autre les guerriers de la troupe.

Je ne suis plus personne, se dit-il tandis qu'on l'invite à monter dans une nacelle oscillante qui s'élance sans un bruit au-dessus de son rail. Les structures du Bouclier défilent, vertigineuses. La nacelle ne ralentit que pour contourner une place immense bordée de doubles colonnades. « Le Forum », commente l'un de ses guides dans l'attente d'une manifestation d'enthousiasme. Il plisse une bouche dégoûtée devant l'expression vide du condamné.

La nacelle accélère. Presser ses paumes contre ses yeux pour ne pas se remettre à vomir. Des champs, des arbres défilent au milieu de flashes de lumière. Une lumière aiguë, qui provient du soleil artificiel et s'insinue entre ses doigts. Qui devient une bulle, géante, irisée, un havre à portée de main. Prêt à se détacher. Et il est si facile d'y pénétrer. Une infime secousse et voilà, on s'évade.

— Servius ? Servius ! l'appelle une voix lointaine. Chrone ! Ils lui ont fait quoi, en bas. Il est pas plus vivant qu'un sac de pierres.

— Et çui qu'il a tué, il est vivant peut-être ?

— Quand même. Ce type me fout la chair de poule. Je préférerais être mort. Moi qui croyais qu'Éden rimait avec Pollen.

— Garde ton souffle pour les muses du lupanar. Notre journée se termine, non ? Dépêchons-nous de livrer le colis.

C'est donc à lui, ce nom ? Servius, ce nom rétif et qui se dérobe ?

Il ouvre les yeux. Non sans mal, ses gardes l'ont descendu de la nacelle. Ils pénètrent dans un long bâtiment tapi comme une bête rouge sur un terrain d'exercice. D'abord, pour tout accueil, des relents acides d'antiseptique. Puis des portes s'ouvrant de part et d'autre du couloir sur de minuscules cellules jumelles. Tandis qu'ils avancent, des hommes regardent passer l'escorte, visages fermés, bras croisés, poings serrés.

Lui ne voit rien de cette hostilité. Il scande « Servius Servius Servius » dans l'espoir de s'accrocher à quelque chose qui le rende réel. Quand ils s'arrêtent enfin devant l'une des portes, il entre avec docilité dans une cellule en tout point semblable aux autres. Murs blancs, étroite couchette, une table, une chaise, une niche garnie d'étagères, un cagibi de toilette à ultrasons.

Poussé sur le lit tel un objet dont on souhaite se débarrasser au plus vite, il s'assoit. Sur le seuil de la pièce, l'un de ses guides s'étonne de l'absence du tribun. Certes la navette a pris un peu de retard, mais il était censé attendre.

— Il va revenir d'un instant à l'autre, affirme quelqu'un dans le couloir. Partez, les gars. On sait ce que c'est la fin d'une mission quand elle tarde. L'oiseau va pas s'envoler. On s'en occupe.

— Si tu le dis. Pas fâché de passer le relais.

L'escorte libère les lieux. Trois hommes lui succèdent, massifs, le cheveu ras. Leurs tuniques blanches très courtes dévoilent des épaules et des bras entièrement couverts d'un entrelacs de scarifications colorées.

— Ainsi, gronde le premier, tu es le Sandre qui a tué mon frère ? Regarde, Marcus, regarde-le ! Je peux simplement pas le croire.

— Nicius ! Tu devais la fermer. T'avais juré. T'es pas censé lui rappeler son nom. C'est interdit.

Le regard du garçon assis sur le lit s'est brusquement éclairé.

Sandre. Oui, c'est son nom, il en est sûr. Sandre. Un son si familier, si dense. Doux comme un oreiller qu'on entourerait de ses bras.

Planté devant le meurtrier de son frère qui le dévisage maintenant avec intérêt, Nicius triomphe.

— D'accord, c'est interdit. Mais mate ses yeux, comme ils se sont réveillés.

— Tu traînes, tu traînes, intervient le troisième homme. T'attends l'arrivée du tribun ? Tu crois qu'il te tiendra la main ?

— J'te capte, Laetus, mais dis-moi comment cet avorton est venu à bout de mon frère.

— L'a bougé son joli petit cul, et Publius s'est pas méfié.

Hors de lui, Nicius dégaine une lame, la brandit et l'abat. Marcus intercepte son bras. C'est heureux car Sandre, les yeux agrandis de surprise, n'a pas esquissé le moindre geste d'évitement.

— Punis-le donc par où il a péché, susurre Laetus. Le tue pas, ça serait du gâchis.

Il s'approche de Sandre, arrache les vêtements du garçon qui a compris et rue et se débat et sanglote enfin, pantelant, cloué sur le ventre par quatre mains de fer, tandis que Nicius le déchire et pistonne et se délivre dans un cri rauque avant de céder sa place à Laetus qui se met à bouger en lui comme un fer rouge, et quand au bout d'une éternité de souffrance, Marcus le prend lui aussi sans plus de ménagement, Sandre pousse un hurlement de bête suppliciée.

Dans le couloir, une file s'est formée, d'hommes qui attendent leur tour.

9

C'est donc si facile, de s'opposer ? Salem s'attendait à plus d'entraves… Elle pensait que Moray, le chef du Mouvement, serait impossible à trouver maintenant que sa faction était dissoute, et qu'il craindrait de se manifester si Salem parvenait à le joindre.

Elle l'avait déniché tout de suite et en avait éprouvé tant de rancune qu'elle avait failli abandonner. Sandre était sur le Bouclier, la mémoire blanche, dans la solitude la plus totale, et le responsable de son infortune n'affectait même pas de se cacher ? C'était trop d'injustice.

Elle s'était dominée, se promettant si elle en avait un jour les moyens de l'entraîner dans sa chute.

Il avait écouté son exposé, applaudissant à la fin, sans témoigner la moindre réserve. « D'accord, avait-il dit. On va t'aider, c'est une idée formidable. Nous n'avons pas cessé de surveiller les guerriers, tu sais. Je vois très bien comment nous allons procéder. »

Elle avait surveillé à son tour. Prétendant chercher à déceler dans les trois guerriers qui s'apprêtaient pour le Bal du Don lequel serait le plus adéquat. Personne n'était dupe mais qui lui aurait disputé le droit de choisir l'autel de son sacrifice ?

Salem avait choisi. Le guerrier s'appelait Pompeius. Sa peau avait la couleur et le lissé brillant d'un marron juste issu de sa bogue, et quand il bougeait, son corps et son visage chantaient une petite musique qui dansait dans le cœur de Salem. Elle se dit qu'il ferait un bourreau acceptable.

Très vite, le piège fut tendu. Il fonctionna. Les guerriers s'entraînaient sans relâche pour vaincre la pesanteur de la planète et paraître au mieux de leur forme le soir du Don. Pompeius aimait nager dans la mer de Jade qui le changeait des plans d'eau artificiels du Bouclier. On l'y conduisait le matin sous bonne escorte. Les vigies arpentaient la plage tandis qu'il se baignait.

À l'aube, Salem avait pris position sur les flots. Elle croisait à distance sur son esquif, toutes voiles dehors. Quand le groupe de manifestantes était apparu au bout de la plage, les vigies se précipitant pour réprimer ce désordre, Salem s'était rapprochée. Les plongeurs de Moray devaient être à pied d'œuvre. De fait, la tête du guerrier disparut à deux reprises avant de resurgir, gargouillant un cri. Salem était arrivée à point nommé pour tendre une main secourable et hisser le demi-noyé, dont les yeux, lorsqu'il eut retrouvé son souffle, jurèrent à l'héroïne une reconnaissance éternelle.

Les vigies de retour, bredouilles après leur cavalcade contre des fantaisistes masquées qui se dérobaient sans cesse, avaient découvert qu'elles avaient failli perdre celui qu'elles étaient censées protéger. Elles en avaient oublié de s'interroger sur la présence providentielle de Salem. Le guerrier avait échappé à la mort, cela seul comptait.

Salem avait reçu les remerciements de la matriarche en personne. Elle était restée impassible pendant que les yeux d'Oural fouillaient son visage, en quête de la vérité. Pour couper court au doute manifeste du premier personnage de Pollen, la jeune fille dit que maintenant sa triade était quitte, puisqu'une vie avait été rendue pour celle que Sandre avait prise. Puis elle avait levé un regard chargé d'espoir sur le masque suspicieux et froncé de la matriarche. Ne pouvait-on leur rendre Sandre ? Vraiment ? Vraiment ?

Elle avait vu les yeux d'Oural s'éclairer sous l'effet d'une compréhension subite – tout s'explique, elle ne sauve pas le guerrier par devoir mais comme monnaie d'échange – et elle avait su dissimuler l'expression de triomphe qu'elle sentait envahir ses traits, irrépressible. Elle pensait : cela va mieux, matriarche, n'est-ce pas ? un but intéressé, ça tu peux le comprendre.

Oural hochait la tête. Dans l'immédiat, pour Sandre, tout est bloqué. Pourtant ce que tu as accompli aujourd'hui, c'est très bien, petite, je m'en souviendrai.

En fin d'après-midi, durant un cours de civisme dont Grimsel n'essayait même pas de masquer l'ennui, si bien que tout le monde bâillait, Salem s'était levée pour sortir, abandonnant Sahrâ médusée. Salem avait fermé son esprit avec soin en prévision de cet instant. L'infraction qu'elle allait commettre ne souffrait pas la présence d'une sœur.

Comme elle l'espérait, les guerriers s'entraînaient dans le Jardin Rouge de la Citadelle. Elle avait rôdé un moment à la lisière, sifflotant avec force, et Pompeius s'était approché. Elle avait vu son sourire se lever comme une étoile sur son visage. Il avait tendu le bras au-dessus des lauriers pourpres et le bout de leurs doigts s'était touché.

— Viens, je ne peux pas aller de ton côté, les violanthes me tueraient. Rejoins-moi. Je sais que c'est interdit mais tu ne crains rien, nous sommes seules. À moins que tes compagnons te trahissent ?

Il avait pris son élan, et dans un bond d'ange, il la rejoignait de l'autre côté des buissons. Un nid étroit s'ouvrait dans le feuillage, elles s'y glissèrent, à genoux, et se tinrent l'une devant l'autre. Elles ne se touchaient pas, pas encore, mais leurs corps frémissaient telles deux branches d'un arbre qu'agite le même vent. Il sentit la pointe des seins de la jeune fille effleurer son torse, elle sentit le sexe du garçon gonfler contre son ventre.

Elle avait enlevé sa tunique et l'avait regardé trembler. Comme il tremblait. Ses mains tremblaient en se posant sur elle. Ses mains inexpertes et douces. Elle n'aurait jamais imaginé tant de douceur avec un guerrier. Elle l'avait guidé entre ses cuisses. Son plaisir était trop impatient. Elle rit gentiment de son air désolé. Commença de glisser partout sur le corps satiné l'aile de ses baisers, goûtant, humant à toutes les charnières les sucs de l'entraînement. Ses mains à elle étaient expertes. Bientôt le guerrier vibrait comme une viole sous l'archet de ses doigts. Elle se fit huile pour l'engloutir, les perles dans leurs bouches s'entrechoquaient, et dans l'abîme flou de ses yeux d'ambre, Salem lut que cet homme lui appartiendrait.

10

L'Assemblée des communes s'achevait. Oural se renversa dans son fauteuil et ferma les yeux. La peau de son visage lui semblait un étui sec et trop étroit. Signe de fatigue qu'elle avait appris à reconnaître… et à négliger, sans parvenir toutefois à le repousser assez dans les marges pour l'oublier. Elle s'estimait satisfaite quand cette sensation ne la contaminait pas de la tête aux pieds, la forçant à se réfugier dans les toilettes où elle se grattait jusqu'au sang.

Elle se promit de passer aux thermes les plus proches dans la soirée, avant de tomber d'épuisement. Elle se laisserait dorloter par Arâk. À trente-cinq ans, le masseur avait encore la beauté d'un éphèbe. Oural aimait le cuivre chaud de sa peau, son sexe qui se dressait à la demande, le savant va-et-vient de ses mains. Et, bien qu'il ne fût pas chimiste, Arâk avait au fil des ans mis au point et perfectionné un onguent souverain. Quand Oural sortait des thermes, souple, douce, ses tensions envolées, elle avait chaque fois une impression d'ivresse et elle montait l'escalier de son nid sans penser à son âge. Hélas, le matin la rendait à la réalité.

Entre ses paupières mi-closes, elle observait la tablée des édiles, chacune des sept bourgmestres flanquée de ses deux auxiliaires, homme et femme, et se demandait qui pourrait lui succéder.

Elle essaya de se recentrer sur l'exposé de Gaspé. La bourgmestre de Saphir, malgré son indéniable compétence, n'avait aucun talent oral et souffrait d'une élocution embarrassée. Dommage qu'elle ne laisse la parole à Barry que dans sa commune se dit Oural qui avait eu l'occasion d'entendre l'auxiliaire. Ce garçon est un orateur né… et il est très agréable à regarder, je comprends pourquoi Gaspé refuse de me le céder.

Elle s'évada derechef. Sans culpabilité. Elle avait lu le rapport au préalable et savait tout des projets d'agrandissement des bassins piscicoles. Les passions qu'avait une nouvelle fois déchaînées l'approche du Bal du Don la préoccupaient. Les diatribes habituelles des Radicales qui réclamaient l'abolition n'étaient pas de nature à la troubler. En revanche, certains propos des Modérées l'avaient ébranlée.

Oh ! les arguments n'étaient pas neufs. Pourquoi les bébés des guerriers ne pourraient-ils être produits comme ceux des triades ? Pourquoi obliger des filles de Pollen à devenir des épouses et des mères quand leurs sœurs restées sur la planète jouissaient de la disparition de ces deux fonctions ? Le principe du rapt n'était-il pas odieux, et d'autant plus lorsqu'il se déguisait sous la dégoûtante guenille d'une feinte acceptation ? N'était-il pas temps pour Pollen d'en finir avec la manipulation et le sacrifice de ses filles ?

Oural avait tapé du poing sur la table et s'était levée. Une tactique vieille comme les mondes : dominer l'adversaire assis. Puis elle avait tonné, de cette voix au fracas d'avalanche qui l'emportait toujours. Ses sœurs voulaient-elles décréter la fin du Bouclier ?

Son regard passait en revue les vingt et un membres d'une assistance soudain muette. La matriarche avait laissé la chape du silence écraser la contradiction.

Elle s'interrogeait, pourtant. Un jour, quelqu'une trouverait bien le courage de dire : assez, qu'on en finisse avec le Bouclier, ce gouffre de subsides, d'énergie, de violence et de peine.

Elles n'étaient pas prêtes et il était facile d'argumenter. Les filles enlevées étaient le trait d'union entre la planète et son satellite, garant de l'allégeance des guerriers. Les épouses représentaient Pollen. Par ailleurs, elles n'étaient pas maltraitées. Leurs deux fils étaient un substitut efficace à la sœur et au frère disparues de leur triade. Et de toute façon, un monde sans femmes aurait été incontrôlable. Il était déjà assez dur de ne permettre le mariage qu'à un guerrier sur deux.

N'oubliez pas, mes sœurs, avait-elle ajouté en conclusion, n'oubliez jamais que le Bouclier nous sert de repoussoir et qu'il est bon d'avoir sous les yeux la violence et les frustrations qu'entraînent les vieux modèles sociaux de Terra.

Gaspé avait fini son exposé. Oural se redressa sur son siège. Ses paupières fourmillaient. Un autre signe de fatigue. Je vais devoir essayer de dormir une ou deux heures de plus. Oh ! tu peux rire, ma vieille. Tu n'as plus l'âge des résolutions jamais tenues. Si tu veux durer…

Elle adressa un sourire au buste de Jade, majestueux ornement de la salle du Conseil. La fondatrice de Pollen ne s'était guère ménagée. Elle avait vécu cent vingt ans dans des temps autrement difficiles, mais à l'époque on commençait plus tôt les cures de réjuvénation. Et les reines-mères, comme on les appelait par dérision, se cramponnaient à leur fonction. Désormais, quiconque avait besoin de rajeunisseurs devait changer d'état. Place aux jeunes. Une loi magnifique tant que vous n'étiez pas concernée, bien sûr. Pourtant Oural savait que la plupart des droguées du pouvoir s'en étaient félicitées, passé le cap douloureux de l'adaptation. Et d'autant plus douloureux que l'on était le centre du monde, grimaça-t-elle. Colwyn, qui l'avait précédée à son poste, lui avait narré la veille en la couvant d'un regard aussi perfide que satisfait comment le lendemain même de sa démission, son com cessait de sonner. Quand on avait coutume d'être sollicitée jour et nuit, avait-elle ajouté, c'est une très étonnante tranquillité.

Langue de vipère, grogna la matriarche mezza voce, à la grande surprise de ses voisines, les bourgmestres de Chrysolithe et de Rubis. Ce n'étaient pas les mots qu'on attendait d'elle. L'Assemblée était terminée. Elle leva la séance par l'habituelle invocation, *paix et prospérité, que Jade nous protège*, se disant comme à chaque fois qu'il faudrait bien un jour tordre le cou à cette formule désuète.

Dans le brouhaha des chaises et des conversations, Ifni vint la trouver. Elle s'inclina brièvement, le bout de ses doigts joints devant elle en tipi, attaquant ensuite sans s'embarrasser de préliminaires.

— Tu ne pourrais pas leur dire de se calmer, là-haut ? Sahrâ dit qu'elle a capté quelque chose de terrible. C'est une sensitive exceptionnelle, mais tout de même, il y a de quoi s'inquiéter.

— Chrone ! jura la matriarche. Caius m'avait promis de protéger le garçon.

— Il ne l'a pas fait. Tu verrais sa jumelle. Je n'ai pas réussi à la rassurer. Il a fallu appeler une médicienne. Et je ne sais pas ce que trafique sa sœur mais elle m'inquiète aussi. Elle n'est pas venue secourir Sahrâ.

— Essaie de la trouver. Je m'occupe de Sandre.

Renonçant à saluer les édiles, Oural gagne son bureau à grands pas. Dès qu'elle en a fermé la porte, elle se connecte. Caius ne lui laisse pas le loisir d'exploser :

— Il est hors de danger.

— Tu m'avais promis de le protéger, dit-elle d'une voix mordante en s'entendant confirmer le pire.

— C'était mon intention, oui, même si je ne t'ai rien promis. J'avais donné des ordres au tribun qui devait l'accueillir. Il prétend avoir été victime d'un sabotage, enfermé dans une soute et sans canal radio pour me prévenir.

— Et tu le crois ?

— Non. Les diversions l'arrangent et Sandre est un exutoire idéal. De toute façon, il n'y avait aucun moyen d'épargner éternellement au garçon la colère de mes hommes.

— Ils l'ont vraiment abîmé ?

— Il s'en remettra. Il a eu de la chance. Je me méfiais. J'ai envoyé un autre tribun.

Oural penche la tête et fixe sur lui ses petits yeux perçants.

— Tu l'as fait exprès, n'est-ce pas ? L'autre tribun. Il pouvait intervenir tout de suite.

Caius hausse les épaules et soupire. Il a l'air très las.

— C'est compliqué. Tu n'imagines pas comme c'est compliqué. Sandre est un criminel, ils le savent tous, ici. Si mes hommes ne s'étaient pas déchaînés à leur tour, je n'aurais pas pu le prendre sous mon aile.

— Je vois. Leur conduite t'a permis une jolie leçon de morale.

— Exact. Le sang appelle le sang. L'escalade de la barbarie. Seul est grand celui qui pardonne.

— Ah ! je ne regrette pas le jour où je t'ai choisi.

Caius s'incline, une main sur le cœur.

— Reconnaissance éternelle, dit-il d'un ton cérémonieux.

— Et maintenant ?

— Le garçon sera mon giton. Je t'en sais gré : il est à croquer. Tu es satisfaite, matriarche ?

Son clin d'œil est si comiquement salace qu'elle éclate de rire.

11

Salem a peur. Elle se dit qu'elle aurait besoin d'une perfusion d'arbre pour retrouver sa sérénité, mais gagner le nid, c'est affronter Sahrâ que les médiciennes ont ramenée. Sahrâ qui s'est réfugiée dans une affreuse absence. Ce vide avait échappé à Salem, très occupée à séduire Pompeius.

Elle sait que Sahrâ ne l'a pas trahie. Elle a soutenu qu'il était arrivé quelque chose de terrible à Sandre, sur le Bouclier, que c'était la cause de son malaise. Nul ne peut lire à de telles distances. En revanche, déchiffrer les intentions de qui l'on pénètre l'esprit, voilà qui se produit sans volonté consciente. Les troubles dont souffre Sahrâ, Salem sait qu'elle en est la cause. Elle a néanmoins décidé d'ignorer sa culpabilité, ainsi que la petite voix qui lui souffle : Sahrâ est tout ce qui te reste, le Sandre du Bouclier n'est plus celui que tu as serré contre toi depuis l'enfance, celui qui partageait les jeux, les pensées, les plaisirs, les mille joies et peines d'une trop courte existence. Jamais plus tu ne fusionneras avec lui.

Les médiciennes disent : tu dois faire le deuil. Sandre est désormais dans un ailleurs inaccessible.

De quel ailleurs parlent-elles ? Celui du Bouclier ? Il est accessible. Il suffit de s'en donner la peine. Celui de la mémoire ?

Quels que soient les abysses où Sandre est englouti, Salem est sûre de plonger assez loin pour extraire un fragment qui permettra de renouer le contact.

Alors abandonner Sahrâ, oui. Une sorte de meurtre. Cela peut-il se commettre ? Amputer l'autre et s'amputer d'un tiers de soi ? Sandre et Sahrâ ont toujours été parties intégrantes d'elle-même. Va-t-elle courir le risque de se retrouver seule sur le Bouclier ?

Que décider ? Sandre est aussi nécessaire à Salem que l'oxygène de l'air. Comment font celles que la mort sépare, se demande-t-elle, et son ventre se tord, sa gorge se dessèche.

Ai-je le droit ? s'interroge Salem. Est-ce une question de droit ? Puis-je nous infliger, à Sahrâ et à moi, la petite mort de la séparation ? Me croira-t-elle à l'instant du départ quand je dirai : j'en fais le serment, je reviendrai sur Pollen avec Sandre.

Assise sur le rivage, devant la mer de Jade et le sillage scintillant des créatures marines, Salem a décroché son lumen pour mieux se perdre dans le berceau de la nuit. Elle tire doucement sur l'ombilic, applique le symbiote contre son ventre, l'enserre de ses cuisses et de ses bras, en quête de calme et d'harmonie, pose sa joue contre le corps luminescent de l'animal. Ses tensions l'abandonnent. Elle s'apaise. Des souvenirs tendres la traversent. Les têtes comploteuses de Sandy et de Sahrâ pressées contre la sienne, à la nursery. Quel âge avaient-elles ? À peine deux ans, et elles savaient déjà qu'elles ne faisaient qu'une. Une entité à six bras dotés d'instruments parfaits pour réaliser les pires bêtises. Quelquefois, l'une d'elles tentait une manœuvre de domination. En fait, les dominatrices étaient Sandre et Salem, la dominée Sahrâ, mais elles l'aimaient. Comme elles l'aimaient. Jamais elles n'auraient permis à quiconque de la blesser. Elles se changeaient en fauves, hérissées de dents et de griffes, quand il s'agissait de la protéger. Plus tard, à la closerie, Kindia devrait apprendre à les punir toutes les trois pour les fautes commises par la seule Sahrâ.

Salem soupire, les yeux clos. Le poids du lumen contre son ventre évoque un autre corps. Ce corps tant exploré, tant regardé, tant caressé qu'elle a l'impression de l'avoir sculpté avec la pulpe de ses doigts, modelé dans ses moindres reliefs à la pointe de sa langue. Salem soupire. Ce sont les jeux sexuels qui l'ont, de façon insensible, éloignée de Sahrâ. Salem a préféré Sandy parce qu'elle goûtait mieux le corps des garçons. Et Sandy seul lui permettait d'accéder à la fusion ultime. L'un dans l'autre, ils perdaient leurs limites, ni mâle ni femelle, un seul corps imbriqué, le corps divin du premier androgyne.

Cette fusion, Salem ne l'a jamais trouvée ailleurs, elle ne saurait pas plus se passer de son frère que d'air ou d'eau. Lorsque Sandre cherchait l'aventure entre d'autres bras, Salem aurait volontiers étranglé ses rivales ; lorsqu'il a délaissé ses sœurs au profit de Riyad, Salem s'est brisée, elle qui pensait rester à jamais le complément indispensable, sans qui le souffle même vous manque. Elle ne comprenait pas que Sandre eût des sensations différentes. Comment la côtoyait-il, jour après jour, sans un geste pour soulager sa souffrance ? L'amour d'une autre le rendait-il insensible ? Détaché jusqu'au sacrifice ? Quand ce sacrifice incluait ses sœurs ? S'en couper à jamais, c'était immoler sa triade.

Une ombre apparaît sur sa droite. Moray. Elle ne l'a pas entendu approcher. Il marche sans lumen. Un vrai conspirateur. Elle lui fait signe de s'asseoir.

Maintenant qu'il est tout près d'elle, englobé dans l'aura lumineuse du symbiote, son visage est distinct : massif, avec ces mâchoires volontaires qui semblent se contracter en permanence, et déjà des plis entre les sourcils sous un front dégarni. Quand elle voit Moray, Salem doit chaque fois faire effort pour se rappeler son âge. Vingt-trois ans. Il paraît avoir quitté sa jeunesse comme une défroque dont on se débarrasse. Salem le trouve mortellement sérieux.

— Toujours décidée ? demande-t-il, laconique.

Elle hoche la tête, de peur que sa voix ne trahisse son irrésolution.

— Bien, reprend le garçon. À volonté puissante, triomphe sûr. Mais ça ne sera pas facile. J'ai eu tout à l'heure les résultats d'une étude statistique que j'avais commandée. C'est un tuteur qui m'a alerté. À sa connaissance, quand une fille est choisie par un guerrier, aucun autre membre de sa triade ne la suit sur le Bouclier. Fût-il un meurtrier. Fût-elle particulièrement séduisante. L'étude montre que l'intuition de ce maître était bonne. Jamais deux membres d'une triade ne se sont trouvés ensemble sur le Bouclier. C'est une anomalie.

— À ton avis, elles ne vont pas me laisser partir.

— À mon avis, les dés sont pipés. Comment, c'est ce qu'il faudrait découvrir. Le temps nous manque. Il semble que les filles concernées ont toutes participé au Bal du Don. Nous supposons que les guides n'essaieront pas de te rendre malade. Le trucage a sûrement lieu juste avant le Bal. Sans doute au moment du rituel du Don, quand on vous donne à boire une liqueur commune. Mon tuteur pensait à des phéromones. Répulsives pour celles que l'on veut garder à tout prix sur Pollen, attractives pour celles dont on souhaite se débarrasser.

Excité par de telles sécrétions, Pompeius aurait bien du mérite s'il persévérait dans son amour pour toi.

— Donc il suffirait que je refuse de boire ?

— Ne refuse pas. N'oublie pas que s'il y a vraiment manipulation, tu ne pourras pas rivaliser avec les trois envoûteuses. Essaie plutôt d'échanger ta coupe avec Sologne. C'est une de tes amies, non ? Elle aide le Mouvement et elle a fait tourner en bourrique toutes les autorités d'Améthyste, cette année.

— Et si nous nous trompons ?

— Je le souhaiterais, crois-moi, mais la machination me paraît certaine. À toi d'y échapper, ou mieux de la retourner contre les guides. Tu auras intérêt à disparaître jusqu'à l'instant d'entrer dans la Citadelle. Et là, refuse toute visite médicale ou piqûre.

— Et où veux-tu que je disparaisse ? Tu as décidé de m'offrir le gîte et le couvert ? dit-elle sans chercher à masquer l'ironie de sa voix.

Moray reste impassible.

— Trop dangereux. Si tu es à court d'idée, je peux t'indiquer un nid dont l'occupante est en voyage. Pour trois jours, rien ne t'empêche de camper chez elle. C'est une des règles de l'hospitalité sur Pollen, pourquoi ne pas en profiter.

Salem grimace. S'installer en douce la dérange.

— Je vais plutôt aller chez Kindia. Elle sait être discrète quand je le lui demande.

— Excellent, commente Moray.

Il se lève et s'incline. Ses deux mains se croisent et s'envolent.

— Égalité ! lance-t-il d'un ton fervent.

Salem acquiesce et le regarde s'éloigner. Elle se sent vide, et coupable de souhaiter le réconfort de sa marraine. Aux portes de son esprit fermé, elle sait que Sahrâ tambourine.

12

Sandre perdit le compte au dixième homme. Il s'évanouit. La brûlure d'un lavement le réveilla dans ce qui devait être une salle d'hôpital, à en juger par les instruments et les blouses de ceux qui le manipulaient. Par chance, une piqûre à la saignée du coude le rendit presque aussitôt à l'inconscience.

On l'avait ensuite maintenu dans un sommeil artificiel pendant près d'une semaine. Coma thérapeutique, avait expliqué le praticien qui attendait son réveil. Sur ordre du général. Il voulait t'éviter de souffrir.

La sollicitude du grand homme était un peu tardive. Certes, le feu avait arrêté de lui calciner les entrailles, laissant place à une sensation curieuse, comme de tissus greffés, étrangers, ainsi qu'à une démangeaison que la bienséance seule lui permettait de tenir à distance en présence de ses visiteurs ; pourtant, dès qu'il avait cessé d'être assommé par les drogues, la douleur explosait de nouveau quand il fermait les yeux, précise, avec sa charge d'horreur, d'impuissance et d'humiliation.

Après, où qu'il se trouvât dans sa chambre, il sursautait et se recroquevillait à chaque intrusion dans la pièce. Il avait fallu l'endormir pour les derniers examens de contrôle.

Quand le moment vint de quitter l'hôpital, au bout de ses dix jours de sursis, Sandre pensait se tuer. Il avait volé un scalpel, s'il devait une nouvelle fois tomber aux mains des brutes qui l'avaient violenté, autant en finir tout de suite.

Un médicien lui apprit que le général avait décidé de le prendre sous son aile. Il était venu le visiter pendant son inconscience. T'as de la chance d'être aussi jeune et joli garçon, expliquait le praticien. Sandre avait secoué la tête. Drôle de chance, jusque-là. Et s'il entrait au service du général sur ce genre de bases, le pire était à craindre, non ?

Néanmoins, il avait décidé de surseoir à sa propre exécution. Fût-il purement physique, l'intérêt du grand homme lui permettrait peut-être de survivre. Et il serait encore temps de trancher le fil de sa misérable existence si le général se montrait aussi brutal que ses subordonnés.

Cette fois, un tribun était venu le chercher. L'entérologue avait sifflé discrètement en voyant approcher l'homme à la toge bordée de rouge, puis il avait soufflé à l'oreille de Sandre qu'il pouvait partir en confiance. Avec une telle protection, il ne risquait plus rien. Sandre n'en fut pas rassuré mais il tremblait moins qu'il ne s'y était attendu en escaladant la nacelle. Tandis qu'elle filait en oscillant au-dessus de son rail, Sandre, moins désorienté qu'à son arrivée sur le satellite, examinait l'environnement. Ils quittèrent une zone dévolue aux bâtiments publics, à en juger par la taille des édifices et par leur écrasante ornementation, pour gagner un secteur résidentiel où se succédaient d'élégantes villas blotties dans de profonds jardins.

— Nous voilà chez le général, annonça le tribun qui n'avait pas desserré les dents de tout le voyage.

La nacelle s'arrêta dans un chuintement à peine audible. La gorge sèche, Sandre suivit son guide à terre. Tandis qu'ils marchaient vers leur destination, ses doigts étreignaient le scalpel caché dans sa veste.

À proximité du portail, le tribun s'immobilisa, comme au garde-à-vous, la nuque raide. Quelques secondes plus tard, les vantaux s'écartaient dans un soupir. Le tribun avança dans la cour de la villa sans un regard en arrière.

L'espace d'un instant, Sandre se ramassa pour fuir. Les lourdes parois ouvragées évoquaient trop les mâchoires d'un piège à nuisible. Elles allaient se refermer sur lui, et sans anesthésique pour adoucir sa fin.

Son cœur battait à se rompre, ses yeux cherchaient une issue, son esprit lui affirmait qu'il n'en trouverait aucune et que triompher de sa peur serait une victoire.

Il inspira la goulée d'air de qui s'apprête à plonger en eau profonde et rejoignit le tribun sur les marches d'un perron magistral.

En haut, vêtu d'une simple tunique, les attendait un géant au teint jaune et aux yeux en amande, pommettes et front étoilés de rides sous une brosse drue de cheveux paille de fer.

— Salut, Caius Cæsar, dit le tribun en tendant son bras droit puis en le pliant, la paume sur le cœur.

— Salut, Ursus Arrius, répondit l'autre avec un geste négligent qui enfreignait sûrement le protocole.

Le visage déjà fermé du tribun se durcit.

— Et voilà notre martyrisé, ajoutait Caius en dévisageant Sandre. Ressuscité si j'en juge à sa mine. Tu m'as fait peur, à l'hôpital, petit. Tu avais le nez pincé d'un cadavre. J'espère que ton ami le tribun, ici présent, a imploré ton pardon ? Non ? Eh bien, Ursus ?

Le ton du général ne souffrait aucune dérobade.

— Je regrette ce qui t'est arrivé, Servius, grommela le tribun.

Pas Servius. Mon nom est Sandre, Sandre, Sandre, se répétait le garçon, cramponné à ce vestige d'identité, bien plus important que l'incompréhensible échange entre les deux hommes.

— Détaille, exigea Caius.

— J'étais chargé de ta protection dès l'instant où tu poserais le pied dans le baraquement. On s'est débrouillé pour me retarder. Je suis sans excuses. Je me suis laissé posséder comme un enfant.

Celui qui s'est fait posséder, c'est moi, ce n'est pas toi, pensait Sandre, dont la rage empourprait le visage.

— C'est bon, Ursus, dit le général. Va-t'en, maintenant.

Le tribun se détourna et descendit les marches. Son front pendait tel celui d'un vaincu. Quand le portail se referma sur lui, le général commenta :

— Je l'ai maté. De temps en temps, il est bon que mes hommes se rappellent qui est le maître, ici. Viens, j'ai demandé qu'on nous serve une collation, dans le péristyle. Les meilleurs produits de Pollen. Tu vas te régaler.

Sandre le suivit à travers un vestibule orné de statues. Des mosaïques aux thèmes bucoliques ou guerriers le couvraient du sol au plafond.

Le péristyle, en arc de cercle, ouvrait sur un lac bleu où flottaient des cygnes. Sandre n'avait pas oublié qu'ils étaient des biomécanismes responsables de l'équilibre et de la propreté du plan d'eau. Pourtant il ne put retenir un cri d'admiration.

— Privilège du pouvoir, dit Caius avec un petit rire.

Ils s'installèrent sur des lits soutenus par des griffons de bronze, et un lémurien aussi grand que son maître, au pelage lustré et aux immenses yeux dorés, les rejoignit. Il portait un bassin de cristal. Après que Sandre se fut lavé les mains, un autre lémurien apparut et entreprit de les sécher avec un soin et une douceur extrêmes.

Sur Pollen, on ne croisait de servants chez un humain que lorsque celui-ci était trop jeune ou trop vieux pour se suffire à lui-même. Cela, Sandre ne l'avait pas oublié.

— Comment trouves-tu mes peluches ? demanda le général.

— Eh bien... balbutia Sandre, pris au dépourvu.

— Tu es choqué, c'est normal. Vois-tu, ces villas sont moins faciles à entretenir que des nids arboricoles. Sans épouse, je n'y suffirais pas. Ou alors, au détriment de ma charge.

— Tu pourrais avoir une villa plus modeste, hasarda Sandre.

— Tu comprendras vite pourquoi c'est impossible. Question de statut. Quand les premiers guerriers se sont installés ici, ils n'ont pas accepté le sacrifice qui les coupait à jamais de la planète mère sans exiger un certain confort. La requête était légitime et il leur fut donné ce qu'ils demandaient. Notre monde est hiérarchisé, vois-tu. Et celui qui se trouve au sommet de l'échelle doit arborer les signes de sa réussite.

Sandre hocha la tête, ses yeux rivés au sol afin d'éviter de lire sur le visage du général si les garçons de son âge faisaient partie des signes de réussite. L'appétit coupé, il dut se forcer pour grignoter un peu des mets qui lui étaient offerts.

La nuit suivante, sa première nuit sans calmant depuis l'hôpital – il avait refusé celui que le général lui proposait afin de garder toute sa lucidité –, Sandre rêva que Nicius, Laetus et Marcus le clouaient de nouveau sur son lit, et il se mit à hurler.

Mais ce n'était pas un rêve, des bras l'entravaient réellement, et son cri redoubla, lui arrachant la gorge.

— Calme-toi, disait la voix de Caius. Bon sang, calme-toi, il ne va rien t'arriver.

Sandre n'était que terreur, la vision en contre-jour de ce corps massif dont les mains lui broyaient les épaules n'était pas de nature à l'apaiser.

Caius le gifla. Simultanément, un lémurien allumait la lumière de la chambre. Sandre découvrit les yeux sidérés du général et son cri cassa net.

Il avait eu trop peur ; libéré, il se réfugia au bout du lit et s'y tint recroquevillé, haletant.

— Par les Puissances ! s'exclama le général qui se frottait les oreilles d'un air ahuri. Comment la voix d'un seul homme peut-elle produire autant de bruit !

Il avança une main machinale pour tapoter le genou du garçon et la rétracta en voyant Sandre s'écarter avec une moue de révulsion.

— Pauvre gosse, soupira-t-il. Ils ne t'ont pas arrangé.

Il fit signe au lémurien de partir. Sandre, s'en apercevant, se mit à trembler. Le général soupira derechef.

— Rassure-toi, dit-il, les hommes ne m'ont jamais intéressé. Et même si je te trouvais à mon goût, je ne te toucherais pas. J'en suis incapable, vois-tu. Pour des raisons mécaniques. Je suis impuissant. J'ai déjà protégé des garçons comme toi en prétendant qu'ils étaient mes gitons. Un échange équitable. Découverte, mon invalidité me perdrait. Mes prétendus gitons prouvent ma force et gardent mon secret. Cette alliance te convient-elle ?

Incrédule, Sandre dévisageait le général. Ce regard triste et blessé ne mentait pas. Alors, il était sauf? Il se mit à pleurer.

13

Sahrâ s'est laissé porter par le flot des soixante filles qui montaient à la citadelle, excitées, radieuses dans leurs sept voiles aux couleurs de l'arc-en-ciel, encadrées par leurs trente marraines bourdonnantes qui ont délaissé pour un soir leurs closeries et les soins des plus jeunes.

Sahrâ ne peut pas feindre l'insouciance joyeuse, son corps n'est qu'un bloc de douleur. Si Kindia ne la soutenait pas, sans doute s'effondrerait-elle au milieu de la salle. Tout à l'heure, sous la pluie des fleurs jetées sur leur passage, elle baissait la tête comme si on avait voulu la blesser. Quelle mascarade, pensait-elle, amère. Ce rite qui marque la fin de l'adolescence en produisant chaque année, dans chaque commune, deux ou trois sacrifiées. Elle marchait, aveugle aux fontaines lumineuses, aux gerbes multicolores des fusées d'artifice, sourde à la musique des fifres et des percussions. Elle marchait en gémissant: Salem, pourquoi me fais-tu défaut une nouvelle fois? Et Kindia répondait, rassurante: ne t'inquiète pas, elle sera là tout à l'heure. Et Sahrâ: peut-être viendra-t-elle, mais elle veut nous quitter, tu ne l'as pas compris? Et Kindia: petite, petite, calme-toi, la matriarche en personne s'opposerait au départ de Salem. Tu ne seras pas éprouvée une nouvelle fois.

La bourgmestre Ifni et ses deux auxiliaires, Zelten, le seul homme de l'assistance, et Weda dont Sahrâ sait qu'elle a tenté, comme Ifni, de venir en aide à Sandre, se sont installées sur la scène. Derrière elles, les quatorze guides d'Améthyste, en arc de cercle, certaines impassibles et d'autres, telles Kirov ou Riga, affichant leur détestation de cette cérémonie.

Sahrâ n'écoute pas le discours d'Ifni sur les joies qui les attendent toutes, y compris celles qui seront choisies par les guerriers. Elle a perçu l'arrivée de Salem et elle cherche sa sœur, pivotant sur elle-même en dépit de Kindia qui la gronde à voix basse. Il est très incorrect de tourner le dos quand on s'adresse à vous.

Salem est arrivée, oui, mais son esprit est fermé. Des larmes viennent aux yeux de sa jumelle. Trois jours qu'elles ne se sont pas vues et Salem préfère s'entretenir avec Sologne plutôt que de venir embrasser et rassurer sa sœur. Sahrâ regarde les deux visages se pencher l'un vers l'autre, boucles blondes piquées d'hibiscus contre toison brune tressée de perles, et elle est déchirée d'inquiétude. Que complotent-elles, ces deux-là ?

Ifni termine son discours et ses deux auxiliaires avancent le hanap immense où l'on a mêlé les sèves issues des trente arbres-nids des nouvelles adultes. Sahrâ sait que la liqueur fermentée a pour fonction de les enivrer. Le cap des dix-sept ans doit être passé dans l'allégresse. C'est un diktat. Nulle ne peut refuser de boire.

Sahrâ grimace. Elle pense aux quatre cent vingt filles dont le prénom commence par un S et qui s'apprêtent à boire, le long de la mer de Jade, dans l'une des sept communes où elles sont nées, la fin de leur enfance. Et sur ces quatre cent vingt filles, quinze vont se jeter tout droit dans la nasse du Bouclier. Sahrâ frissonne. L'instant où Salem s'est exclamée : « Je sais comment rejoindre Sandre » est gravé en elle, ainsi que ce qu'elle a déchiffré, ensuite, de la volonté de sa sœur.

Sa sœur qui s'avance vers elle, finalement, qui la prend dans ses bras et l'étreint comme si elle souhaitait se l'incorporer à jamais, comme si elle cherchait une ancre pour s'empêcher de fuir, de s'échapper, de résister…

Et Sahrâ lui rend son étreinte, mais elle sait que la bataille est perdue, que son amour n'est pas assez puissant pour retenir Salem sur Pollen, que sa jumelle s'envolera si elle en trouve l'occasion.

Les lèvres de Salem se posent sur sa bouche, baiser de plume. Tout le corps de Salem pressé contre le corps de Sahrâ, et son esprit tendu, et ses mains sur la nuque et les reins de sa sœur demandent, implorent un pardon impossible.

Quand Salem se sépare de sa sœur, des larmes perlent au bord de ses cils. Pourtant elle ne pleurera pas. À l'appel de son nom, résolue, elle marche vers la scène et prend des mains de la bourgmestre la coupe à l'instant remplie au hanap collectif.

Sahrâ l'a précédée dans l'ordre alphabétique et n'a pas montré tant de courage. Ses doigts tremblaient en recevant la coupe. L'espace d'un instant, elle a été tentée de la laisser tomber. Le cristal se fracasserait sur les dalles. Puis elle s'est reprise. À quoi bon. Les coupes ne manquent pas ni sans doute la sève. Alors elle a bu d'un trait, se débarrassant de l'importun breuvage comme s'il était une purge.

Presque tout de suite, elle se détend. Elle a redouté cet effet. Elle tente de le contrecarrer. Hélas, il lui faudrait un antidote. Elle frémit. La sève qui lui a toujours semblé une boisson merveilleuse lui apparaît soudain l'égale d'un poison. Elle n'a pas envie de se dissoudre, ce soir. Au contraire, elle a besoin de sa pleine lucidité.

Peine perdue. Elle devient de plus en plus légère. Même fermentée, la sève n'agit pas aussi vite. Un adjuvant lui a été ajouté. Sahrâ sent un sourire béat monter à ses lèvres, elle voit l'œil inquiet dont Kindia la couvait s'éclairer. Elle voudrait vomir, rejeter d'elle ce qui la dépossède. Marraine, sauve-moi, articule sa bouche, un rêve de bouche, brumeuse, lointaine. Et Kindia lui caresse la joue ; je suis là, ma chérie, tu es sauve et tout est pour le mieux.

Sahrâ voit que Salem a gagné l'une des hautes fenêtres et posé sa coupe sur l'appui. Sologne la rejoint, pose elle aussi sa coupe. Leurs deux corps s'enlacent, masquant un instant l'appui de la fenêtre, et Sahrâ ressent le pinçon brûlant de la jalousie. Puis elle s'étonne. Salem n'a jamais été attirée par les filles. Mais déjà Salem et Sologne se retournent. Coupe à la main, elles trinquent et boivent elles aussi d'un trait.

Toutes les filles ont bu. Certaines reviennent au hanap quand les guerriers arrivent. Sahrâ se force à ne pas les suivre. Pourtant, elle aimerait oublier la peur que les fils du Bouclier lui inspirent.

Ils s'alignent tous les trois sur la scène, dans l'attitude de garçons concourant pendant le carnaval pour le prix du costume malgré la simplicité de leurs courtes tuniques immaculées. Sahrâ jette un coup d'œil alentour. Elle n'est pas la seule à trouver la situation comique. Près d'elle, deux filles s'esclaffent.

Ifni s'avance pour les présenter. Ils sont tous les trois athlétiques, bien que de tailles inégales. Pretorius est le plus grand mais son nez volumineux dépare son visage, selon les canons de

Pollen. Pompeius, à peine plus petit, est aussi le plus beau avec sa peau de velours et ses yeux aux cils si noirs qu'ils semblent cernés d'un trait de maquillage. Paulinus enfin, d'une demi-tête plus court, paraît banal en tout pourtant son sourire ne manque pas de charme. Et c'est apparemment le plus à l'aise.

Au tour des filles, maintenant.

Des rangées de sièges ont été disposées à proximité de la scène. Les guerriers s'assoient au premier rang. La bourgmestre, ses auxiliaires et les guides s'installent derrière. L'orchestre prend place sur la gauche.

Et la danse du Don commence. Un tirage au sort a déterminé l'ordre du passage. Durée : cinq minutes. Les danseuses se produisent par trois. Elles ont le choix entre les figures qu'elles ont rabâché l'année entière, ou une chorégraphie personnelle. La plupart de celles qui aiment la danse choisissent la création… et ne peuvent se résoudre à massacrer leur travail. S'il faut en croire Kindia, le spectacle est toujours intéressant.

De fait, Sahrâ regarde sans se lasser les filles virevolter, admirant le talent de certaines pour tirer parti de leur costume unique, ces voiles dont elles sont censées se dépouiller tour à tour, s'arrêtant où les conduit leur décence, et pour deux des plus effrontées, c'est à l'extrême limite.

Vient le tour de Sahrâ qui oublie le contexte et danse avec passion. Elle se souvient trop tard de qui la regarde et de la signification que pourraient avoir les applaudissements qui crépitent.

Oser regarder en direction des hommes du Bouclier. S'apercevoir, soulagée, que leurs mains battent avec mollesse et que l'enthousiasme provient de certaines guides et de la salle.

Et Salem monte enfin sur la scène. Sahrâ s'inquiète de voir qui l'accompagne, Sabria et Sigli, de trop pâles rivales. Elle ne s'est pas trompée. À peine la danse a-t-elle commencé que tous les yeux convergent vers Salem. Qui semble habitée, l'œil extatique, bras et jambes sinuant tels des tentacules libres de toute pesanteur. Sahrâ retient son souffle, la danse de sa sœur paraît soudain proche de la possession, les voiles volent, le violet, l'indigo, le bleu, le vert, le jaune, l'orangé, le rouge s'épluchent autour d'elle et prennent leur essor, et Salem termine sa danse dans une torsion ultime, nue comme au jour de sa naissance, son corps somptueux dessinant un arc impossible.

La musique se tait. Un silence pèse sur l'assemblée. Salem revient à elle dans un frisson. Son regard se pose sur les guerriers. L'un d'eux se dresse et applaudit à se rompre les doigts. Pompeius. Sahrâ se glace. Salem a trouvé ce qu'elle était venue chercher.

Kindia s'est précipitée sur la scène afin de rhabiller sa filleule. Folle, folle, folle, répète-t-elle, balbutiante, effarée. Quels démons te possèdent ? Tu veux suivre un guerrier ? Abandonner Sahrâ ? Tu crois retrouver Sandre ? Le Sandre que tu aimais n'est plus, Salem. Réveille-toi ! Aie pitié de Sahrâ, réveille-toi.

Salem se dégage d'une secousse et, sautant au bas de la scène, se jette dans les bras de Pompeius. Les deux s'embrassent à pleine bouche. Que Jade lui pardonne, gémit Kindia, elle n'est plus elle-même.

La musique reprend pour une dernière vague de danseuses mais un brouhaha trahit le désarroi de la salle. Sur les fauteuils, Ifni, ses auxiliaires et les guides échangent des regards atterrés.

Indifférentes à l'émoi qu'elles ont suscité, Salem et Pompeius, blotties dans l'embrasure d'une porte, se dévorent. Elles disparaissent dans une alcôve sans attendre la fin de la cérémonie.

Pour Sahrâ, le monde s'écroule, et lorsque Kindia la rejoint, assurant : « Ne t'inquiète pas, la matriarche interviendra », elle ne peut s'empêcher de hurler : « C'est trop tard, trop tard, le guerrier a choisi. »

Elle s'immobilise, rigide, le temps d'assimiler ces deux mots définitifs, trop tard, sa gorge est sèche, ses yeux sont secs, elle laisse Kindia la prendre dans ses bras, s'étonnant de n'avoir plus de larmes, sûre que jamais plus les pleurs ne viendront irriguer son visage.

14

Caius s'apprêtait à tester le dernier simul créé par son staff informatique quand la vibration familière chatouilla son poignet. Son amplitude indiquait un signal prioritaire.

— Chrone ! jura-t-il en enlevant son casque.

Autour de lui, les trois techs le regardaient d'un air interrogatif.

— Désolé, les gars. La révérende en ligne. Et elle déteste attendre.

Il passa dans le couloir pour s'isoler et se connecta.

— Matriarche ? Tu me harcèles. Ton protégé va bien, si c'est ce qui t'inquiète.

— C'est sa sœur qui m'inquiète. Tu la verras débarquer sous peu dans les bagages de Pompeius Salvius.

— Quoi ? Je croyais que c'était impossible.

— Je le croyais aussi.

— Et c'est irréversible ?

— Réfléchis. Soixante de nos filles et leurs trente marraines tenues à l'écart des manœuvres habituelles ont vu Pompeius choisir la jumelle de Sandre. Dès qu'il a eu fini de satisfaire sa libido, nous l'avons écarté de Salem et nous avons essayé de le persuader que cette relation était impossible. Hélas, nous sommes prises à notre propre piège. Cette petite peste s'est montrée meilleure manipulatrice que nous.

— Vos sécrétions magiques ont perdu leur efficacité? ironisa Caius.

— Ce serait préférable. Nous ignorons encore par quelle voie mais Salem savait le jeu truqué. Elle a échangé sa coupe avec l'une des filles que nous avions sélectionnées. Comment a-t-elle appris son nom, c'est un mystère qu'il faudra élucider. Le résultat, c'est que les phéromones et l'alcool aidant, elle devenait irrésistible. Ajoute à cela qu'elle s'était débrouillée, six jours avant, pour « sauver » Pompeius…

— Ah? C'était elle. Et donc un coup monté, comme tu le pensais.

— Oui. C'est une maligne. Elle avait réussi à endormir ma méfiance. J'ai failli la soustraire au Bal, mais de mémoire de Polléniennes, cela ne s'est jamais produit. J'aurais dû écouter mon instinct.

— Et maintenant?

— Ton guerrier bêle son amour et ne veut pas entendre parler d'y renoncer, pas plus qu'il ne veut croire à la perfidie de Salem. C'est le problème avec ces gosses de vingt ans qui arrivent chez nous quasi-puceaux. Ils confondent amour et sensualité. En général, nos filles sont assez expertes dans l'art d'affoler les sens.

— Et le coup de foudre? protesta Caius dont l'œil en amande s'étirait, malicieux.

— Épargne-moi ton romantisme. Je ne suis pas dans la tête de Pompeius, mais en ce qui concerne Salem, l'unique amour de sa vie, c'est son frère. Elle n'hésite pas à lui sacrifier sa jumelle, ce qui est exceptionnel. D'autant qu'elle ne peut pas ignorer que Sandre ne se souviendra plus d'elle. D'après sa marraine, le seul événement qui la persuaderait de renoncer à son projet serait le retour de Sandre sur Pollen. Il n'est pas exclu qu'elle ait cherché à nous y contraindre. Méfie-toi d'elle, Caius. C'est une séductrice et je la crois très habile.

— Tu oublies mon infirmité.

— Certainement pas. Même si elle limite l'attirance sensuelle et tous les chantages qui peuvent lui être associés, elle ne met pas à l'abri de l'amour. On a déjà vu des hommes se sacrifier pour des amours platoniques.

— Bah ! déformée par la maternité, elle sera moins attirante.

Oural hocha la tête d'un air dubitatif. Caius souriait, rassuré quant aux réserves d'énergie de la matriarche. Il remarqua ses cheveux. D'un blanc étincelant, ils témoignaient d'un rinçage, et ils étaient coiffés avec soin, au lieu de pendre en mèches désordonnées comme lors des précédentes communications de la matriarche. La volonté de combattre lui allait bien, elle avait l'air moins fatiguée malgré les cernes qui noircissaient ses yeux.

— Le seul espoir qui te reste, reprit-elle avec une grimace, c'est que son rôle de mère la détourne de Sandre, et de toi !

— Tu exagères !

— Frapper à la tête ou au cœur est le meilleur moyen de terrasser son adversaire. Les armes des femmes sont en elles, ne l'oublie pas.

— Aucun risque, grommela Caius dont le sourire s'était évanoui.

— Paix et prospérité, le salua Oural en croisant les mains.

— Honneur et fidélité, dit Caius, machinal.

La matriarche s'était déconnectée sans attendre sa réponse et il éprouva une sensation de vide et d'insignifiance. Il n'avait plus envie d'essayer le nouvel environnement virtuel. La vie lui paraissait soudain une gigantesque duperie. Il se regarda un instant dans la porte vitrée et se trouva le dos rond. De l'autre côté, les techs s'activaient devant leurs consoles. Caius prit une profonde inspiration, se redressa et poussa la porte.

15

Toute la semaine, en compagnie de Sofia et de Sézanne, Salem avait subi l'endoctrinement d'une spécialiste du Bouclier.

Maintenant qu'elle avait pris sa décision et que rien, pas même la matriarche, ne semblait en mesure de l'empêcher d'aller jusqu'au bout de son acte, ce retard l'agaçait. Elle s'était imaginé un départ immédiat, sans réfléchir aux délais indispensables au lancement de la navette ni à l'obligation de comprendre au moins a *minima* le monde dans lequel elle avait résolu de vivre.

Jusque-là, pour elle et la plupart des jeunes de sa classe d'âge, les mœurs du Bouclier restaient floues. Elle avait été très surprise d'apprendre qu'il lui faudrait être fidèle à Pompeius. Toute liaison avec un autre homme entraînait presque à coup sûr la répudiation, si elle était découverte. Et que deviennent les femmes répudiées, avait demandé Sézanne qui savait bien qu'elles ne revenaient jamais sur Pollen.

Salem avait écarquillé les yeux en entendant la réponse. Elles étaient mises à la disposition de tous les hommes qui souhaitaient user de leur corps de façon temporaire. Objets d'opprobre, elles vivaient dans des maisons dont elles n'avaient pas le droit de sortir, fût-ce pour visiter leurs fils.

D'après Oullen, la spécialiste dont elles avaient vite découvert qu'elle était la propre sœur de la matriarche malgré son air beaucoup plus frais – miracle de la réjuvénation –, les fils qu'elles auraient sur le Bouclier allégeraient la perte des jumelles de leur triade.

— Suis-je vraiment obligée de les mettre au monde par les voies naturelles, demanda Sofia que cette perspective semblait terroriser.

— Il n'y a pas de cuves sur le Bouclier, et si tu ne le sais pas, c'est que tu n'as jamais écouté ta marraine ni tes tutrices, avait grondé Oullen.

— C'est que j'ai peur de souffrir, dit Sofia dont les yeux étaient en effet agrandis d'effroi.

— Tu ne souffriras pas plus que Jade ou les Cent Mères. Tu devrais être fière à l'idée d'enfanter à l'égal des fondatrices de Pollen. Nos corps ont été conçus pour abriter la vie, comme ceux de tous les mammifères.

— Nous ne sommes pas des bêtes, intervint Salem. Nous nous sommes libérées de cette servitude.

— Quand tu seras sur le Bouclier, avait ironisé Oullen, tu chanteras une autre chanson. Là-haut, toutes les femmes se font une gloire d'avoir enfanté.

— Et ça n'est pas douloureux? dit Sofia, obstinée dans sa peur.

— Les médiciens du Bouclier ne sont pas des brutes. Ils détiennent des drogues efficaces pour calmer la douleur. Et si l'enfant se présente mal, ou se trouve bloqué par un bassin trop étroit, on le délivre par césarienne. Connectez-vous, nous disposons de documents. Il faut bien que vous sachiez à quoi vous attendre.

Lorsque la projection prit fin, Sofia était décolorée.

— Tout ce sang, avait-elle soufflé dans un râle. On dirait qu'on va mourir.

— Tu as bien vu que non, petite sotte, la rassura Oullen en lui tapotant l'épaule d'une main gentille.

Sézanne, accroupie, tunique retroussée, scrutait son entrecuisse.

— Je me demande comment un truc aussi gros peut sortir par là, dit-elle d'un ton comique.

Quant à Salem, elle affectait de se désintéresser de la chose mais le ventre monstrueux de la parturiente continuait de flotter devant elle comme une baudruche obscène. Lorsque Sofia se mit à pleurer en criant qu'elle ne voulait pas gagner le Bouclier, elle n'était pas loin de partager sa révolte.

— Je me tuerais, plutôt, ajouta Sofia, sanglotante.

— Allons, ne fais pas l'enfant, dit Oullen dont les yeux emplis de compassion montraient qu'elle comprenait cette réaction. Que ferions-nous si les filles choisies par les guerriers refusaient de les suivre. Pollen a besoin de toi. Et tu ne seras pas malheureuse, là-haut. Devenues mères, les femmes sont vénérées. Tu ne souffriras pas non plus de la solitude, tu pourras recevoir tes amies, ou si ton mari s'y oppose les rencontrer dans les lieux qui vous sont réservés. Et si tu n'es pas satisfaite de tes rapports sexuels avec Pretorius, tu pourras chercher des compensations dans des bras de filles. Les relations saphiques sont admises tant qu'elles ne s'affichent pas ni n'entravent la réalisation du devoir conjugal. À ce sujet, gardez-vous de mécontenter votre époux. Réclamez plutôt un aphrodisiaque à votre médicien pour que ce soit un moment agréable.

— C'est une tricherie dégoûtante, avait craché Salem.

— Oh ! ma fille, tu n'as rien à nous apprendre en matière de tricherie. Alors, ne nous joue pas les moralistes.

Salem avait haussé les épaules et s'était détournée, boudeuse, tandis que les deux autres continuaient à questionner.

— Et les femmes, disait Sézanne, elles peuvent répudier leurs hommes ? Il doit bien leur arriver d'être infidèles, eux aussi.

— Oui, renchérit Sofia, que se passera-t-il si Pretorius ne me plaît plus ?

— Prie le ciel que tu aies aussi cessé de lui plaire. Si tu n'as pas démérité, s'il ne peut pas prouver que tu as tout fait pour qu'il se détache de toi, un divorce sans faute sera prononcé et tu recouvreras ta liberté. Sauf si tu n'as pas mis au monde tes deux garçons. Tu risquerais alors d'être de nouveau choisie.

— Cela s'est-il déjà produit ?

— Les cas sont très rares. Quand l'un des deux frères est élu, on contrôle son aptitude à se reproduire avant son envoi sur Pollen. Et il n'est jamais arrivé qu'un guerrier refuse d'être père. S'il est frappé d'impuissance devant sa femme, les médiciens ont recours à l'insémination artificielle. Vous verrez comment tout à l'heure. Quant à l'infidélité masculine, hélas, rien ne la punit. C'est à vous d'empêcher vos maris de fréquenter le lupanar ou d'aller batifoler ailleurs… à moins que cela ne vous arrange.

Salem n'écoutait plus. Elle avait enregistré qu'il serait dangereux d'approcher Sandre dans un premier temps mais qu'elle ne devait pas désespérer. Oullen confirma par la suite qu'une femme libérée par un divorce n'était pas obligée de renouer des liens conjugaux. Il était très mal vu de refuser plusieurs demandes en mariage, cependant, même si c'était toléré.

Puis on leur expliqua les mécanismes qui allaient présider à la transformation de leur corps. Les filles de Pollen étaient infertiles, tout comme les hommes que l'on obtenait par addition du gène SRY au stade une cellule des embryons femelles. Quand Salem demanda par quel miracle elles cesseraient de l'être, il lui fut opposé que c'était le secret des généticiennes. Il lui suffisait de savoir qu'elle enfanterait deux fois, au terme desquelles un marqueur implanté avant son départ la rendrait stérile.

Et que Sézanne qui se plaignait de ne pas engendrer de fille se console. Elles allaient toutes les trois subir un prélèvement d'ovocytes. Un jour, ces précurseurs, stimulés, donneraient des ovules. Des triades naîtraient de leur fertilisation.

— Mais ce n'est pas la même chose ! protesta Sézanne.

Oullen s'était moquée. Si Sézanne était restée sur Pollen, jamais elle n'aurait su où se trouvaient les enfants issus de ses gènes ni sans doute ne se serait préoccupée de leur éventuelle existence.

Elles n'avaient pas quitté la Citadelle. Mesure de sécurité. Dans les premiers temps du Bouclier, certaines des futures épouses en avaient profité pour s'envoler. Il avait été très difficile de les récupérer, la population entière de Pollen conspirait pour les cacher.

Seule Salem avait l'autorisation d'aller et venir à sa guise. La matriarche rêvait sans doute de la voir réitérer l'exploit des premières fiancées. Salem refusa de profiter de ce privilège. Elle craignait de se retrouver devant la sœur qu'elle abandonnait et dont elle avait appris qu'elle se laissait aller au désespoir.

On les conduisit enfin, par un dédale de couloirs, à la clinique interne à la Citadelle. Publius, le guerrier agressé par Sandre, était décédé là sans avoir repris connaissance. Salem frissonna en s'allongeant à son tour dans ces lieux froids et immaculés.

Elle allait être anesthésiée pour la première fois de sa vie. Elle avait peur. Elle se demandait si pendant son inconscience, elle n'allait pas entrer en contact avec l'âme du guerrier défunt. Cette idée la terrorisait et elle luttait de toutes ses forces pour ne pas sombrer. Elle sentit un liquide froid s'infuser dans son bras que lui cachait un champ opératoire et, brusquement, une aile noire la balaya.

Elle s'attendait à souffrir au réveil et elle fut étonnée de n'éprouver qu'une vague douleur au ventre. Sans doute était-ce un effet des calmants mais il y avait des mois qu'elle ne s'était sentie aussi détendue. Quand on leur annonça qu'elles partaient le lendemain, elle décida de rendre visite à sa sœur.

Dehors, elle hésita, soudain moins sûre d'elle. Ces adieux risquaient d'être pénibles. Elle avança malgré tout. Elle regretterait tôt ou tard de ne pas avoir sacrifié, avec sa jumelle, à d'ultimes caresses, d'avoir quitté Pollen sans un adieu à son arbre.

La nuit était tombée. Sahrâ ne répondit pas à la sonnerie d'appel, mais la ramure illuminée du nid signait sa présence. Salem escalada les marches. Sa sœur dormait, nue et lisse, sur le matelas de sève, dans l'abandon que procure la drogue. Salem admira l'or cuivré de sa peau, suivit d'un doigt les courbes pures d'une hanche, d'un sein dont le mamelon se raidit, de la nuque sous la lourde cascade de la chevelure ; elle se dévêtit à son tour et se blottit contre le dos de Sahrâ, encastrant ses genoux dans le nid de ses jambes, enlaçant de son bras le corps assoupi.

Au matin, elles s'aimèrent, Sahrâ balbutiante planait encore sur son nuage tranquillisant, Salem dans sa bouche en goûtait l'amertume. Ma belle, ma chérie, ma petite sœur, chuchota-t-elle tandis que Sahrâ retournait au sommeil, pardonneras-tu jamais mon abandon ?

Il était temps. Une dernière fois, Salem posa sa joue sur le matelas de sève, colla son oreille au néoderme, écouta la vie secrète de l'arbre.

Vous me manquerez, toutes les deux, dit-elle en se levant. Elle passa dans sa chambre choisir sa plus belle tunique, un brocart tissé d'or et d'argent, offert par Kindia pour ses dix-sept ans ; elle n'avait pas revu Pompeius depuis le Bal du Don, la trouverait-il toujours aussi séduisante ?

Elle jeta quelques habits en vrac dans un grand sac, dévala l'escalier de son arbre et s'en fut sans un regard en arrière. Toute son énergie, sa curiosité, son désir se tendaient vers l'avenir.

16

Sandre commençait à s'adapter à son environnement. Le général lui avait accordé un temps de convalescence, une semaine de grâce à l'écart des guerriers. Il espérait que les remous hostiles provoqués par l'arrivée du jeune criminel se calmeraient.

Sandre se souvenait des yeux de ses agresseurs et de ce qu'ils trahissaient : le ressentiment, la jalousie, plutôt que la colère ou la haine, et il se disait que le général s'illusionnait. La protection du grand homme suffirait-elle à le sauver ?

En attendant et puisqu'on lui en laissait le loisir, il picorait sur le Réseau les informations qui lui manquaient pour colmater certains des trous de sa mémoire.

Le Bouclier avait été créé dans la quatre-vingt-septième année de Pollen, cinq ans après la première incursion des pirates. L'Arche avait été sacrifiée pour le réaliser. Grâce à ses moteurs à fusion, un gros astéroïde avait été déplacé en orbite géosynchrone. Évidé en forme de demi-sphère, ses dix kilomètres de rayon avaient concédé la construction d'une vraie petite ville, avec des parcs, des champs cultivés, des villas arborées. Les variations d'éclairement de son astre artificiel donnaient un équivalent de la journée pollénienne. Des ailettes déployées à la surface de l'astéroïde permettaient même, en évacuant plus ou moins de chaleur, une succession des saisons analogue à celle des climats tempérés. Les guerriers se vantaient de cette supériorité : les habitats polléniens, concentrés sur la bande subéquatoriale de la planète, n'offraient qu'une alternance de « saison sèche – saison mouillée ».

Le problème de l'eau avait été réglé par la capture d'une comète et par un recyclage strict. La pesanteur artificielle était à peine inférieure à celle de Pollen. Le Bouclier était certes un microcosme, mais il était vite devenu très confortable.

Dès le départ, il avait accueilli assez d'hommes pour rendre possible une protection efficace de la planète. Sur les trois mille six cents jeunes Polléniens alors âgés de vingt à trente ans, le taux de prélèvement avait été de vingt pour cent. Les volontaires étaient ceux qui avaient assisté, impuissants, à l'enlèvement d'une sœur ou d'une amie et qui pleuraient leur triade démantelée.

Leur chiffre fut complété par tirage au sort. Les filles qui les accompagnaient s'étaient sacrifiées pour la plupart avec enthousiasme, acceptant la loi qui les condamnait à ne jamais revoir le sol natal. Elles avaient toutes admis sans mal que la violence, fût-elle défensive, devait être tenue à distance.

Les pirates payèrent leur deuxième incursion, en 99, par un désastre. Le Bouclier disposait déjà d'une flotte de cent guêpions, véhicules biplaces ainsi nommés parce qu'ils savaient piquer à mort tels les hyménoptères de Pollen, et parce qu'ils étaient très rapides.

Les pirates étaient revenus en 107, appuyés par deux lourds croiseurs, mais le Bouclier avait accru sa puissance et comptait dans ses rangs de véritables stratèges formés par l'analyse des batailles de la Terre des origines. Les pertes de l'agresseur furent si sérieuses que la période de trêve s'étendit à cinquante ans.

En 109, peu de temps après leur victoire, les guerriers s'étaient permis d'attaquer Pollen. Il n'y avait pas eu de victime. Ils voulaient des femmes pour tous leurs fils, ils n'acceptaient plus d'être tributaires de la planète mère pour leur reproduction.

L'effet de leurs gamètes était bel et bien contrôlé par Pollen. Il ne servait à rien d'enlever des filles. Sans un traitement adéquat, elles demeuraient stériles. Les médiciens du Bouclier cherchèrent à comprendre comment était induite cette infertilité, mais ils n'avaient pas la formation requise... Les apprentissages en génie génétique étaient détenus par Pollen et leurs secrets n'étaient pas diffusés sur le Réseau.

En l'espace d'un siècle, la population du Bouclier s'était stabilisée à trois mille guerriers en moyenne, répartis en dix cohortes de trois centuries. Tous n'étaient pas opérationnels. On ne devenait guerrier qu'après sa dixième année. Et les cadets de dix à vingt ans subissaient rarement un baptême du feu. Leurs tâches reproductrices l'emportaient sur leurs tâches guerrières. Par ailleurs, à soixante ans passés, on entrait dans les centuries de réserve, et il était bien rare, à l'exception des chefs, que l'on fût dès lors employé à autre chose qu'à des tâches civiles.

Le début du siècle suivant n'avait pas vu bouger ces chiffres auxquels il fallait ajouter quelque mille deux cents femmes, et les trois cents enfants de un à dix ans non fonctionnels.

En revanche, le Bouclier n'avait cessé de gagner en confort. Outre les bâtiments officiels, entrepôts, garages, soutes techniques et centres de commande, on y trouvait un forum, l'amphithéâtre où les hommes se donnaient en spectacle, les palestres où ils s'entraînaient, les habitations collectives des célibataires, les villas des hommes mariés, les quatre thermes aux points cardinaux de la zone résidentielle, puis des parcs agrémentés de lacs, le damier coloré des champs cultivés, enfin la nécropole et le temple dédié au Principe Souverain.

Le Bouclier s'était structuré en s'inspirant de Rome, un modèle de la Terre, aux temps balbutiants de la civilisation.

Bien sûr, ce modèle avait été adapté. On en avait gommé les aspérités les plus voyantes. Les seuls esclaves du Bouclier étaient des biomécanismes. Les jeux du cirque opposaient encore des hommes entre eux, mais c'était dans des épreuves où ils devaient rivaliser d'adresse ou de ruse, et non dans des affrontements sanglants.

Sandre chercha des détails sur le « Principe Souverain » qui ne correspondait pas non plus au panthéon du modèle romain et à l'histoire mouvementée de dieux fascinants autant que peu crédibles. Mais des dieux pouvaient-ils être crédibles, soulignait le commentateur avec une pointe d'ironie. Rien n'empêchait de croire, en revanche, à un Grand Architecte ou à une Cause Première. L'étincelle qui met le feu aux poudres, d'où qu'elle vienne. Le passage de l'Incréé au Créé. Irréductibles optimistes, les adorateurs du Principe Souverain pensaient que tout était dans tout, le temps la matière la conscience, un seul point à l'infini, et qu'ils ne mourraient jamais.

Cette idée semblait séduisante. Sandre avait été si près de se résoudre au néant pour échapper à ses tortionnaires qu'il lui plaisait de l'imaginer habité. Même s'il concevait mal un lieu sans matérialité, parcouru d'âmes dépouillées de leur enveloppe charnelle, de tout ce qui les avait apparentées à la réalité.

Irréel, chuchota-t-il. Un Irréel : celui qui échappe au réel. La mort non comme une fin mais comme un passage vers un état chimérique…

Debout, il avait tendu les bras, pivotant très doucement sur lui-même, les yeux clos, raidi dans l'attente d'une perception. Ses doigts caressaient l'air, traçaient dans l'espace les arabesques de son désir de connaissance. L'absence de contact ne l'avait pas découragé. Il savait déjà qu'il recommencerait, encore et encore, qu'il tenterait d'approcher au plus près le monde de l'invisible.

Caius lui avait interdit de sortir, mais le temple du Principe Souverain se trouvait à moins de mille mètres, accessible à pied, à travers un faubourg très calme. Il décida d'aller le visiter.

Il marcha sans encombre dans les rues pavées de pierres multicolores, atteignit un quartier où des villas plus modestes donnaient directement sur des bois mauves. Le temple se dressait au cœur de ces bois, entouré d'un péristyle aux colonnes jaspées. À l'intérieur régnait une fraîcheur de grotte et Sandre frissonna, doutant que quiconque, fût-il un esprit, eût le désir de s'attarder en des lieux aussi sombres. Des fresques couvraient les murs, mais pour les déchiffrer il aurait dû allumer les torchères installées de place en place et des autorisations étaient sûrement nécessaires. Il reviendrait plutôt lors d'une cérémonie.

Il hésitait sur le seuil, appuyé sur une colonne, clignant des yeux dans la lumière retrouvée quand une femme se précipita vers lui. L'émotion altérait ses traits harmonieux. Échevelée, la tunique en désordre, elle courait comme si sa vie dépendait de sa course, et quand elle fut près de lui, il s'étonna : elle avait crié son nom, son vrai nom, Sandre, elle le connaissait donc ?

— Tu te souviens de ton nom, n'est-ce pas ? disait-elle, et sa poitrine se soulevait comme les vagues pendant une tempête.

Il acquiesça, attentif, intrigué.

— Alors tu te souviens aussi de mon Publius, ajouta-t-elle en se fendant vers lui.

Il avait ressenti un choc, puis une douleur brûlante tandis qu'elle retirait sa main prolongée par un fer rougi de sang.

La femme le regardait, hagarde, des larmes inondaient son visage. Elle avait crié :

— Publius, mon petit, mon bébé, qu'ai-je fait, qu'ai-je fait !

Et elle s'était enfuie, zigzaguant entre les arbres mauves.

Sandre s'effondrait le long de la colonne. Avant de perdre connaissance, il trouva la force d'appuyer sur son com. Il n'avait pas oublié comment activer le signal d'urgence. Il se dit que ce geste était vain, que le monde des esprits l'attendait, qu'il deviendrait bientôt un Irréel, loin de sa carcasse souffrante. Il accueillit les ténèbres avec curiosité.

17

Allait-on la droguer jusqu'à la fin de ses jours ? interrogeait Sahrâ chaque matin lorsque, sa lucidité et son sentiment de perte recouvrés après une nuit tranquille, elle voyait la médicienne pénétrer dans sa chambre et appliquer l'injecteur contre son cou.

Greco, la médicienne, riait. Elle disait qu'elle aussi avait subi les antidépresseurs quand sa sœur Grenade avait été choisie. Le soulagement qu'elle en avait éprouvé, après les premiers jours de révolte, avait déterminé sa vocation. Elle éprouvait une grande satisfaction à soulager à son tour. Aucun trouble de l'humeur ne résistait à l'arsenal thérapeutique dont elle disposait. N'était-ce pas magnifique ?

— Donne des béquilles à une amputée, tu ne lui rendras pas ses jambes, grognait Sahrâ, ce matin-là.

— Je lui rendrai peut-être sa joie de vivre, si elle parvient à se déplacer de nouveau.

— En se cognant à tous les obstacles, tellement tu l'entraves avec ta camisole, disait Sahrâ, sentant ses pensées se ralentir, sa langue s'empêtrer dans sa bouche sous l'effet de la drogue.

— Ma camisole t'habille et te permet de sortir. Que dirait mon frère si tu n'assistais pas à ses derniers cours. Il t'aime tant, je crois qu'il m'arracherait les yeux.

Grimsel ? Mais oui, maintenant que Greco parlait du tuteur, Sahrâ notait leur ressemblance. Le regard de bronze verdi, le visage ouvert et séduisant malgré le nez dévié, cette maigreur longiligne et nerveuse qui leur donnait un air sévère et triste démenti par le sourire… Et la même compassion.

Grimsel l'aimait ? C'était une nouvelle plutôt embarrassante. À la différence de Salem et de Sandre, Sahrâ s'était toujours conduite en élève appliquée. Elle souhaitait apprendre et s'était connectée au Réseau bien plus tôt que ses jumelles. Cela lui permettait de briller en cours, à la stupéfaction un peu jalouse des deux autres, et elle en éprouvait une jouissance secrète. Elle était seule, désormais. Pourquoi, pour qui briller encore ? Pour Grimsel ? Quand Greco disait que le tuteur aimait Sahrâ, elle traduisait sans doute à sa manière de fille avide et romantique un simple intérêt pour l'excellence d'une élève et sa position de vedette. Sahrâ n'ignorait pas que la colonie tout entière avait commenté son malheur. Jusqu'ici, seule la mort avait privé un survivant des deux autres membres de sa triade. Jamais ces deux membres n'avaient été envoyés ensemble sur le Bouclier depuis cent quarante-sept ans que le satellite existait. Il fallait bien que le hasard cessât un jour de se montrer si favorable, proféraient gravement les chroniqueuses.

Dans la matinée, Sahrâ se surprit à surveiller le tuteur. C'était un cours sur l'écologie de la planète. Grimsel expliquait pourquoi les Mères avaient décidé de ne coloniser qu'un seul des trois continents de Pollen. La bande subéquatoriale utile était relativement limitée du fait de la mer de Jade. Pourtant cette configuration leur avait semblé proche de la perfection. Elles voulaient à tout prix respecter leur nouvelle planète. Elles avaient dès l'Arrivée voté la sauvegarde des continents qui ne leur étaient pas nécessaires. La mer de Jade offrait une opportunité idéale : c'était un plan d'eau sans communication directe avec les océans de la planète. Il permettrait des ensemencements dénués de risque pour le reste du biotope marin.

Dès l'an 50, alors que la population humaine atteignait sept mille six cents habitants, les sept communes avaient été créées autour de la mer de Jade. Et dès l'an 70, les naissances étaient limitées à quatre-vingt-dix enfants l'an par commune. Au fil des décennies, la population s'était accrue doucement jusqu'à se stabiliser à la fin des années 160 autour de soixante-dix mille habitants.

Dix mille habitants par commune était un chiffre qui ne devait pas être dépassé, si l'on s'en tenait à la Charte des Mères. Et jusqu'ici, an de grâce 234 après l'Arrivée, le peuple de Pollen s'était maintenu dans les limites fixées au départ, ajouta Grimsel non sans un vif coup d'œil à Sahrâ.

Cette fois, la jeune fille n'avait plus de doute. Le tuteur quêtait son approbation. C'était bien elle que son regard sollicitait, et aucune autre des treize élèves encore là, maintenant que Sandre et Salem étaient parties.

Au signe de connivence suivant, Sahrâ se retint de baisser les yeux. À sa grande surprise, elle vit le soleil se lever sur les joues du tuteur. Oh ! ce pouvoir était délicieux. Dommage qu'elle le découvrît trop tard. Il restait à peine une semaine avant les fêtes de fin d'année. Et, son cycle d'études primaires achevé, elle n'aurait plus jamais Grimsel pour enseignant. Elle s'aperçut tout à coup qu'elle en éprouvait du regret. Pendant quatre ans, jour après jour, il n'avait cessé de répondre à ses interrogations, même cette nuit de l'année précédente où elle avait osé le réveiller parce qu'elle ne réussissait plus à croire qu'il ne fût pas resté un seul homme sur l'Arche. C'est impossible, disait-elle, impossible que pas un homme ne se soit opposé au massacre. Quand on dit « les Cent Mères », il devait y avoir des hommes parmi elles.

Grimsel lui avait assuré, d'un air chagrin qui ne devait rien à l'heure tardive, que les hommes s'étaient bel et bien entretués, qu'il n'en restait aucun. En revanche, les Cent Mères étaient en réalité cent vingt-trois. On disait cent pour simplifier, et aussi parce que chez une vingtaine d'entre elles, trop âgées, la fertilisation n'avait pas abouti. Les autres avaient donné naissance aux cent premières triades et, Jade en soit bénie, aux cent premiers garçons depuis la catastrophe. Après tout, les femmes auraient pu décider de se passer désormais du sexe mâle, elles en avaient les moyens. Au lieu de quoi, en l'espace de dix ans, elles avaient porté dans leurs flancs trois cents garçons, et même si c'était au prix de la naissance de six cents filles, elles n'en seraient jamais assez remerciées.

Sahrâ frissonna. Elle pensait à sa sœur qui allait donner la vie comme les Mères, sans le truchement d'une cuve, et comme elle n'avait jamais pu obtenir le moindre document via le Réseau, elle fantasmait la « mise bas », une parturition animale, saignante, excrémenteuse, et elle en était révulsée.

Elle rougit à son tour quand elle vit que le tuteur l'observait. Elle avait l'impression absurde qu'il était capable de la déchiffrer. À l'égal de Sandre. Mieux que Sandre, peut-être.

Un nouveau frisson la prit tandis qu'elle s'imaginait dans les bras de Grimsel. Elle se sentait nauséeuse, dégoûtée. Elle se dit que son attirance était un effet de l'antidépresseur et qu'elle n'allait pas laisser la drogue la détourner si facilement de son chagrin. Les images de Sandre et de Salem venaient encore à la demande flotter devant ses yeux. Elle les invoqua et se fondit en elles comme pour disparaître à jamais.

18

La sensation est celle de la semence masculine s'écoulant de son corps après l'amour, ou encore des trois gouttes qui s'échappent d'elle lors de certains fous rires. Elle a repoussé Pompeius cette nuit. Elle ne supportait pas ses mains sur ses seins trop sensibles et plus tard, le poids du garçon sur son ventre douloureux lui a semblé intolérable. Elle sait aussi qu'elle n'a pas ri, fût-ce dans son sommeil. Ses rêves matinaux, elle s'en souvient, étaient empreints de désespoir.

Elle se penche et regarde et hurle. Elle est en train de mourir, elle saigne. Alors elle se remémore la leçon d'Oullen et mord son poing pour contenir son cri. Haletante, les yeux voilés de larmes, elle se traîne à la salle de bains. Elle sent qu'elle agonise. Elle scrute dans le miroir ce double qu'elle ne connaissait pas, cette autre Salem aux pupilles dilatées, aux lèvres sèches, à la peau grise, et ne peut retenir un gémissement.

Débondé par la station debout, le sang sinue jusqu'à ses genoux, forme un delta sur son mollet, atteint le cou-de-pied. Ruisselet sombre, aux caillots presque noirs. Désagrégation de l'endomètre inutilisé, se rappelle Salem. La mort de l'œuf non fécondé. Et pourtant le gage de ma fertilité. Comment le sang mort peut-il être le signe de la vie à venir ?

Salem a dominé sa peur. Elle lave ses jambes, regarde l'eau se teinter de rouge puis rosir et retourner à son état incolore et bénin.

Les médiciennes ont tout prévu. Les tampons qui lui permettront d'oublier l'écoulement, les cachets qui vont endormir les spasmes de ses entrailles. Après elle se recouche, les bras serrés sur ce ventre rétif, incontrôlable. Il lui paraît soudain qu'elle doit le dorloter. Elle se ferme en chien de fusil. Les mains, le souffle de Sandre et de Sahrâ lui manquent. Jamais elle ne s'est trouvée aussi seule.

Elle est partie avec tant d'espoir et d'assurance. Elle craignait ses retrouvailles avec Pompeius. L'aimerait-il encore sans phéromones ? Elle avait retrouvé un guerrier frémissant de désir et dont la vue accélérait toujours les battements de son cœur. Tandis que la navette décollait, ils se tenaient main dans la main, s'extasiant ensemble devant les bleus cristallins d'Aigue-marine puis, tandis qu'ils s'éloignaient, admirant les violets d'Améthyste et l'or de Chrysolithe… et déjà les communes Émeraude, Rubis, Saphir, Topaze n'étaient plus que des points vert, rouge, bleu et jaune blottis contre la grande ellipse de la mer de Jade. Les montagnes étaient apparues, neigeuses, étincelantes, le trapèze du continent s'était dessiné sur l'océan immense. À l'horizon se découpaient les autres terres émergées de Pollen. Plus tard, Salem avait éprouvé les désagréables sensations d'un corps sans poids et, toute son attention concentrée pour s'empêcher de vomir, elle avait cessé de profiter du spectacle.

Elle était encore nauséeuse et n'avait pas détaillé le Bouclier quand ils avaient débarqué. Pompeius pépiait à son côté, nommant les lieux et monuments qui défilaient de part et d'autre de la nacelle, et elle avait l'impression que son langage désincarné lui picorait la tête. Qu'il se taise, pensait-elle en se retenant de plaquer ses mains sur ses oreilles.

Ils étaient enfin arrivés dans le faubourg résidentiel où Salem allait vivre, et la jeune fille ne risquait pas d'oublier l'orgueil du guerrier la conduisant partout dans la villa quand elle ne souhaitait qu'une chose, s'effondrer n'importe où et tenter de dormir. Lorsqu'il s'était exclamé en conclusion : « C'est quand même mieux que vos arbres, non ? », l'écœurement contenu jusque-là l'avait submergée. Tandis qu'elle vomissait dans le bassin de l'atrium, la moue de Pompeius la payait de ses fanfaronnades.

Elle se dit qu'elle devrait éviter de critiquer son guerrier. Ses compagnes Sézanne et Sofia sont autrement à plaindre. Sans les phéromones, Paulinus et Pretorius les auraient-ils choisies ? Quant à leur propre choix, c'est une fiction totale. Elles pleurent tous les jours depuis leur arrivée, à l'unisson des douze autres élues de l'année. Salem a fui le cénacle où les femmes se retrouvent, tant ce désespoir la déprime. Les aînées, même quand elles sont depuis longtemps sur le Bouclier, ne sont pas d'une grande aide. Difficile de se laisser persuader qu'il faut oublier sa triade, que la vie du Bouclier n'est pas moins riche de fruits que celle de Pollen. Vous irez mieux quand vous aurez vos fils, disent-elles. Pourtant Salem a remarqué comment des grappes de femmes se sont agglutinées autour des élues issues de leur commune d'origine. Chacune espère que les arrivantes apporteront des nouvelles du frère ou de la sœur perdues, oubliant à quel point elles furent elles-mêmes désorientées et si dépossédées qu'elles étaient incapables de penser à autre chose qu'à leurs propres frère et sœur disparues.

Salem s'est liée d'amitié avec une seule de ces femmes, Grenade, qui a eu la patience d'attendre quelques jours et s'est assurée du relatif équilibre de Salem avant de l'interroger. C'est la sœur de Grimsel, et Salem regrette de n'avoir pas été plus attentive à son tuteur. Grenade dit que même des bribes sont préférables au vide dans lequel elle est restée pendant plus de dix ans.

Salem se montre plus circonspecte avec Riyad. Elle n'a pas oublié sa souffrance, quand Sandy la quittait pour rejoindre cette fille. À la première vision de sa rivale, son cœur s'est emballé. Riyad est mère d'un premier garçon et sa maternité semble avoir exalté sa beauté. Elle n'a pas cherché à retrouver Sandre. Autant vouloir approcher un pestiféré. Puis avec les soins qu'elle donne à son bébé, elle n'a plus de temps pour les intrigues. Salem la pense sincère et cela l'inquiète et la soulage à la fois. Son ressentiment n'en reste pas moins vif. Ce sont Riyad et son frère Riom qui ont présenté Sandre à Moray. Sans son amie, Sandre serait encore sur Pollen. Aussi Salem délivre-t-elle au compte-gouttes ses informations sur le frère et la sœur de Riyad. Mesquine revanche, dont elle éprouve quelque honte à se satisfaire.

D'autant que Riyad est demeurée bredouille dans sa quête auprès de Sézanne et de Sofia. Elles habitaient en périphérie d'Améthyste, loin des arbres de Riom ou de Salem. Et seule Sézanne a eu des contacts avec le Mouvement. Contacts épisodiques et tardifs. À l'époque et malgré sa colère, Riom délaissait la lutte, consacrant son temps libre à sa sœur qui souffrait d'une dépression tenace.

Ce que Salem distille à Riyad avec parcimonie, elle le prodigue en revanche à Grenade, trouvant du réconfort à évoquer la commune perdue, magnifiant le souvenir d'un professeur dont elle se garde d'avouer qu'elle le dénigrait souvent. Elle s'est aperçue à deux ou trois reprises qu'elle montait en épingle de tout petits faits agréables pour le simple plaisir de voir briller les yeux de Grenade.

— Tu es ma captive, dit-elle à la jeune femme. L'esclave de mon passé, de mes moments passés avec ton frère. S'il n'avait été mon tuteur, je te serais indifférente.

Grenade hoche la tête. Salem a été assaillie de questions par un essaim de femmes originaires de sa commune, mais Grenade n'essaie pas de mettre en avant ce prétexte. Chaque année, le Bouclier reçoit son quota de filles : des nouvelles d'Améthyste, elle n'en a jamais manqué. Seuls les fils tissés entre Salem et Grimsel l'intéressent. Ils lui rendent un peu de son frère, par procuration. Sa reconnaissance est immense. Au point qu'elle a décidé d'aider Salem dans sa quête de Sandre. Elle n'a jamais rencontré le garçon, les quartiers des femmes sont séparés de ceux des célibataires afin d'éviter les tentations, bien assez nombreuses déjà avec les hommes mariés. Elle a promis de se renseigner. Il est assez rare que les femmes se reçoivent dans leurs villas, mais elle a de si bons rapports avec son époux Decimus qu'elle s'est permis de convier Salem chez elle.

Quand elle accueille la jeune fille, au début de l'après-midi, son visage s'est départi de son expression enjouée habituelle. Elle néglige le tour du propriétaire, entraîne Salem à travers l'atrium, l'invite à s'asseoir dans une pièce lumineuse où s'échappe d'une cassolette une fumée paresseuse au parfum d'épices.

Grenade s'affaire devant un service en cristal. Elle transvase un fond de liqueur écarlate dans deux coupes évasées, ajoute de l'eau dans l'une d'elles et la tend à son invitée.

— Hibiscus et baies rouges, annonce-t-elle. Goûte, c'est très rafraîchissant.

Son regard évite celui de Salem. Elle verse de l'eau dans son propre verre, contemple d'un air absent les panaches sanguins qui s'épanouissent à l'intérieur du récipient.

Salem hume sa boisson avec prudence. Ce rouge agressif lui paraît bien suspect. L'odeur est fraîche, acidulée, et quand la jeune fille ose tremper ses lèvres, elle trouve au liquide un goût de feuilles jeunes, joyeux, pétillant, d'une délicatesse exquise.

— Délicieux, apprécie-t-elle. Tu la déniches où, ta liqueur ?

— Je t'en donnerai. Je la fabrique. Mes trois hommes en raffolent.

— Voilà pourquoi ton Decimus t'adore ! Tu le tiens par le ventre.

— Moque-toi. Ce n'est pas une si mauvaise façon de s'attacher un homme.

Salem se retient de hausser les épaules. Elle ne veut pas se montrer discourtoise. Elle termine son verre, attend que son hôtesse entre dans le vif du sujet. Elle est venue pour Sandre, pas pour échanger des banalités sur des recettes ou sur la vie du Bouclier. Hélas, Grenade reste abîmée dans son silence, front bas, œil fixé sur sa coupe comme si elle allait en tirer les secrets de l'avenir. Bientôt, Salem n'y tient plus.

— Alors, demande-t-elle, tu as appris quelque chose ?

Grenade hoche la tête, mais ce n'est pas un geste d'acquiescement. Elle se décide à regarder Salem.

— Je ne t'ai pas dit tout ce que je savais. Je voulais t'épargner. Garder ton espoir intact tant que tu ne m'aurais pas raconté Grimsel. En vérité, l'arrivée de ton frère n'est pas passée inaperçue. Tu comprendras bientôt. Sans nos fils, nous ne sommes rien. Les mères, ici, vivent dans la terreur de les voir disparaître. Qu'ils soient tués dans l'espace est insupportable, mais ils meurent alors en héros et celles qui les ont engendrés sont traitées avec un grand respect. La mort sur Pollen, en revanche, est une mort vide de sens et d'honneur, inconcevable, inadmissible. Ici, ton frère est un objet de haine. J'ai tremblé pour toi quand tu m'as dit que tu étais sa sœur. As-tu remarqué cette femme au teint bistre et aux yeux plissés qui se tient toujours à proximité de la grande baie du cénacle ? Oui, tu n'as pas pu manquer son regard : il ne te quitte jamais et il n'a rien d'amical. C'est Annam, la grand-mère de Publius.

— La quoi ?

— Tu ignores les liens de parenté qui régissent le Bouclier ? Pompeius ne t'a pas présenté sa famille ?

— Il dit que ça peut attendre.

— Hum ! Ils n'ont pas apprécié son choix. On les comprend. La sœur d'un assassin !

— Merci bien.

— Pardonne-moi, mais s'ils se montrent avec toi, c'est un suicide social.

— Et toi ? Tu te montres avec moi, non ?

— Je suis une excentrique. J'ai cultivé cette étiquette. Elle me permet certaines libertés. Annam n'en a aucune. Je t'explique ses liens : la grand-mère de Publius est la mère du père du garçon tué par Sandre. Son mari, Xanthus, est le grand-père. Et ses propres parents sont encore de ce monde, les arrière-grands-parents, donc. Annam sait qui tu es. Crains-la, et crains aussi Valmy, la mère de Publius. J'étais soulagée d'apprendre qu'elle était à l'hôpital quand tu es arrivée. Dépression, disait-on. Cela ne paraissait étonnant à personne tant nous l'avions trouvée agitée depuis la mort de son fils. En fait, elle est sous camisole chimique. Si j'en crois Decimus, qui semble sûr de lui, elle aurait poignardé ton frère devant le temple du Principe Souverain.

— Il est… il est… commence Salem dont la gorge se bloque.

— Valmy s'est montrée moins adroite que lui. Une côte a dévié le poignard. Le cœur n'est pas touché. Ton frère guérira s'il ne souffre pas de complications. Le problème, c'est qu'il a trop d'ennemis. Il serait déjà mort si le général ne l'avait adopté.

— Adopté ? C'est une procédure très rare, non ?

— Il ne s'agit pas d'adoption légale. Ton frère est le giton de notre chef. En principe, cela le rend intouchable. Il a de la chance d'être joli garçon.

— Ça ne l'a pas protégé contre la mère de Publius, dit Salem, lugubre.

— Hélas, l'un de vous deux devra mourir afin de rétablir l'équilibre.

Grenade est si sombre, si affirmative. Salem baisse la tête, accablée. Elle n'a jamais douté que Sandre serait en danger lors de ses débuts sur le Bouclier. Elle était d'autant plus déterminée à le rejoindre qu'elle voulait l'épauler. Elle n'avait pas imaginé encourir elle-même la vindicte de toute une parentèle.

— Alors, c'est sans espoir, murmure-t-elle.

— Le seul élément en votre faveur, c'est votre âge. Il faudrait réunir une assemblée.

Grenade s'est levée, elle arpente la pièce, lèvres mordues dans l'effort de la réflexion.

19

Zelten n'aimait pas les réunions plénières du Conseil municipal. Les cent élues du peuple éprouvaient quasi toutes le besoin de marquer leur présence par une intervention. Même les hommes. Surtout les hommes. Comment leur en vouloir ? C'était presque la seule circonstance de la vie publique où ils avaient l'occasion de grappiller les miettes du pouvoir féminin. Et s'ils souhaitaient poursuivre une carrière politique, il leur fallait se faire valoir par leur connaissance de tel ou tel dossier ou briller par leur éloquence. Rester dans l'ombre vous condamnait à ne jamais attirer l'attention d'Ifni, ou de la bourgmestre qui lui succéderait. Une décennie plus tôt, à vingt-six ans, Zelten avait été le plus jeune élu de Pollen, marquant à ce titre l'histoire des centuries et suscitant l'intérêt d'Ifni. Il n'avait pas un grand talent d'orateur, mais il savait jouer de sa beauté d'athlète aux cheveux orange et de sa voix profonde, apaisante. Enfin, quand il discutait avec autrui, homme ou femme, il avait appris dès l'enfance à donner l'impression d'une écoute totale, où sa personne entière se trouvait engagée. Au début, sa passion et sa curiosité n'étaient pas feintes. Elles s'étaient émoussées au fil des ans, en même temps que son avidité pour une connaissance dont certains accès lui restaient interdits. Quand, à vingt-huit ans, il était entré au service d'Ifni, secrétaire le jour et amant la nuit, il avait imaginé naïvement que les barrières s'effondreraient devant son avancée irrésistible.

Il avait su se rendre indispensable, mais les barrières avaient tenu. Sa position d'auxiliaire, acquise depuis trois ans, ne les avait ébréchées en rien. C'était pourtant la plus belle promotion dont un homme eût le droit de rêver à l'échelon d'une commune. Certes, en théorie, l'accès au rang de bourgmestre n'était pas conditionné par le sexe. Seulement il suffisait de détailler la composition d'une assemblée communale et l'on comprenait pourquoi, en deux cent trente-quatre années de Pollen, aucun homme n'avait été élu à ce poste : les quatorze guides étaient exclusivement des femmes et le contingent des hommes à la tête d'une centurie n'avait dépassé dix pour cent qu'au moment des incursions abouties de pirates. De toute façon, le tiers masculin de la planète avait toujours été sous-représenté.

Pour progresser encore, Zelten devrait provoquer les regards de la matriarche. Oural n'était pas sectaire. La composition de son cabinet respectait scrupuleusement les pourcentages hommes-femmes et elle n'hésitait pas, lors de ses visites aux communes, à prendre des avis masculins. Si Zelten était promu membre de son gouvernement, il pourrait espérer la nomination suprême : chef du Bouclier.

Zelten s'ébroua sur sa chaise. Il se sentait comme un étalon qui piaffe dans un enclos trop étroit. Parfois, il lui devenait presque impossible de s'empêcher de ruer et de mordre. Où qu'il fût, il s'efforçait alors de s'éloigner. Jamais il ne ferait carrière s'il se montrait agressif. Tout homme exerçant un pouvoir devait paraître un modèle de pondération. Quant à d'éventuelles revendications, il n'en était pas question. Effleuraient-elles par trop son esprit, du fait d'une injustice voyante, il s'en ouvrait à Ifni, les prétendant issues de telle ou telle centurie.

Ifni feignait d'être dupe et soumettait le problème au Conseil ou en assemblée. Il arrivait que Zelten obtînt ainsi gain de cause, mais triompher ou non ne l'empêchait pas de s'exaspérer de ces tours et détours.

Il réprimait un bâillement en se mordant le pouce quand Greco demanda la parole. Elle ne parlait pas au nom de sa centurie mais en tant que médicienne des triades défaites.

Zelten se pencha sur son siège, soudain attentif. Il avait été l'amant de la jeune femme alors que, tout juste sortie de l'enfance, sa sœur lui était ravie par un guerrier. Il se souvenait de Grimsel, le frère inconsolable, enfermé dans sa douleur au point d'y enfoncer la jumelle qui lui restait. Encore aujourd'hui, Zelten avait honte d'avoir profité de la situation. C'était si facile. Greco demandait juste un peu d'attention et de compassion pour sortir la tête de l'eau et Zelten avait cultivé la qualité de son écoute… Elle l'avait quitté dès qu'elle avait cessé d'être sous antidépresseurs, comme une béquille dont on se débarrasse avec joie. Zelten en avait éprouvé du regret. Il aimait la douceur de sa peau et sa sensualité.

Lui avait-il communiqué le désir d'être partie prenante dans la gestion de la cité ? À vingt-neuf ans, Greco n'avait pas quitté le quartier de son arbre d'adolescente. Elle dirigeait la 66e centurie. Zelten s'autorisa un instant d'émotion. Il était issu de la même centurie. C'était là qu'il avait rencontré Greco, deux ans avant qu'il ne fût élu, deux ans avant ses débuts réels dans la politique.

Un brouhaha de voix mécontentes s'éleva dans la salle, reprochant son sujet à l'oratrice. Seules les affaires de la cité se trouvaient à l'ordre du jour. Greco insistait. Incapable de sortir l'une de ses jeunes patientes de son marasme, elle demandait conseil. Aux chicaneuses, elle opposa que sa malade était dans une situation inédite puisqu'on l'avait privée de ses jumelles, désormais sur le Bouclier. Et que la déportation des deux fût légitime n'était pas de nature à diminuer sa douleur.

Greco s'inquiétait aussi pour le jumeau de Sézanne, une autre fille enlevée par un guerrier. La mort bouleverse moins les triades que ces rapts, accusait-elle, et l'on entendait dans sa voix vibrant de ressentiment qu'elle n'avait jamais fait le deuil de sa sœur disparue.

— Il leur faut un dérivatif, clama l'une des guides.

C'était Kirov, la Radicale. Chaque fois qu'elle prenait la parole, lors d'une assemblée ou d'un Conseil, le corps de Zelten le trahissait. Ce corps avait peur de l'anéantissement. La simple voix de la Radicale le recroquevillait. Zelten devait lutter contre un mouvement réflexe de sa main pour protéger son scrotum.

— Je les embarque, disait Kirov. Toutes les deux, la fille et le garçon. Elles seront mousses sur mon bateau. Et je peux t'assurer, ma petite, que dans un mois elles auront cessé de se lamenter sur leur sort.

— La manière forte ne me paraît pas indiquée, protesta Greco.

— Qui te parle de manière forte ? Tu assimiles tâches physiques et brutalité ? Je ne suis pas une massacreuse. Il s'agit seulement de leur remplir la tête d'autre chose que de leurs souvenirs.

— Kirov a raison, intervint Ifni. Il faut leur changer les idées. Puisque notre capitaine se propose, accepte l'opportunité, ma chère Greco. Comment se nomme le garçon ?

— Seymour, mais je déteste ce que sous-entend…

— Tss-tss, coupa la bourgmestre. Seymour et Sahrâ seront mousses à l'essai. Un mois reconductible. Si cela ne leur convient pas, nous arrêterons l'expérience. Et maintenant, silence vous toutes, la parole est à la 67e centurie.

Ifni savait user d'un ton comminatoire. Zelten admirait ce talent. La rumeur se tut, et la centurionne de la 67e ayant décliné l'invite, le centurion de la 68e lui succéda, véhément, pour un problème de collecteur dont la rénovation tardait.

Zelten retint un soupir et prit la parole. La 68e était en périphérie d'Améthyste. Les travaux rayonnant toujours à partir du centre, il fallait accepter un délai. Certes, ce n'était pas lui qui endurait les émanations fétides des effluents, mais tout de même, est-ce qu'on ne supportait plus le moindre inconfort, sur Pollen ? Un minimum de patience serait le bienvenu. Dans une semaine au plus tard, les administrés de la 68e obtiendraient satisfaction : les biomécanismes étaient programmés.

Quand la séance du Conseil s'acheva, Zelten, abruti de fatigue, dut affronter Greco qui lui reprochait de ne pas l'avoir soutenue. Et le lendemain, il lui fallut recevoir Kindia, la marraine de Sahrâ. Elle pleurait, affolée, rappelant que Kirov était sa sœur, en dépit des apparences, et qu'elle ne la connaissait que trop bien.

Zelten l'avait regardée, médusé, comparant en pensée ce corps à l'allure si moelleuse avec celui de Kirov, tout en angles musculeux. Il était rare que deux jumelles évoluent de façon si divergente. Jusqu'aux yeux de Kirov dont le bleu irréel de lampe à souder ne ressemblait en rien au vert pailleté d'or de ceux de Kindia. Sans doute la capitaine portait-elle des lentilles pour en changer la couleur, une coquetterie que Zelten n'aurait jamais soupçonnée.

Kindia expliquait que Kirov était une brute, qu'elle n'avait jamais accepté son métier de marraine, qu'elle l'avait toujours accusée de l'avoir délaissée, et pour quoi ? Pour une marmaille pisseuse et brailleuse, bref insupportable et sans intérêt. Qu'elle eût elle-même été une gamine pisseuse et brailleuse, affamée des soins de sa marraine, voilà qui ne lui venait pas à l'idée.

Kindia disait que sa sœur savait de qui Sahrâ était la pupille. Comment ne pas craindre le pire ? Kirov, à coup sûr, allait se venger sur Sahrâ de « l'abandon » de Kindia.

Jade en soit bénie, Ifni était arrivée à cet instant en compagnie de Weda, et Zelten avait délégué à la bourgmestre et à sa deuxième auxiliaire le soin de calmer la marraine. Kirov devait être considérée comme l'électrochoc qui tirerait Sahrâ de sa dépression, avançaient les deux femmes. Et que Kindia se rassure : l'équipage de sa sœur n'était pas composé exclusivement de Radicales. Une officière et deux navigatrices étaient dévouées en secret à Ifni. En temps normal, elles surveillaient les agissements de la Radicale, mais la bourgmestre allait les charger de vérifier l'adaptation des deux mousses.

Kindia, reniflant, avait laissé Ifni la serrer dans ses bras, mais Zelten voyait bien, tandis qu'elle s'éloignait, que les exhortations de la bourgmestre ne l'avaient en rien rassurée, et il lui suffisait d'écouter les réactions de son corps à la seule évocation du nom de Kirov pour partager la peur de la marraine.

20

Étendue dans un hamac qui accompagne le roulis du bateau, Sahrâ soupire. Ses bras, ses jambes, son dos rompus aspirent au sommeil mais son esprit ne parvient pas à négliger le bruit léger des sanglots que Seymour essaie d'étouffer, à dix pas de sa couche.

Sahrâ s'est habituée sans mal à sa vie de fille de l'eau, mais le frère de Sézanne est le seul homme à bord. Un homme à peine sorti de l'enfance, fragilisé par la perte de sa jumelle, en butte aux invectives et aux moqueries des Radicales embarquées.

Les plus acharnées sont les navigatrices aux ordres de Riga, l'une des officières. Des filles frustes, brutales, qui ne manquent pas une occasion de bousculer le garçon. Uzès, l'officière en second, intervient quand ce qu'elles appellent un jeu se transforme en sévices. Elle s'oppose alors à Riga, qui protège ses « filles » au nom du rite de passage, sous le regard électrique de Kirov, capitaine prétendue impartiale de la *Sémiramis*. Curieusement, personne ne s'attaque à Sahrâ, comme si consigne avait été donnée de la laisser tranquille. À moins que ces femmes qui n'aiment que les femmes et le montrent avec ostentation n'aient décidé de la persuader que sillonner la mer de Jade en leur compagnie, c'est atteindre à un idéal.

Sahrâ se surprend parfois à trouver confortable leur rude fréquentation, toute en rapports directs, explosions de colère ou de rires, loin des sous-entendus, frustrations et révoltes larvées des garçons d'Améthyste. Pourquoi lui est-il si difficile d'abandonner Seymour ? Ce matin, en l'absence du garçon, elle a ri d'une pique qui le visait. Ensuite, elle s'en est voulue durant des heures, comme d'une lâcheté qu'elle aurait commise. Et après tout, c'était bien une lâcheté, cette acceptation veule de la méchanceté des autres.

Le larmoyant Seymour… Et qu'était-elle avant son arrivée sur la *Sémiramis*, quand elle n'était pas abrutie de drogues ? Ici, pas question d'adjuvants, ce serait dangereux. Seymour, tout autant qu'elle, doit affronter son chagrin. Et le moyen de le surmonter quand on trouve indifférence et bourrades en place de compassion ou de tendresse ?

Sahrâ se lève et s'approche du hamac où gît Seymour, reniflant, recroquevillé. Elle enjambe les mailles, se couche contre le dos du garçon, caresse les cheveux collés par le sel.

— Là, là, chuchote-t-elle, le nez froncé par l'odeur d'un corps trop négligé.

Seymour se retourne, se blottit dans ses bras. Elle réprime un haut-le-cœur, respire par la bouche et bientôt n'y tient plus. De toute façon, le garçon s'est calmé. Elle tente de se dégager, il s'agrippe comme un crabion.

Elle lève les yeux au ciel, dans le noir de la cale. Les sentiments sont un piège. Ils n'apportent qu'ennui et souffrance.

— D'accord, soupire-t-elle, je vais rester avec toi. Mais uniquement si tu passes à la douche. Tu pues, et pas seulement le poisson.

— Je veux bien si tu m'accompagnes.

Sur le point de céder à l'exaspération, elle saisit la peur du garçon. Les douches de l'équipage sont collectives. Rien de plus logique sur un vaisseau de femmes. Sahrâ frissonne. Il lui a suffi de s'imaginer, seule de son sexe, se lavant sous les quolibets d'une horde masculine. Sans doute attendrait-elle aussi que la crasse la démange avant de sacrifier à l'eau lustrale.

Sauf l'équipe de quart, les mousses sont les dernières couchées sur un bateau. Quand elles y arrivent, les douches sont désertes. Seymour insiste néanmoins pour que Sahrâ se lave avec lui. Elle refuse, elle a dépensé son quota d'eau pour la journée et elle ne veut pas écorner celui du lendemain.

— De l'eau, j'en ai à revendre, supplie le garçon.

— Avoue plutôt que ma nudité conditionne la tienne, grogne Sahrâ, trop bas pour que Seymour entende.

Un instant plus tard, elles sont nues toutes les deux, Seymour enfonce sa carte d'eau dans l'une des bornes doucheuses, commence à se frotter sous le jet, extatique.

— Quelle merveille, dit-il quand le flux s'arrête. Tu me rejoins?

Il réinsère sa carte dans la borne et Sahrâ, heureuse de le voir enfin se détendre, s'approche pour profiter de cette manne.

Riant aux éclats, Seymour entreprend de savonner Sahrâ. Qui pensait se prêter avec indifférence et s'aperçoit que son corps a des exigences auxquelles il est difficile de résister. Elle ferme les yeux, ses joues s'empourprent sous l'eau tiède, ses seins se tendent sous les mains qui les caressent. Personne ne l'a touchée ainsi depuis le départ de ses jumelles. Seymour a cessé de rire. Son membre s'insinue. Sahrâ s'ouvre. La jouissance l'emporte très vite, mordant l'épaule du garçon pour étouffer ses cris. Quand elle rouvre les yeux, Kirov la regarde. Et l'expression de ce regard est extraordinaire.

Envie, supplication ? Sahrâ sait déjà le désir de la capitaine. Elle comprend soudain qu'elle pourrait prendre barre sur cette femme, si elle le souhaitait. Elle décide d'éprouver sur-le-champ ce pouvoir. Fronçant les sourcils, elle fait un petit signe en direction de la porte.

Kirov lui décoche un sourire équivoque. Elle hoche la tête, se détourne et franchit le seuil en silence. Seymour jouit à son tour dans un grondement rauque. Il ignorera toujours qu'il s'est donné en spectacle.

De retour dans la cale, il se couche et s'endort sans pleurer, pour la première fois depuis près de vingt jours. Sahrâ sourit dans le noir. Elle éprouve un sentiment de triomphe qui gomme son propre chagrin.

Le lendemain, la *Sémiramis* rencontre le premier banc sérieux de séliens depuis le début de la campagne de pêche. Dure journée qui vide l'esprit de tout ce qui n'est pas tâche immédiate : débarrasser les filets dès qu'ils ont été treuillés des poissons qui frétillent, regarder avec regret pendant le triage la mort ternir les écailles arc-en-ciel, orienter les corps inertes vers les unités de vidage et de surgélation.

À plusieurs reprises, au fil des heures, des frôlements insistants surprendront Sahrâ. La capitaine, toujours, qui passe de groupe en groupe, prêtant la main ici pour haler un filet – son corps se pousse alors contre celui de Sahrâ –, exhortant là une équipe dont l'activité se relâche, précisant ou indiquant les bons calibres, ludion revenant sans cesse à ses mousses, mais Sahrâ seule est l'objet de toute son attention, Sahrâ dont elle gratte le front qu'une main lasse a couvert d'écailles, Sahrâ dont elle masse les épaules, Sahrâ que tant d'insistance amuse et flatte.

Kirov n'est pas n'importe qui. C'est une guide, l'une des figures premières de Pollen, juste après la matriarche et les membres féminins de son cabinet. Elle est de surcroît la capitaine d'un des plus gros vaisseaux de Pollen. C'est la première fois que Sahrâ suscite l'intérêt d'une aussi puissante entité. Son âge, il est vrai, avait jusqu'ici écarté d'elle tout adulte. Leurs relations sexuelles avec les jeunes sont interdites avant le bal du Don. Un tabou puissant, Sahrâ n'a pas connaissance qu'il soit jamais violé.

Sahrâ pense à Grimsel, son tuteur dont la sœur trop bavarde a osé lui avouer l'attirance. Elle s'est imaginée dans les bras de Grimsel, elle s'en souvient, et combien cela lui semblait choquant si près de la disparition de ses jumelles… mais le tuteur n'a pas trente ans. Et son métier n'est pas prestigieux.

Kirov, c'est autre chose. Cinquante et un ans, autant dire une ancêtre pour une fille qui fête aujourd'hui ses dix-huit ans. D'où vient alors que Sahrâ ne frissonne pas de dégoût ? La capitaine a pourtant la réputation de choisir des amantes aussi jeunes que possible.

Sahrâ hausse les épaules. Se persuade qu'il lui sera plutôt agréable de faire tourner en bourrique l'une de ces guides qui l'ont privée de Sandre. Accoudée au bastingage, dans l'odeur affreuse qui monte de son propre corps et du pont qu'elle vient pourtant de lessiver, elle s'offre un peu de répit avant la douche du soir.

Theïa, l'étoile de type G qui dispense sur Pollen un rayonnement analogue à celui dont jouissait Terra, berceau de l'humanité, baigne son globe rougeoyant dans la mer de Jade. Sahrâ lève la tête. Le disque du Bouclier n'est pas encore visible. Sa gorge se serre, néanmoins. Comment allez-vous, Sandy, Salem ? Existez-vous, là-haut, mes lointaines étincelles ?

Une main se pose sur son bras.

— Tu penses à elles, n'est-ce pas? fait Kirov d'une voix douce. Quand tu seras lavée, viens dans ma cabine. J'ai préparé un souper pour ton anniversaire.

Elle s'est éclipsée sans attendre. Et de toute façon, que répondre? Pardonne-moi, capitaine, je suis trop fatiguée. Elle s'aperçoit soudain qu'elle est soulagée à l'idée de ne pas rester seule, ce soir entre tous, elle qui n'a jamais fêté sa naissance sans l'amour et les caresses de ses jumelles.

Ses paupières se ferment, sa tête bascule, ses mains l'ancrent au bastingage tandis qu'un afflux d'images la submerge. La ronde enfiévrée des triades de la closerie, ces soirs de fête, les yeux de Salem qui lui semblaient s'étoiler d'or quand elle était petite, les bruits extraordinaires qu'elle-même déchaînait avec les instruments de musique, improvisant pour accompagner la sarabande des magiciennes invitées à les faire rêver, les rires et les cris de Sandy, si monstrueux qu'ils lui cassaient la voix, la douceur des servants qui les portaient enfin, soûles d'épuisement, dans le grand lit clos où elles dormaient blotties.

Et plus tard, quand elles avaient accédé à leur arbre-nid, le déchaînement sensuel qui les emportait, ivres de sève et de la fumée des joints de jal, jusqu'aux petites heures du matin…

Non, Sahrâ n'a pas envie de rester seule, cette nuit. Ce qu'elle pourrait obtenir de Kirov, elle n'en a pas idée. Cela l'intrigue, la pousse en avant, vers les douches, puis la cabine de la capitaine. Kirov l'attend, assise entre deux candélabres dont les flammes dansent dans ses yeux impossibles.

Sahrâ prend place sur le siège qu'on lui désigne. Raidie, la gorge sèche, le feu aux joues. L'atmosphère confinée de la pièce où s'étirent des volutes musquées issues d'un brûle-parfum l'oppresse. Soudain elle voudrait fuir, mais Kirov a poussé devant elle la coupe de bienvenue. Sahrâ boit. La sève fermentée est aromatisée par des épices qui enflamment sa bouche. Kirov sourit de son cri de surprise.

— La deuxième gorgée passera mieux, assure-t-elle. Et à la troisième, tes papilles seront engourdies.

Sahrâ renonce à poser la coupe. Elle boit, circonspecte, et détaille, cette fois, des arômes de muscade et de poivre auxquels succède un étrange parfum sucré-salin.

Dès sa troisième tentative, sa bouche lui semble morte, ses muscles se détendent. Elle mange, elle veut résister à l'ivresse, échapper au regard brûlant qui la scrute, elle n'a pas l'habitude des dîners privés. Elle mange, émerveillée de trouver sur la table les mets les plus rares, comprenant pourquoi le glisseur qui les relie au continent les a ravitaillées avec un jour d'avance.

Jamais elle n'a été l'objet de telles attentions et, tandis qu'elle se délecte d'une huître d'élevage plus grande que sa main, elle s'abandonne à la torpeur. Après les fruits de mer et le flan de pommes-farine, Kirov saisit la pièce montée qui attendait sur une desserte. Un extraordinaire édifice de laminaires confits et caramélisés affectant la forme d'un delphinien jaillissant hors de l'eau, ses ailes déployées.

Sahrâ bat des mains, enthousiaste. Quant à porter la dent sur l'aérienne construction… Heureusement, Kirov, brisant l'une des ailes, la tend devant ses lèvres.

Croquer. Fermer les yeux sur le délice qui fond dans votre bouche et la réveille. Explosion sensorielle. Comme si les goûts se paraient soudain de couleurs. Pointues, vives, acidulées.

Sahrâ se renverse sur son dossier avec un soupir d'aise. Le regard satisfait de Kirov la couvre. Quelle chaleur ! Ses doigts maladroits tentent de dégrafer sa tunique. Si vite relayés par ceux de la capitaine…

21

Laser. Une décharge sévère. Puis l'alarme, aiguë, lancinante. Série d'impacts sur les boucliers. L'habitacle tressaute. Odeur de composants calcinés. Réagis, Sandy. La peur, c'est la mort. L'adrénaline doit te doper, pas t'enfoncer. Voilà. Contournement. Pas si mal. La cible, droit devant. Tire, mais tire!

Mise à feu réussie, le canon du guêpion n'a pas été endommagé. Là-bas, l'ogive atteint son but. Aveuglante explosion dans la nuit de l'espace. Et le cri de victoire de Sandre. Il a triomphé du pirate qui le traquait.

Tous les faisceaux laser en synergie. Il s'agit de percer les boucliers électromagnétiques de l'ennemi. Rayons X. Un vrai bombardement. D'autres guêpions empêchent les chasseurs pirates de secourir leur vaisseau mère. Victoire! Un soleil s'allume sur la coque à l'instant où le bouclier cède. Un espace de confinement est touché. Les guêpions se sauvent pour échapper à la réaction en chaîne. S'il en réchappe, le croiseur ne sera plus qu'une épave. Mission accomplie.

Manœuvre autour du vaisseau mère. Revenir au contact. Là où s'active l'essaim principal du Bouclier. Il ne suffit pas d'abattre les chasseurs pirates. Seule la destruction de leur croiseur, à tout le moins des avaries sérieuses, les dissuadera peut-être de revenir attaquer Pollen.

— Bravo, dit la voix désincarnée de l'instructeur. Si tous mes élèves étaient comme toi…

Sandre secoue la tête, comme si ce geste allait l'aider à reprendre pied dans le réel. Quand la simulation prend fin, il a toujours autant de mal à croire qu'il n'était pas sur un vrai champ de bataille. L'illusion est si parfaite. Son sentiment de fierté demeure, cependant. Lors d'un vrai combat, il aurait abattu le chasseur et contribué au succès du Bouclier. En trois « sorties » seulement, il a maîtrisé tous les paramètres de vol sur un guêpion. Quatre leçons de plus lui ont suffi pour apprendre à tirer et à toucher sa cible. Licinius, son instructeur, prétend n'obtenir ce résultat chez un élève qu'au bout de vingt à trente leçons en moyenne.

Sandre enlève son casque, se défait du harnais sensoriel et s'extirpe de l'habitacle. Dans la salle, Licinius achève la mise en mémoire de l'exercice qu'il a contrôlé sur les écrans témoins. Il adresse un sourire satisfait à l'apprenti chasseur.

— Pas de feed-back, aujourd'hui. Tout est O.K. Dès demain, je t'expose. Affrontement multiple. On va voir ce que tu as dans le ventre.

Sandre hausse les épaules. Pourquoi pas. Sa vie n'est pas en jeu, même s'il est sûr du contraire quand il est sous l'empire de la simulation. Et de toute façon, rien n'est plus excitant. Sa vie d'avant lui prodiguait-elle des émotions aussi intenses ? Il en doute. Son instructeur affirme que la RV n'est jamais utilisée dans les apprentissages sur Pollen. Du moins pas avant l'âge adulte.

Sandre se défait de la combinaison constellée de capteurs. Étrange dépouille gris argenté qu'il manipule avec respect et précaution. Elle est plus pour lui qu'une simple interface. Elle est ce qui lui permet de prendre pied dans le rêve et d'y déployer le meilleur de lui-même. C'est un refuge où aucun de ceux qui le haïssent ne peut interférer.

Hors la simulation, Sandre redevient « l'assassin de Publius ». Cette étiquette est comme une ombre attachée à ses pas. Impossible de s'en affranchir et pourtant, puisque le meurtre et tout ce qui l'a précédé ont été effacés de votre mémoire, comment l'accepter ?

En se réveillant une nouvelle fois à l'hôpital après avoir été poignardé, quand la souffrance a succédé aux anesthésiants, Sandre a pensé que cette fois, il avait expié. Pollen était réputée pacifique. Après deux agressions aussi sauvages, il était sûr qu'on le tiendrait quitte.

Le Bouclier n'est pas Pollen. Ici, la violence n'est pas un péché. Le plus souvent, on la considère comme une juste réponse. Et six guerriers ont été tués sur la planète ingrate dont ils étaient les défenseurs. Que Sandre soit l'auteur d'un seul de ces crimes importe peu. En quelque sorte, il est la figure emblématique qui incarne les six meurtriers.

Caius l'a compris. Il a renoncé à son projet initial, incorporer Sandre à l'une des centuries. Le garçon est donc dispensé des exercices collectifs et des grandes manœuvres. En cas d'attaque, il ne sera pas cantonné à la défense au sol. Ce qui ressemble fort à du favoritisme.

Outre ses tâches guerrières, chacun des défenseurs du Bouclier doit apprendre un métier civil et contribuer à la bonne marche du satellite. Sandre a été affecté aux cuisines.

Ce travail mésestimé compense son apprentissage accéléré de pilote. Sandre s'est vite satisfait de ce choix. Est-ce la fréquentation de la nourriture, les guerriers cuisiniers sont plus tolérants – plus mous, disent leurs détracteurs –, enclins à reconnaître des circonstances atténuantes à celui qui voit un inconnu tout-puissant lui souffler son amie. Aux cuisines, seuls les apprentis mécontents de leur orientation maltraitent « le Pollénien ». Les autres l'ignorent. Quant aux adultes, il arrive à certains de se montrer bienveillants. Conscient de son handicap, Sandre se multiplie pour se faire accepter. Et cette bonne volonté, peu fréquente chez les apprentis, lui vaut un *statu quo* appréciable.

Il n'en est pas de même à l'extérieur. Heureusement, ses heures de travail lui évitent le plus souvent les mauvaises rencontres. Et la nacelle qui le ramène chez Caius ne dessert que le secteur privé. Aucun risque d'y affronter l'un des guerriers des habitats collectifs.

En revanche, sortir du bâtiment réservé à l'entraînement des pilotes pour se rendre, à pied tant elles sont proches, aux structures abritant réfectoires et cuisine lui demande à chaque fois de prendre une grande inspiration, comme avant une plongée en apnée. Ces minutes de marche, six exactement car il se force à ne pas courir, durent une éternité. Il n'a pas encore croisé ses violeurs mais il sait qu'il les rencontrera tôt ou tard.

Son instructeur, Licinius, s'est approché en le voyant hésiter comme toujours, à l'instant de quitter son havre. Il pose une main sur le bras du garçon, le sent se raidir et l'enlève.

— Le général a proposé que nous modifiions tes horaires afin que tu sois moins repérable, annonce-t-il.

— Ah ! souffle Sandre, soulagé.

Licinius lui adresse un clin d'œil salace.

— On dirait bien qu'il tient à toi, le chef. Et moi aussi, d'ailleurs. Une recrue de ta trempe, ça se ménage.

Sandre lui ayant retourné un pâle sourire, il s'estime satisfait et poursuit :

— En fait, on a rapporté à notre Cæsar que Nicius Severus et sa bande rôdaient autour du bâtiment où tu travailles. Ils auraient même interrogé les apprentis à ton sujet. Nicius a réclamé la libération de Valmy, la folle qui t'a poignardé. Personne n'est dupe. Il déteste sa mère, qui lui a toujours préféré son cadet, plus joli et plus doué. Mais Nicius est assez borné pour penser que cela lui vaudra des circonstances atténuantes s'il s'attaque à toi.

— Ce qu'il m'a fait subir ne lui a pas suffi ? demande Sandre, révolté.

— Rien ne peut lui suffire. De tout temps, Nicius s'est trouvé des victimes. Et toi, tu es un idéal de victime puisqu'il est légitime de te punir. Du moins c'est ce qu'il pense. Et qu'il sera soutenu par tous, quoiqu'on lui dise. Je regrette les jeux du cirque antique. Seul un duel te permettrait de te débarrasser de lui.

— Alors, il ne me lâchera pas.

— Non. Dès demain, tes horaires seront choisis selon un processus aléatoire. Changement quotidien. Bien sûr, il faudra que tu sois en cuisine aux heures utiles, mais Nicius ne pourra se permettre de s'embusquer plus d'un quart d'heure. Tu devrais donc lui échapper, sauf hasard malheureux.

Sandre secoue la tête. Sans réussir à se débarrasser de sa peur. On lui a volé sa mémoire, on l'a violé, poignardé, pourtant il n'est toujours pas maître de son destin. Il serre les poings.

Qu'attend-on qu'il devienne ? Une bête fauve, à l'égal de ceux qui le persécutent ? Il sort de la pièce sans un adieu pour l'instructeur. Il déteste Caius et Licinius de ne pas savoir imposer leur loi. Il déteste qu'ils le protègent. Il déteste avoir besoin de cette protection. Il se demande soudain ce que vaut sa vie et si la mort ne lui serait pas préférable. Irréels, mes amis, où êtes-vous, murmure-t-il dans le silence du couloir, bras tendus, yeux clos, pivotant doucement sur lui-même.

22

— Salem, si l'assemblée des femmes n'a rien donné, une assemblée des hommes ne sera pas plus utile. Et de toute façon, Decimus ne veut pas l'organiser. Il prétend qu'il faut attendre.

— Que l'un de nous deux soit mort ? Voilà une excellente façon de résoudre le problème.

— Ne sois pas sarcastique. Decimus a pris votre parti contre celui de Valmy. Crois-moi, il lui a fallu du courage. Simplement on ne jette pas de l'huile sur le feu. Les esprits sont encore échauffés. J'ai réuni l'assemblée des femmes trop vite. C'était une erreur. Annam n'est pas du genre à poignarder ton frère, à l'instar de sa belle-fille, mais elle manie les mots comme des armes et si tu avais été là cet après-midi, j'aurais craint pour ta vie. C'est une oratrice dangereuse. Elle est capable de déchaîner la colère d'une foule. Elle l'a prouvé, il n'y a pas si longtemps, en causant la mort d'un tribun.

— Une fille élevée sur Pollen ? C'est impossible.

— Nous arrivons ici à dix-sept ans. Cela nous laisse le temps d'apprendre la violence, non ?

— Pauvre tribun.

— Ménage ta pitié. Cette ordure harcelait les jeunes femmes et leurs plaintes n'aboutissaient pas. Il s'est fait coincer à la sortie d'un pavillon. Un commando mené par Annam. J'habitais à côté. J'ai vu toute la scène. Elles n'avaient pas d'armes mais elles ne lui ont pas laissé une chance. Il a été déchiqueté. Je venais de quitter Pollen. Encore aujourd'hui, j'ai du mal à croire ce que mes yeux m'ont montré ce jour-là. J'aimerais l'oublier.

Grenade avait baissé la tête et Salem l'entoura de son bras, la serrant brièvement pour la réconforter. Il y avait foule au marché où elles étaient venues s'approvisionner. Arrêtées entre deux étals, elles gênaient la circulation. Un méchant coup de coude atteignit Salem en dessous des côtes. Elle se retint de se masser, pas question de donner satisfaction à la femme qui l'avait agressée, et entraîna Grenade jusqu'à l'étal des fruits et des légumes. Elle avait besoin de pommes-douces et de pommes-farine, de tomatons, de chounelles et de cardons. Elle faillit céder aux bigarreaux rose doré, elle adorait ce fruit de Terra qui ne s'était pas acclimaté sur Pollen et poussait à profusion sur le Bouclier, mais il ne lui resterait plus assez d'as pour acheter le cent d'écrevisses promis à Pompeius.

Elle soupira. Qui se posait la question de la nourriture, sur Pollen ? Avant l'âge adulte, et le plus souvent après, les triades usaient des réfectoires. On y mangeait pour quatre as dans les sept cités de la planète et, hommes ou femmes, les Polléniennes n'avaient jamais l'obligation de cuisiner. Se livraient-elles à cette activité, c'était pour l'art ou le plaisir.

Sur le Bouclier, cuisiner faisait partie de vos devoirs d'épouse et cette tâche vous était enseignée dès votre arrivée. Apprentissage hypnagogique. Impossible, après, de se prétendre incapable. Si vous ratiez vos plats, votre mari était en droit de vous accuser de mauvaise volonté. Laquelle, quand elle se répétait, et l'instructeur avait été d'une parfaite clarté à ce sujet, valait à l'indocile un redressement mental.

Salem frissonna. Elle ne laisserait personne toucher à son cerveau. D'ailleurs, cuisiner l'avait amusée, jusque-là. Très vite, elle s'était éloignée des recettes apprises, se créant son propre répertoire à force d'aménagements. Pompeius ne se plaignait pas. Certains plats très réussis provoquaient même des assauts amoureux. Salem appréciait. D'autant que son guerrier se transformait en amant accompli.

Se lasserait-elle un jour ? Sans doute. Quand elle se répète à l'infini, toute tâche devient ennuyeuse. À moins de la traiter comme un défi. Ou comme une œuvre d'art.

Mais la solde modeste de Pompeius n'autorisait pas la plus grande liberté. Encore une différence avec Pollen où n'importe quel travail, fût-il celui d'une bourgmestre ou d'une matriarche, était rémunéré par un salaire équivalent. Tout au plus, certaines Polléniennes se voyaient-elles attribuer une indemnité, en général pour des tâches pénibles ou salissantes.

Salem n'aurait jamais l'opportunité d'arrondir la solde de Pompeius. Hors leur travail domestique, les femmes n'avaient pas le droit d'exercer sur le Bouclier. Elles avaient toute liberté de s'instruire sur le Réseau, dans la limite de leurs loisirs, et nombre d'entre elles avaient ainsi trouvé le moyen de seconder leur époux, bien que cela leur fût en principe interdit.

Salem avait grogné de rage quand Oullen leur avait appris cette spécificité du Bouclier, juste avant leur départ de Pollen. Sa grogne ne s'était pas arrangée quand elle s'était aperçue que les hommes étaient allés jusqu'à modifier la grammaire sur le satellite. Dans une énumération comprenant des substantifs du genre féminin et masculin, l'accord du participe passé ou des adjectifs se faisait au masculin. « Deux hommes pour une femme, avait expliqué Pompeius d'une voix suave, les yeux pétillant d'ironie. Nous avons renversé l'accord instauré par les Cent Mères. Nous nous conformons ainsi à l'usage terrien du passé. Qui était encore en vigueur sur l'Arche, faut-il le rappeler ? » Salem avait boudé pendant deux jours. Abaisser les femmes lui semblait une mesquine revanche des guerriers contre la planète mère et celles qui la dirigeaient…

Grenade s'était servie de son côté et quand elles s'arrêtèrent devant les tréteaux odorants du poissonnier, Salem découvrit avec un petit cri de surprise ravie un bon kilo de bigarreaux rosés trônant dans son panier sur ses courses utilitaires.

— Je ne peux pas accepter, protesta-t-elle.

— Allons, ne me fais pas cette injure. Quand Pompeius sera tribun, tu me couvriras de cadeaux.

— Quelle confiance dans les capacités de mon époux, se moqua Salem.

— Il t'a choisie malgré le handicap que tu représentais pour lui. Ce n'est pas seulement une preuve d'amour. Cela signe aussi son intelligence et sa finesse.

Salem haussa les épaules. Elle était incapable d'avouer à son amie l'embuscade de la mer de Jade et la machination qui avait suivi. Et si Grenade ignorait que de toute façon les guerriers ne choisissaient pas, manipulés qu'ils étaient par leurs hormones, Salem se garderait de la détromper.

Elle accepta le présent en croquant une cerise. Centurion, Decimus touchait trois fois la solde de Pompeius. Laquelle était déjà deux fois supérieure à celle d'un simple homme de troupe que sa valeur n'avait pas distingué – ou qui s'était juste montré moins habile ou malin que son frère – et qui resterait à jamais célibataire. La double solde de Pompeius ne choquait pas Salem. Après tout, il fallait bien donner à son mari les moyens de la nourrir, elle et ses futurs enfants.

Discrète, de sa main libre, elle se palpa le ventre. Rien de visible, il était trop tôt, mais elle savait qu'elle était enceinte. Elle n'avait pas saigné, ce mois-ci, et les testeurs fournis par Oullen affichaient son état.

Salem grimaça. Elle pensait à la prochaine déformation de son corps. Si Caius Cæsar tardait à lui accorder une audience, comment parviendrait-elle à le séduire ?

— Il s'est entiché du frère, il devrait apprécier la sœur, avait-elle lancé un peu plus tôt à Grenade, en riant à demi.

— On ne lui connaît aucune liaison féminine, avait rétorqué son amie. Et tenter le chef du Bouclier, c'est jouer avec le feu. Admettons qu'il succombe à ton charme, tu tromperais Pompeius ? Au risque d'une répudiation ? Tu sais pourtant ce qui vient ensuite : l'enfermement au lupanar, un lieu d'abattage pour les femmes déchues.

Salem s'était interrogée. Elle n'avait pas manqué les regards que le général posait sur elle, le soir de la réception où étaient accueillies les nouvelles épouses. Ces regards trahissaient bien plus que la simple curiosité réservée à la « sœur de l'assassin ».

Au cours de cette soirée de bienvenue, qui réunissait toute la parenté des nouveaux mariés, à l'exception remarquée de celle de Pompeius, Salem était si esseulée qu'elle s'était enivrée. Ignorée par Sézanne et Sofia qui lui tournaient le dos comme si elle n'avait jamais existé, sans doute soucieuses de ne pas mécontenter leur belle-famille, écartée par les autres épouses pour des raisons identiques, elle avait éprouvé le manque cruel de ses jumelles. Pompeius discutait avec deux tribuns – de son avenir qui paraissait si sombre ? – et Salem ressentait le besoin de se rassurer. Elle fondit sur le général à l'instant où, délaissant un groupe, il s'approchait du buffet.

— Tu sais qui je suis, attaqua-t-elle avec une moue dont elle avait mesuré maintes fois l'effet.

Il pencha la tête, la dévisageant du coin de ses yeux en amande comme s'il acceptait son jeu de séduction, et il lâcha un petit rire.

— Qui pourrait l'ignorer ?

— Tu la trouves comment, la pestiférée ?

— Contagieuse, à coup sûr, mais fort bien mise en quarantaine. De quoi regretter sa patrie perdue.

— J'assume mon choix. Sans regret.

Caius avait hoché la tête. Était-ce un effet de son imagination, Salem l'aurait juré admiratif. Elle allait oser parler de Sandre quand le tribun dont le petit-fils était Paulinus, le mari de Sézanne, s'approcha d'eux. Salem vit avec satisfaction un pli mécontent barrer le front du général. Son interlocuteur devait penser, comme elle, qu'on les interrompait à dessein. Sans doute le tribun voulait-il aider son chef à se sortir d'une situation pénible. Salem s'inclina, ironique. Le tribun lui avait évité un impair. La réception d'accueil n'était pas un lieu où parler de Sandy. Trop de témoins. Toute requête aurait été rejetée sur-le-champ.

Elle s'était aperçue qu'elle était ivre. L'alcool de grains produit sur le Bouclier et que les guerriers aromatisaient de jus de fruits se montrait plus traître que la sève fermentée des arbres-nids. À son excitation succédaient des sensations vertigineuses. Elle sortit en quête d'air frais, espérant que sa disparition ne serait pas interprétée comme une fuite.

Très vite, Pompeius la rejoignait, inquiet de la découvrir moite et vomissant derrière la haie de buis qui la dissimulait.

La sollicitude de son guerrier avait un peu rasséréné Salem. Pendant tout le trajet du retour, Pompeius avait tenu sa femme serrée dans ses bras, comme s'il craignait qu'elle ne s'évanouît dans un frisson de l'air.

Il l'aimait. Allait-elle le tromper avec Caius si l'occasion s'en présentait ? Non si elle pouvait l'éviter. Cependant, Pompeius n'avait jamais été que le moyen de retrouver Sandre. Et Salem n'était pas prête à se cacher qu'elle sacrifierait sans hésiter le guerrier pour approcher son but.

— Et voilà, disait le poissonnier. Ça nous fera 70 as.

Salem sursauta. Grenade lui secouait le bras.

— Ohé ! Réveille-toi. 70 as pour tes écrevisses. Tu les as ?

— Pardonne-moi, je rêvais. Oui, oui, j'ai juste assez. Tiens, tu veux bien le payer ?

Elle tendait sa bourse en perles tressées. Non qu'elle ne sût comment faire mais elle ne supportait plus le regard inquisiteur de l'homme qui s'acharnait à la dévisager derrière son étal. Sans Grenade pour l'escorter, aurait-elle trouvé le courage de venir ici ? Certains guerriers accompagnaient parfois leurs femmes, s'ils en avaient le loisir, aux heures matinales où le marché ouvrait. Ils étaient rares. Grenade avait expliqué que les femmes ne souhaitaient pas partager leurs prérogatives : elles en avaient tellement peu. Salem jugeait stupide ce refus. C'était conférer aux tâches domestiques un pouvoir dont elles étaient démunies. Grenade avait souri, mystérieuse. À Salem qui s'en agaçait, elle dit :

— Dans deux ans, je te rappellerai cette conversation.

— Et alors ?

— Nous rirons, toutes les deux.

En quittant avec soulagement cette halle bruyante où les regards l'épluchaient, Salem se demanda si elle aurait réellement envie d'y faire ses courses un jour, et si, alors, elle s'y attacherait comme un cyon rouge à son os.

23

Couchée sur le banc de massage, dans la petite salle aux allures de grotte où officiait Arâk, le soigneur des thermes nord d'Aigue-Marine, Oural se détendait. Un orgue à eau la berçait de ses murmures, il faisait une agréable chaleur d'étuve, son parfum préféré, cannelle-orange, s'exhalait d'une cassolette, et les mains d'Arâk huilant son vieux corps sec étaient comme à leur habitude d'une miraculeuse douceur.

Au massage assouplissant succédaient les caresses. Toujours Arâk s'attardait sur les seins de la matriarche dont la jolie forme ronde ne s'était pas affaissée avec l'âge.

« Tes petites pommes sont délicieuses », disait Arâk de sa voix calme et gentille.

Oural avait la coquetterie de le croire sincère, d'autant qu'il se gardait de vanter la qualité de sa peau ou les traits préservés de son visage. Arâk n'était pas obséquieux. Parlaient-ils politique, il n'hésitait pas à donner son avis, fût-il contradictoire. Jamais il n'abondait dans son sens ni ne se réfugiait dans une prudente réserve. Elle n'avait rien à redouter de lui. S'il ne s'était pas plaint du sort réservé aux hommes sur Pollen, elle se serait méfiée, mais il revendiquait comme tous ceux de son sexe, à sa façon tranquille et mesurée. Non sans ajouter en riant que le déséquilibre hommes-femmes avait au moins un avantage quand on était sensuel comme lui : le vivier féminin paraissait infini.

Oural se demandait s'il avait réellement l'énergie d'y puiser en dehors de ses heures de travail. Arâk aimait le corps des femmes et y avait consacré sa vie. Même s'il s'agissait d'amour vénal, il assurait prendre toujours du plaisir. Il n'est pas d'âge où la femme ne soit belle, prétendait-il. Un corps usé, fragile ou épaissi reste très émouvant.

Triomphe de la génétique, la laideur n'existait pas, sur Pollen. La matriarche avait un sursaut de révulsion lorsqu'elle la découvrait sur un visage, à la faveur d'une incursion dans le passé de la vieille Terre. Était-il possible de transcender de telles disgrâces ? se demandait-elle. Autrement, c'eût été trop injuste. La vraie beauté naît d'un feu que certains êtres ont en eux, et ce flamboiement excède et rend vaine l'enveloppe charnelle.

Oural se félicitait de ne s'être jamais préoccupée d'eugénisme. Sans grand mérite : la banque de gènes embarquée sur l'Arche avait privilégié la diversité raciale, mais aussi l'intelligence et la beauté. Obligées d'y puiser afin de peupler Pollen, les Cent Mères avaient naturellement donné naissance à des enfants satisfaisants pour l'œil. Depuis, les généticiennes sélectionnaient gamètes mâles et femelles de façon à préserver la diversité, sans se soucier d'une esthétique dont les assises étaient acquises.

— Retourne-toi, s'il te plaît, dit Arâk.

Son érection tendait le pagne blanc marbré d'argent qui lui ceignait les reins. Oural sourit. Perdre de vue les beaux traits cuivrés du garçon était regrettable, mais elle aimait par-dessus tout le jeu de ses mains à la racine de son dos tandis qu'il la prenait. Elle effleura de son index les lèvres épaisses qui n'embrassaient jamais, à son grand désespoir, puis elle s'installa sur le ventre.

Malgré des coups de sonde, dont elle avait eu honte ensuite, elle n'avait jamais pu savoir s'il embrassait d'autres femmes.

« Je n'en ai pas envie, expliquait-il. Pour moi, la bouche est l'organe de la parole, pas celui du plaisir. »

Comment lui en vouloir, ses doigts qui s'insinuaient partout étaient si habiles. Il la fit jouir à trois reprises avant de s'abandonner sur son dos dans un souffle rauque. Il resta là de longs instants, la couvrant de son corps lourd et chaud. Dans ces moments, elle n'était plus qu'une femme oublieuse de son statut de matriarche et qui désirait que cette étreinte ne finît jamais. Elle était si satisfaite d'Arâk qu'elle avait souhaité s'attacher ses services exclusifs. Le masseur avait décliné sa proposition. Il aimait toutes les femmes et ne voulait renoncer à aucune. Oural en avait éprouvé de l'impatience et de la jalousie. Était-elle amoureuse ? Pour la première fois depuis l'enfance et la mort de son frère ?

Mais non, son attachement pour le masseur était de ceux qui vous lient à un bel animal de compagnie, capable de satisfaire votre sexualité, d'écouter avec une inlassable patience vos douces divagations, et depuis quelque temps de vous rassurer sur votre âge.

Arâk était le dernier numéro d'une longue liste d'amants qu'elle avait rejetés dès qu'elle s'en fatiguait. Sans fracas : elle savait les choisir raisonnables. Arâk était simplement le premier dont elle devait rémunérer aménités et chevauchées.

Au début de leur relation, elle s'était interrogée sur sa séduction déclinante. Jusqu'au milieu de la soixantaine, elle se trouvait agréable, même si son corps était marqué. Elle ramenait alors dans ses filets tout homme qui lui plaisait, sans se soucier qu'il répondît à son charme ou à son statut. Puis elle avait de moins en moins supporté son reflet fatigué, dans le miroir de son nid. L'amour vénal était reposant : il évitait de se poser le problème de la séduction… et de la réjuvénation qui lui accorderait de la réactiver, au prix d'un abandon de poste. Oural aimait trop le pouvoir pour ne pas lui sacrifier l'amour, mais elle n'aurait pas supporté que ce pouvoir seul lui permît de mettre un homme dans son lit. À cet égard, Arâk était une excellente solution.

Le masseur se détachait d'elle. Il se ceignit de nouveau de son pagne. Elle se leva, non sans regret, cambrant ses reins assouplis, puis gagna la petite cascade d'eau tiède et parfumée qui emplissait un bassin dans l'un des angles de la pièce. Tandis qu'elle se baignait, Arâk la regardait, les sourcils froncés.

— Les hommes d'ici, quand on les expédie sur le Bouclier, tu sais ce qui leur arrive ? demanda-t-il.

— Tu as l'intention de commettre un crime ? dit-elle en l'aspergeant d'une gerbe de gouttelettes.

— Bien sûr. Tu ne vois pas comme mes mains frémissent ? Ta carrière a trop duré, révérende mère, il est temps d'y mettre fin.

— Couic, la vieille, et bon débarras, hein ? Et qui mettras-tu à ma place ?

— Un homme, évidemment. Tu ne trouves pas que je ferais un bon patriarche ?

— Jade nous en préserve. Tu transformerais Pollen en lupanar et que deviendrait notre belle utopie ?

— C'est une utopie pour les femmes, pas pour les hommes.

— Mais si, c'est une utopie pour les hommes. Malgré leurs frustrations, ce monde est supérieur à tout ce qu'ils ont connu dans le passé.

Arâk haussa les épaules en soupirant. Il ne servait à rien d'explorer une nouvelle fois ce sujet éculé.

— Tu n'as pas répondu à ma question. Que deviennent les Polléniens sur le Bouclier ?

— Qu'attends-tu de moi ? Version rose ou version noire ? Tu imagines peut-être que leur sort est enviable ? Ou qu'ils se font assassiner dès leur arrivée ? Rien d'aussi simple. Quand ils n'ont pas tué un guerrier, ils s'intègrent un peu mieux. De toute façon, ils restent des parias.

— Un peu plus, un peu moins… grognait Arâk. Les Polléniens sont frappés d'exclusion, que je sache.

— Tu es vraiment à plaindre, se moqua Oural. Vois-tu, tout est une question de point de vue. Imagine un monde où la moitié des hommes est privée de femmes et tu comprendras que pour les guerriers, Pollen est un paradis. Dont il est inconcevable de se faire chasser.

Elle s'abstint d'ajouter dans quel mépris les guerriers tenaient les Polléniennes, obligées de vivre en brebis bêlantes sous leur sauvegarde. Leur arrogance s'était aggravée depuis une décennie. Pas une année sans que le général eût à déjouer un complot.

Jade soit louée, il était habile et fidèle. Oural se demandait parfois s'il savait que sa déloyauté signifierait sa mort. Hélas, la nanobombe implantée à leur insu dans le cerveau des généraux en partance avait servi, quelquefois. Indétectable pour les appareils d'imagerie dont disposaient les médiciens du Bouclier, elle provoquait une hémorragie cérébrale. Cette mort programmable était très pratique. Elle évitait d'assurer la relève dans une précipitation nuisible aux intérêts de Pollen et jugulait toute révolution dont un des Cæsar aurait pris la tête.

Oural réprima une grimace. Du temps où il s'appelait encore Cassaï, elle était très proche de Caius. Rien de sexuel entre eux – il ne lui avait jamais cédé –, mais ils avaient la même conception de l'avenir de Pollen. Du moins la matriarche en était-elle persuadée. Elle avait confiance dans ses capacités à juger l'âme humaine. Ses erreurs restaient exceptionnelles. Elle espérait que Caius grossirait le nombre des trop rares généraux rentrés sur Pollen, l'âge venu d'une réjuvénation et d'une retraite méritées.

Oural sortit du bassin, ruisselante. Les yeux clos, elle savoura ses derniers instants entre les mains du masseur. Il la séchait avec une serviette enduite d'un onguent souverain. La matriarche quittait chaque fois les thermes sur le petit nuage étincelant de la félicité. Privilège de sa fonction, un glisseur l'attendait qui la déposait en quelques instants à l'entrée de son arbre. Elle se couchait dans un état second, sa fatigue oubliée. Arâk était un magicien.

— Mmmh, bourdonna-t-elle, sentant sa circulation s'activer et le feu monter à ses joues, avoue que tu me drogues. Il faudra que je fasse analyser ta pommade.

— Tu n'en es pas contente ?

— Mmmh, bien sûr que si.

— Alors, respecte mes secrets de fabrication.

— Je me demande juste ce que tu mets dedans pour m'approcher ainsi du ciel.

— Planeras-tu encore, créature sans ailes, quand tu auras décortiqué ma recette ?

— Mmmh, tu as raison, peut-être tomberai-je, tel Icare…

Elle bâilla, tandis qu'il l'écartait à bout de bras.

— Le garçon d'Améthyste, ce Sandre qui a tué le guerrier, et sa sœur qui a été choisie, tu en as des nouvelles ?

— En quoi cela t'intéresse-t-il ?

— Tout Pollen s'est passionné pour elles. Et surtout nous, les hommes, je ne t'apprends rien. La rumeur dit que le garçon est mort, et que sa sœur a tenté de se suicider.

— La rumeur, comme toutes les rumeurs, dit n'importe quoi et je m'étonne que tu l'écoutes. Sandre et Salem vont aussi bien qu'il est possible compte tenu de leur situation. Et si on m'avertit que tu as répété un mot de ce que je viens de t'apprendre au mépris des lois qui m'imposent le silence sur le Bouclier, je te coupe la langue.

Arâk joignit le bout de ses doigts en tipi et s'inclina.

— Je te laisse, révérende mère. Tu es sèche et ma cliente suivante m'attend. Reviens quand tu veux, c'est un plaisir de te recevoir.

— Envole-toi, bel oiseau. Je viendrai planer sur tes ailes dès que j'en trouverai le loisir.

Elle le regarda quitter la pièce, si souple, si agile, si jeune. Elle pensait trop à la réjuvénation, depuis quelque temps. Ses mains tavelées se crispèrent. Que lui restait-il de sa force ?

24

Dès la fin de leur mois d'essai, Seymour et Sahrâ quittaient la *Sémiramis.* Elles fuyaient toutes les deux. Le premier, les vexations de l'équipage, la seconde, les assiduités pesantes de la capitaine, qui lui valaient la jalousie des filles du bord.

Leur séjour avait eu le succès que prévoyait Ifni. Elles n'étaient plus noyées dans leur douleur. Seymour surtout avait repris confiance en lui. Dès qu'il aperçut sa jumelle, en descendant du bateau, il courut se jeter dans ses bras. Sahrâ en soupira de soulagement. Elle s'était demandé si elle devrait se montrer brutale afin de se débarrasser du garçon. Il ne lui avait plus donné signe de vie, comme s'il souhaitait oublier cet épisode de transition. Sahrâ s'étonnait d'en éprouver du dépit. Non qu'elle tînt à lui mais elle avait espéré un soupçon de réciprocité. Elle dut s'avouer qu'elle le jalousait de disposer encore d'une sœur.

Elle avait retrouvé son arbre le cœur serré. Heureusement, Greco, la médicienne, attendait son retour et lui tint compagnie ce soir-là. Elles s'étaient enivrées de sève et, de confidence en confidence de plus en plus torride, elles finirent la nuit par l'exploration de leurs anatomies, à leur satisfaction réciproque.

Jusqu'au départ de ses jumelles, la sensualité de Sahrâ était en sommeil. Malgré des invitations nombreuses, la jeune fille n'éprouvait pas le besoin de relations sexuelles en dehors de sa triade.

Seymour, Kirov, et maintenant Greco, elle s'étonnait de se montrer si facile. Aujourd'hui, elle se rendait chez Grimsel. Elle avait sollicité un rendez-vous et se demandait qui elle allait voir. L'ex-tuteur ou l'amant potentiel ?

Elle polit son corps avec soin, en parfuma les pliures à l'aide du coûteux extrait que lui avait offert Kirov et dont elle trouvait trop capiteuses les émanations musquées, puis elle ceignit ses hanches et sa poitrine de soie jonquille avant de se couvrir d'une vraie tunique de femme dont l'ourlet balayait la poussière, elle qui ne cédait aux vêtements longs qu'à l'occasion des cérémonies, préférant courir les jambes libres, sans souci d'élégance.

« Tu as changé », murmura-t-elle à son reflet. Le khôl agrandissait ses yeux, et sa bouche au rouge provocant se gonflait comme un fruit saturé de soleil.

« Pas étonnant que tout le monde veuille y mordre », ricana-t-elle.

Elle avait changé, oui. À son pragmatisme naturel s'ajoutait désormais du cynisme. Elle ne se masquait plus les buts qu'elle souhaitait atteindre. On lui avait ravi ses jumelles ? Cette société lui devait quelque chose. Sahrâ lui ferait rendre gorge. Jamais plus elle ne serait la petite fille gentille qui acquiesce sans discuter. Ou peut-être si, il lui arriverait de se montrer gentille… dans la mesure où cela servirait ses intérêts.

Avec Kirov, la tâche était aisée. La capitaine aimait Sahrâ sous son vrai jour. Rétive, directe, dût-elle subir les effets d'un franc-parler plutôt vif. Son entourage la ménageait, d'habitude. Les résistances de Sahrâ l'excitaient. Plus la jeune fille se dérobait, plus son désir pour elle s'exacerbait. Par trois fois, elle avait quitté la *Sémiramis* entre ses escales, usant des glisseurs de ravitaillement sous des prétextes divers.

Kirov n'avait pas d'arbre. Sa maison, c'était son bateau. Sahrâ refusa de l'accueillir dans son propre nid. Pas une guide, non. Pas l'une de celles qui avaient condamné son frère. Elle aurait eu l'impression de le trahir.

Ce n'était pas sa seule motivation. Elle ne voulait pas permettre à la capitaine de débarquer chez elle à l'improviste. Kirov la retrouverait au caravansérail du bourg. Ainsi serait-elle obligée de la prévenir. Et l'ambiance marine des chambres était de nature à lui plaire, non ?

Sahrâ se demandait souvent quels étaient les sentiments de Kirov, et si la capitaine avait démêlé les siens. Aucune d'entre elles ne s'était hasardée à revendiquer l'amour de l'autre. Était-il possible d'aimer en dehors de sa triade ? Sandre avait-il autant aimé Riyad que ses jumelles ? Beaucoup d'adultes abandonnaient le nid commun. Fallait-il en déduire que leur triade cessait de les satisfaire, et même devenait pesante ? Kirov vivait seule, dans un grappillage perpétuel.

Sahrâ soupira. Elle détestait penser aux filles qui l'avaient précédée. Avaient-elles éprouvé de l'affection pour la capitaine ? Étaient-elles mues comme Sahrâ par l'intérêt ? Ou succombaient-elles à leur sensualité ? Kirov était une amante experte, prodigue en gestes tendres, malgré son caractère excessif et avide. Sahrâ s'en effrayait. Il aurait été si facile de rejoindre la capitaine comme on monte à l'autel du sacrifice. Or l'autel, au caravansérail, était singulièrement moelleux, et quant au sacrifice, Sahrâ n'affectait jamais très longtemps de prêter son corps, le masque hautain de la jeune fille ne résistait pas aux déferlantes de son plaisir. Après, elle se blottissait sans plus de répugnance entre les bras de la guide. Souvent, dans ces instants de détente, elle cherchait des réponses. En particulier sur le Bouclier. Ou Kirov en ignorait tout, ou elle respectait scrupuleusement une loi du silence. Elle ne lui apprendrait rien sur le sort de ses jumelles ni sur leur vie là-haut. Tout juste avait-elle affirmé, sur un ton de commisération dont la feinte sincérité avait exaspéré Sahrâ, que nul ne revenait du satellite. Elle s'était reprise, sardonique : « Sauf les généraux qui ne sont pas morts à la tâche. Quand on pense que tout homme ambitieux rêve de s'expatrier sur ce Caillou, cela donne la mesure de la bêtise masculine. Je préfère encore ceux qui intriguent contre le Bouclier. »

Logique, avait réfléchi Sahrâ, puisque vous poursuivez le même but, eux et toi. Mais le jour où vous ferez tomber le Bouclier, pauvres hommes ! Qui vous protégera contre les Radicales ?

Elle avait regardé cette femme, sa bouche dédaigneuse, les plis durs de son front, ses yeux glacials qui ne s'échauffaient que pour elle et s'était demandé comment sa triade avait pu basculer au point qu'elle voulût anéantir les hommes.

Éprouver de la haine pour son jumeau ou sa jumelle lui semblait inconcevable. À moins de se détester soi-même ? De ne pas supporter son reflet ?

Sandre et Salem m'exaspéraient parfois, se disait Sahrâ, mais je les aimais plus que ma vie. Leur absence est comme un trou au centre de mon corps. Dès que je suis désœuvrée, elle absorbe mon énergie. La *Sémiramis* m'obscurcissait la tête. Un pis-aller. Il faudra trouver mieux.

Elle avait trouvé. Remonter dans le passé de Pollen, puis de l'Arche, et jusqu'au temps de la Terre originelle, voilà qui occuperait assez son esprit pour tenir à distance les ombres de ses jumelles. Elle serait historienne. Elle rejoindrait la poignée d'étudiantes qui se destinaient à ce métier, sans intérêt pour la plupart des Polléniennes. Quant à choisir un travail productif et tourné vers l'avenir, elle avait étudié la carrière des dix dernières matriarches. Sept d'entre elles avaient commencé leur vie d'adulte par des études d'histoire.

La réaction de Kirov quand Sahrâ lui avait annoncé sa volonté avant de solliciter son aide avait été révélatrice. La guide l'avait toisée de la tête aux pieds puis avait éclaté de rire.

— Mon ambitieux petit dragon, hoquetait-elle. Je lis dans ton avenir. Tu seras comme l'hydre de Lerne. Sept têtes qui repoussent quand on les décapite. Pollen n'a qu'à bien se tenir.

— Tu refuses de m'appuyer auprès du Conseil des écoles, dit Sahrâ, que le rire de la guide horripilait.

— Ouh ! Ferme ta bouche, elle crache déjà des flammes. Tu as tout mon soutien. J'adore les filles volontaires… et je crains les représailles brûlantes.

Une dernière fois, Sahrâ contrôle son image dans le miroir, puis elle quitte le nid. Kirov tiendra-t-elle sa promesse ? Difficile de s'en assurer. Peut-être en sondant Ifni… Solliciter un rendez-vous. La bourgmestre, et Weda, son auxiliaire, se sont montrées si attentives, elles la soutiendront sans doute.

En attendant, Grimsel. Le tuteur sera la première personne que consultera la Pédagogue. Sahrâ veut mesurer son ascendant sur lui. Si Greco ne s'est pas trompée, elle saura le persuader de plaider sa cause.

Le soir tombe, la ramure mauve des arbres se fonce de rouge, Sahrâ s'est attardée. Elle se hâte dans les allées encombrées, répondant ici et là au salut de ses amies par un geste de la main plus désinvolte que joyeux. Et d'ailleurs, pourquoi serait-elle joyeuse ? Ses prétendues amies l'ont-elles aidée en quoi que ce soit ? Sa situation est-elle si merveilleuse qu'elle devrait s'en réjouir ?

Elle s'aperçoit qu'elle grommelle, lève les yeux au ciel et grimace, puis fait un petit saut de côté pour éviter le mobile d'une vieille Pollénienne. Sahrâ frissonne. Cette femme est frappée d'impotence ou de sénilité puisqu'un servant l'accompagne. Est-elle consciente de sa déchéance ? Y a-t-il encore du plaisir à vivre diminuée ?

Le mobile s'éloigne, silencieuse plate-forme antigrav. De dos, on voit que la femme est sanglée dans le harnais de maintien. Impotente, décidément. À son côté le servant marche. La foule s'écarte pour leur laisser passage. Quand ils ne sont pas indifférents, les visages trahissent peur et envie.

Sahrâ n'a pas pu s'empêcher de caresser la fourrure du servant. Le lémurien en a l'habitude, il ne s'est pas retourné. Comme toute Pollénienne, la jeune fille a la nostalgie des lémuriens qui secondaient sa marraine, quand elle était enfant. Vieillir, est-ce retomber en enfance ? Retrouver la tendre douceur de ces biomécanismes évolués ?

Arrivée sur la place du Grand Marché, Sahrâ s'immobilise. Quel cadeau va-t-elle choisir ? Ses narines palpitent, humant les odeurs d'épices, de sucres, d'essences fleuries ou boisées qui l'assaillent et l'entêtent. Le cercle des échoppes aux couleurs douces ou brutales, aux allures de grottes mystérieuses ou de lumineuses cavernes d'Ali Baba, l'a toujours fascinée.

Malgré son retard, elle passe de boutique en boutique, jouant des coudes pour se frayer un chemin dans la presse vespérale.

Elle est riche, grâce à son salaire de la *Sémiramis*, bien supérieur à une bourse d'écolière. Apportera-t-elle une douceur à Grimsel ? Un paquet d'améthystes, cristaux de candi au parfum de violette, spécialité du bourg ? Ou ce joli petit tableau naïf ? Non, plutôt la partition de ce nouvel air endiablé. Grimsel joue à la perfection du fifre et du hautbois.

Réfléchis, bêtasse. Que croira-t-il ? Que tu cherches à l'acheter. Ou pire, que tu es amoureuse de lui. Jade te protège, ma fille, tu es folle à lier.

Sahrâ volte avec humeur, hausse les épaules et renonce à son cadeau. Elle retraverse la place. Elle a fait un détour inutile. Le nid du tuteur est dans son quartier, elle revient sur ses pas, se met à courir, s'arrête… Non, elle ne va tout de même pas arriver en nage. Elle se force à marcher avec calme. Devant l'arbre de Grimsel, à l'instant de sonner, Sahrâ hésite. Greco sera-t-elle là ? Elle vit avec son frère.

D'une main rageuse, Sahrâ tape sur la sonnette. Pourquoi la médicienne a-t-elle mentionné les états d'âme de son jumeau ? Cela rend cette rencontre tellement plus difficile.

Le témoin de présence indique le séjour, au premier étage du nid. Sahrâ s'engage dans l'escalier. Il lui semble qu'elle a mille ans. Grimsel ne lui doit rien. Elle déteste l'idée de le solliciter. Est-ce bien utile, d'ailleurs ? Pourquoi Grimsel ne lui accorderait-il pas un soutien spontané devant la Pédagogue ?

L'espace d'un instant, elle songe à fuir, puis au-dessus d'elle une porte s'ouvre.

— C'est toi, Sahrâ ? Viens vite, nous t'attendons.

Nous. Greco est là. Soulagée, la jeune fille rejoint son ancien tuteur qui s'incline, le bout des doigts en tipi, et l'invite à entrer. Sahrâ pâlit. Si la médicienne est au nid, elle est restée dans sa chambre. Deux hommes sont assis en tailleur, devant la table basse. L'un qu'elle ne connaît pas, l'autre qu'elle a maudit et qu'elle aurait souhaité ne jamais revoir.

— Tu reconnais Moray, bien sûr, dit Grimsel.

— Désolé de t'infliger ma présence, marmonne le garçon.

Mais il n'a pas baissé les yeux. Sahrâ le toise, menton dressé, un petit coq étranglé de fureur.

— Et voici Arâk, qui est soigneur aux thermes d'Aigue-Marine, continue Grimsel. Il sait des choses qui te concernent, et que tu ignores peut-être. Veux-tu t'installer avec nous ?

La gorge nouée, Sahrâ s'assoit sur un coussin au tissage précieux, accepte le bock de sève que Grimsel lui tend, boit puis regarde son hôte et ses invités se désaltérer à leur tour, se demandant s'ils éprouvent la moindre félicité à communier avec elle dans le rituel de bienvenue.

— Moray savait que tu viendrais me voir aujourd'hui, reprend le tuteur. Il pense te devoir quelque chose.

Sahrâ renifle, de nouveau furibonde. Elle voudrait avoir trois ans pour se jeter sur le garçon et le mordre, sans s'inquiéter du sermon qui suivra. Son regard doit être éloquent, Moray soupire.

— Je suis plus soucieux que tu ne l'imagines du sort de Sandre et de Salem. En as-tu des nouvelles ?

— Et par quel miracle en aurais-je ?

— Oh ! ça n'aurait rien de miraculeux. Il pourrait suffire de se lier d'amitié avec une guide.

A-t-elle décelé du mépris dans sa voix ? Est-elle ici pour affronter des juges ?

— Chacune se procure ses informations de la façon qui lui convient, intervient le soigneur.

Son timbre doux apaise Sahrâ. Elle regarde Arâk, et regarde Moray… Comment deux prunelles aux couleurs semblables peuvent-elles produire un effet si différent ? Les yeux d'Arâk sont attentifs et chaleureux, ceux de Moray ressemblent à un trou froid qu'habiterait un dieu calculateur.

— Je n'ai rien appris de Kirov, admet Sahrâ.

Qui se giflerait volontiers pour le regret chevrotant dans sa voix.

— La matriarche est ma cliente, annonce Arâk, tranquille. Entre mes mains, elle oublie quelquefois sa légendaire prudence. Moray m'a demandé de l'interroger sur tes jumelles. « Sandre et Salem vont aussi bien qu'il est possible. » Voilà ses propos exacts. Je ne crois pas qu'elle ait menti. Elle est la matriarche. L'arbitre des secrets. Rien ne l'oblige à me répondre.

— Et rien ne l'oblige à dire la vérité, souffle Sahrâ dont le cœur bat mais qui ne veut pas céder à de faux espoirs.

— Elle ignore mes liens avec le Mouvement.

— Et les informations d'Arâk se vérifient toujours, ajoute Grimsel, soucieux de la convaincre.

— Alors toi aussi, tu appartiens au Mouvement ?

La stupéfaction de la jeune fille est telle que le tuteur lui tapote la main en souriant.

— C'est donc si étonnant ? Nous sommes nombreuses à souhaiter le changement, tu sais ? À participer d'une façon ou d'une autre au travail de sape contre le Bouclier.

— Je pourrais vous trahir.

— Tu étais mon élève la plus brillante, Sahrâ. Tu ne trahiras pas, tu es trop ambitieuse. Si l'on veut progresser, il faut garder un pied dans chaque camp.

— Que voulez-vous de moi ?

Elle sourit, étonnée de se sentir excitée. Sa question est inutile. Ils sourient eux aussi, les trois comploteurs. Kirov, bien sûr. Qui d'autre ? Sahrâ leur donnera ce qu'ils veulent. Elle a enfin trouvé la justification de ses étreintes avec la Radicale.

25

Tououh-wiih! Tououh-wiih!

Salem bondit. Le bruit de la sirène l'a tant surprise qu'elle a dû effectuer un saut olympique. Une performance, dans son état. En portant ses mains à ses oreilles pour en protéger les tympans, elle s'aperçoit que le signal d'urgence clignote sur son com au point qu'il semble lancer des éclairs.

« Attaque ! Attaque ! » hurle une voix synthétique quand elle se connecte.

Les pirates ? Son cœur bat trop fort, elle n'arrive pas à se concentrer.

Elle sort sur le perron de sa villa. De formidables lueurs illuminent le ciel et, par intermittence, un tonnerre d'explosions occulte la sirène. Les pirates sont-ils déjà dans la place ? Et s'ils ouvraient une brèche assez grosse pour aspirer tout le contenu du Bouclier dans l'espace ?

Secoue-toi. Pompeius t'a juré que c'était impossible. Tu as peur ? Dis-toi que c'est un feu d'artifice, un festival pyrotechnique analogue à ceux qui réjouissaient tant ta triade, le dernier jour du carnaval.

Accrochée à la rampe comme si le sol s'était soudain mis à trembler, Salem voit des silhouettes harnachées jaillir de leurs maisons et prendre la fuite en direction du sas le plus proche. Des femmes. L'après-midi, les hommes sont à l'entraînement. Certaines tirent les cellules autonomes où elles ont enfermé leurs enfants. Salem appelle, mais seule l'une d'elles se retourne, hurlant sans ralentir sa course : « Sauve-toi ! »

Elle réussit à décrocher ses mains de la rambarde. Ses oreilles bourdonnent. La sirène, ou la ruée du sang ? Elle presse sa main contre sa bouche, regarde, hébétée, la marque qu'ont imprimée ses dents sur son index.

Souviens-toi de la procédure d'urgence. Tu enfiles la combinaison de survie, tu gagnes le sas sécurisé dont tu dépends, et tu attends l'évacuation… en espérant qu'elle ne sera pas nécessaire.

Bon sang ! Son gros ventre lui donne l'impression d'être une infirme. Comment enfiler un vêtement intégral quand on ne voit même pas ses pieds ?

Elle y parvient, néanmoins, ainsi qu'à endosser l'équipement de survie. Bon, s'il arrive un désastre, tu ne mourras pas tout de suite. Rabattre son casque et le verrouiller ne prend pas plus de trois secondes. Autant courir tête nue, comme celles qui t'ont précédée dans l'avenue.

Dehors, elle s'aperçoit non sans satisfaction qu'elle n'est pas la dernière.

Oui ? Pas de quoi te glorifier. Les femmes qui t'entourent sont âgées. Pire, tu n'en connais aucune, ce qui signifie qu'elles viennent d'un autre quartier, plus éloigné de l'issue de secours.

Une explosion assourdissante recroqueville sa tête entre ses épaules. Jusqu'à cet instant, le Bouclier ne lui avait jamais donné de sensation d'enfermement. Elle en sait les limites, mais elles sont assez lointaines – et bien masquées par les projections holographiques – pour qu'on les oublie. Le « soleil » semble perpétuellement voilé, pourtant les variations de son rayonnement aident à croire en son existence. Le ciel bleu s'emplit parfois de nuages qui se colorent au « crépuscule » et crèvent en pluies plus violentes au printemps et à l'automne.

La succession des saisons sur le Bouclier a enchanté Salem. Sur Pollen, les sept cités se sont édifiées à l'intérieur d'une bande subéquatoriale où le climat doux et constant était favorable. Pas de chaleur délicieuse en été ni d'hivers où la neige et les cristaux de glace vêtent le paysage de féerie. Pas de renaissance rose et blanche ni d'endormissements rouges. Alors qu'on a créé le Bouclier de toutes pièces, il paraît plus vivant que Pollen.

Cette fois-ci, c'est sûr, le sol a tremblé. Salem a failli tomber. Elle se rétablit de justesse, cramponnant son ventre rossé de l'intérieur. Elle a déjà pu mesurer combien son bébé déteste être secoué. « Et si je te boxais, moi aussi », grogne-t-elle avant de s'élancer de nouveau. Sa gorge la brûle, de petits points brillants dansent devant ses yeux, une crampe menace son mollet gauche, elle est obligée de s'arrêter un instant.

Jamais, jamais je ne laisserai l'embonpoint me gagner comme celui de Kindia, se promet-elle. C'est trop de handicap.

L'évocation de sa marraine lui met les larmes aux yeux. Est-il possible qu'elle ait vraiment tout perdu en décidant de s'expatrier ? Et si Sandre mourait, aujourd'hui, tué par les pirates avant qu'elle l'ait revu…

Ses jambes fléchissent. Providentiel, à l'instant où elle s'effondrait, un bras enserre sa taille, la soutient.

— Je te cherchais, dit la voix de Grenade. Je pensais que tu aurais besoin d'aide. Filons avant que le sol ne s'ouvre sous nos pas.

Salem s'accroche à son amie qui l'entraîne. En elle s'affrontent désespoir et reconnaissance. Elle parvient à sourire à travers ses larmes. Elle n'est pas abandonnée de toutes puisque Grenade risque sa vie pour la sauver.

Trébuchantes, à bout de souffle, elles atteignent enfin la salle sécurisée qui communique avec l'un des sas. Un lieu immense, sur les parois duquel affleure la roche inégale et grossière de l'astéroïde. La gorge de Salem se serre. Les femmes sont nombreuses, dans cette partie du Bouclier qui correspond aux quartiers résidentiels. Combien sont-elles ? Des centaines ? Est-ce une bonne idée de les rassembler ainsi au même endroit ? Quel manque de stratégie !

À la place du général, se dit Salem, je nous répartirais près des cinq sas d'évacuation. Tant pis pour la distance. Si cette salle est attaquée, les guerriers perdront presque toutes leurs femmes. Et ce n'est pas parce que j'ai peur que je pense à l'échec.

Salem sait que des guerriers confinés dans le sas attendent une éventuelle incursion des pirates. Dans la salle elle-même, au débouché du sas, cinq décurions veillent avec leurs hommes alignés en rangées impeccables. Auront-ils l'occasion de jouer leur rôle de défenseurs ?

Pleurs d'enfants, cris des femmes, ordres des hommes, bruits des explosions assourdies par les épaisses murailles… alors, c'est cela, la guerre ? Salem se tasse, jamais elle ne s'est sentie aussi petite, aussi peu maîtresse de son destin.

Grenade, qui n'a pas relâché son étreinte depuis qu'elles se sont assises sur le sol vitrifié de l'abri, lui souffle à l'oreille :

— Ne t'inquiète pas. C'est peut-être un exercice d'alerte.

Salem pousse une exclamation incrédule.

— Un peu réaliste, ton exercice, non ?

— S'il n'était pas réaliste, tu crois que les tribuns pourraient vérifier les capacités défensives de notre Caillou ? Si tu avais des doutes, tu courrais jusqu'à ce que tes poumons te brûlent ?

— Pas folle ! Je monterais dans une nacelle, qui me déposerait à trois pas du sas. Au diable le risque et l'interdiction.

— Voilà pourquoi les exercices ont l'air de vraies attaques. Seuls les tribuns, les techs et les quelques décuries nécessaires aux diverses mises en place savent à quoi s'en tenir. Decimus avait été choisi, il y a cinq ans. Il m'a avoué s'être beaucoup amusé. J'étais hors de moi. L'alerte a sonné le matin, quand les guerriers sont à leurs postes civils et les enfants de plus de trois ans à l'école. Mon cadet était à la maison, fiévreux, avec un rhume si terrible que ses yeux s'ouvraient à peine. Je l'ai porté tout du long, affolée à l'idée que je n'arriverais pas ici, que j'allais m'écrouler avant. Ma vie ne comptait plus, j'étais devenue le support de mon enfant, une monture prête à mourir pour sauver son cavalier. Alors quand Decimus m'a parlé d'une partie de rigolade, d'un jeu de rôles grandeur nature, j'ai quitté l'atrium et je me suis enfermée pendant trois jours. Je ne sortais que pour soigner mon fils malade. Je laissais son père se débrouiller avec l'autre et les obligations du ménage.

Decimus n'est pas un mauvais homme. Quand il m'a suppliée, j'ai résisté un peu – je ne voulais pas avoir l'air de céder trop vite –, puis j'ai mis fin à sa pénitence.

— Ça doit être dur d'être un défenseur sans rien à défendre, dit Salem qui se tortille contre son amie dans l'espoir de trouver une position confortable en dépit du harnachement qui lui meurtrit le dos. Vingt-huit ans sans attaque, à leur place, je me sentirais inutile.

— Hmm… Certaines femmes ici en arrivent à souhaiter un affrontement. À condition que leurs fils ne soient pas en première ligne, tu t'en doutes. Elles oublient que leurs maris sont les fils d'autres femmes.

Ces derniers mots, ajoutés dans un chuchotement rieur, font grimacer Salem.

— Tous en rêvent, non ? Ils commencent déjà leur guerre dans notre ventre !

Elle roule d'une hanche à l'autre, dans l'espoir d'apaiser le bébé dont les coups de pied la saccagent.

— Reste tranquille, lui ordonne Grenade.

Ses mains habiles et délicates palpent et massent. Tout de suite, elles obtiennent un résultat.

— Jade t'emporte, grogne Salem. C'est maintenant que tu me montres comment calmer ce monstre ?

— Pardonne-moi. Ces gestes me paraissent si évidents que je n'ai pas pensé à te les enseigner.

Salem hausse les épaules. Maintenant qu'elle est détendue, les odeurs et les bruits du lieu clos surpeuplé la dérangent. Au moins, son ventre sert de cellule autonome. Elle n'a pas à persuader son bébé d'y rester ni à supporter ses braillements.

— Pfou ! ça pue, là-dedans, dit-elle, le nez froncé. Et celui-là qui me regarde comme si j'étais Jade en personne ! J'avais bien besoin d'un nouvel amoureux. Ça fait des jours qu'il m'espionne. Je le trouve partout sur mon chemin.

— Tu parles d'un guerrier ?

— Non. D'un des petits dans sa cellule. Grosse bête ! De qui veux-tu que je parle ? Mon énorme ventre doit lui paraître irrésistible !

Grenade rit, mais ses yeux sont troublés.

— C'est lequel ?

— Troisième colonne, cinquième bonhomme à partir de la gauche. Tu le vois ? Le grand rasé aux bras entièrement scarifiés. Brrr ! il faut être fou pour endurer ça. Tu sais que les plus jeunes, comme Pompeius, se font traiter de lavettes quand ils ont refusé ce traitement ? Grenade ? Bon sang, tu te sens mal ? Tu es décomposée.

— C'est Nicius, souffle la jeune femme d'une voix blanche. Le frère de Publius, tu comprends ? Le fils de Valmy. Le petit-fils d'Annam.

— Oh là là ! gémit Salem. Et moi qui le voyais en amoureux.

— Je te l'ai caché pour ne pas t'inquiéter : ils ont libéré Valmy. Oh ! tu ne risques rien d'elle. D'après Decimus, elle a subi un redressement mental.

— Et tu crois que ce Nicius me guette pour la venger.

C'est une conclusion plutôt qu'une question, et Grenade néglige d'y répondre.

Là-bas, le guerrier – qui s'était détourné un instant – revient à sa cible première. Il ne s'en détachera qu'à la fin de l'alerte, au bout d'une interminable attente, et c'est amères et silencieuses que les deux femmes regagnent en nacelle la villa de Salem, l'une soutenant l'autre, et pas seulement à la force des bras.

Dès qu'elles entrent dans l'atrium, Salem sent un flux chaud inonder ses cuisses, et la première contraction la plie en deux, haletante, étourdie de douleur. Quand elle reprend son souffle, elle interroge son amie du regard.

— Ton enfant a décidé de sortir un peu plus tôt que prévu, dit Grenade d'un ton désinvolte.

Mais une lueur d'inquiétude assombrit ses yeux.

— Merci, mon général, grince Salem avec un sourire féroce. Votre fausse bataille contre de faux pirates m'aura épargné presque un mois de grossesse.

26

Elle pleurait. Il était passé si près d'elle. En tendant le bras, elle aurait pu le toucher. Il marchait les yeux fixés à terre, les épaules rentrées, comme s'il cherchait à se rendre invisible. Elle l'avait reconnu de loin. D'assez loin pour que tout son être se fige tandis que son esprit criait : regarde-moi, Sandre. Je suis là. Je t'en supplie, mon frère, mon amour, ne passe pas sans me voir.

Il était passé, enfermé en lui-même, sans la voir ni l'entendre. Elle serrait son bébé trop fort, il se mit à crier. Là-bas, Sandre finissait de traverser l'esplanade. Nombreux en cette fin de matinée, les passants s'étaient tournés vers elle, attentifs aux cris de l'enfant. Elle ne pouvait courir le risque d'appeler son frère ni de le rejoindre en courant.

Elle était si sûre qu'il la reconnaîtrait. Berçant le petit Kristianus pour le calmer, elle s'avança jusqu'au bassin qui reflétait le ciel tourmenté de janvier et s'effondra sur la margelle.

Assommée par le chagrin, elle fixait la course des nuages sur le miroir gelé de l'eau quand une voix retentit, si près qu'elle sursauta.

— Salut, Pompeia Salvia.

Levant la tête, elle découvrit Nicius Severus, le guerrier dont Sandre avait assassiné le frère. Massif, les bras nus malgré le froid piquant – afin que l'on pût apprécier le jeu de ses muscles sous sa peau scarifiée ? –, il souriait, avenant.

Elle s'était attendue à des cris, une agression, de la colère. Cette absence d'animosité la déroutait.

— Je ne m'appelle pas Pompeia Salvia, dit-elle d'un ton las en séchant ses joues d'un revers de main.

— Tu n'es pas l'épouse de Pompeius Salvius? dit le guerrier qui feignait la surprise.

Salem haussa les épaules. Elle détestait l'usage du Bouclier qui faisait perdre aux femmes leur identité de Pollen, comme si elles devenaient en se mariant un double féminin de leur mari, ou pire, sa chose.

— Si tu préfères, je te nommerai Salem, fit le guerrier, en apparence indifférent.

Mais il penchait la tête sur son épaule, ses yeux mi-clos la guettaient, et Salem renifla d'impatience, lui déniant tout droit à son prénom. Cet homme était dangereux, elle ne devait pas l'oublier. Seules son mari et ses amies intimes – en ce qui la concernait, cela se limitait à Grenade – pouvaient s'autoriser à lui donner son nom de Pollen.

— Je comprends ta réserve, et je l'apprécie, reprit Nicius.

Ces mots étaient accompagnés d'une œillade qui démentait le propos. Salem se détourna. Elle affecta d'ignorer le guerrier quand il s'accroupit devant elle. Il la dévisageait, impudent, et tendit les bras vers l'enfant.

— J'aimerais le porter, un moment. Après tout, j'ai failli être son oncle. Si Publius n'était pas mort, tu l'aurais épousé, j'en suis sûr. J'éprouve de l'affection pour ce petit.

Salem leva les yeux au ciel. Inutile de répondre ou d'argumenter. Elle se redressa, décidée à s'en aller mais, attrapant son bras d'une main sans merci, voilà qu'il la forçait à se rasseoir. Elle prit peur en découvrant ses iris obscurs et cessa de lutter.

— J'éprouve aussi de l'affection pour toi, Salem. Beaucoup trop d'affection. Peut-être parce que nous sommes liés, tous les deux. Liés par l'assassinat de mon frère.

Elle ne devait pas laisser la panique la gagner. Les yeux du guerrier s'étaient adoucis. Elle en aurait juré, il lui déclarait son amour à sa manière fruste et brutale. Ne pas le brusquer. Elle ébaucha un sourire et s'affola devant l'espoir dont témoignait soudain l'expression du garçon.

— Tu acceptes de me revoir ? demandait-il.

— Oui, répondit-elle très vite. Pourquoi pas. Une autre fois. Quand l'occasion se présentera.

Détachant doucement la main de Nicius elle se leva et s'éloigna. Elle se forçait à marcher avec calme mais réprimait un désir animal de fuite. Plus loin, assaillie par les odeurs mêlées qui provenaient des cuisines, elle s'appuya contre la sombre muraille. Nicius avait disparu. Elle osa jeter un regard par l'un des vasistas ouverts. En contrebas, une armée d'apprentis vêtus de longues tuniques blanches ceinturées aux couleurs de leur grade s'activaient autour des plaques de cuisson. La vue en plongée, le bonnet qui couvrait leur tête rendaient la recherche de Sandre presque impossible. Néanmoins, Salem acquit la quasi-certitude que son frère se trouvait ailleurs. Aux fours peut-être, où l'on cuisait les grosses miches de pain sombre ou doré du Bouclier.

Un homme approchait. Elle se rejeta en arrière, berçant Kristianus qui n'en avait nul besoin ; il s'était rendormi. L'homme passa, massif et scarifié, la couvrant d'un regard intéressé mais sans insistance. Ce n'était pas Nicius. Appuyée contre le mur, Salem aspirait de grandes goulées d'air, elle avait la sensation que ses poumons avaient rétréci.

Il était temps de rentrer. Elle n'avait plus d'excuse pour traîner encore dans les parages. Kristianus avait vu le pédiatre qui le suivait et qui n'avait pas manqué de moquer l'apparente anxiété de la mère. Hoquet et régurgitations n'affectaient en rien la santé du bébé, lequel était en pleine forme.

Salem dut s'obliger à se détacher du mur. Elle aurait voulu se laisser glisser au sol et attendre, là, dans la poussière, le moment improbable où Sandre passerait, et la remarquerait. D'un pas réticent, elle regagna l'esplanade, longea la façade de l'hôpital en oubliant pour une fois de déplorer sa lourde ornementation de caducées et de feuilles d'acanthe, si contraire à la légèreté des arbres-nids. À l'instant d'entrer dans la station des nacelles, Salem courba la tête. S'éloigner de Sandre lui coupait le souffle. Après que l'élévateur l'eut amenée à hauteur du quai, elle monta dans le véhicule où, Jade en soit bénie, seules deux vieilles personnes attendaient, installées à l'arrière. Salem s'assit devant, afin d'empêcher quiconque de déchiffrer son visage.

C'était la méridienne, les couples avaient regagné leurs villas, les guerriers étaient au réfectoire. La nacelle s'élança sans nouvelles passagères, fila le long du forum où d'épaisses stalactites aux frontons semblaient doubler les colonnes, puis entre les jardins scintillants de givre du quartier résidentiel.

Insensible à la magie de l'hiver, Salem regardait le bébé censé la consoler de tout. Les dix jours de séparation qui avaient suivi la naissance prématurée expliquaient-ils le malaise vague qu'elle éprouvait devant lui ? Ce petit être braillard, épuisant et goulu qui l'avait fendue en deux pour naître devait-il vraiment susciter son amour ? Par chance, Pompeius était fou de son fils et passait son temps libre à pouponner.

Salem sourit. Gentil Pompeius qui l'entourait d'attentions quand il la voyait morose ou de mauvaise humeur, qui avait attendu la parfaite cicatrisation de son sexe coupé avant de chercher à l'honorer de nouveau, qui la couvrait de caresses et de petits cadeaux… Pourquoi ne pouvait-elle s'en satisfaire ? Pourquoi cette impression d'étouffer ?

Aujourd'hui encore, il se précipitait pour l'accueillir, inquiet de son retard et, dès qu'il fut rassuré, secouant le bébé au-dessus de lui jusqu'à ce qu'il rît aux éclats, puis entraînant sa femme jusqu'au triclinium où il l'installa avec cérémonie devant le déjeuner qu'il avait pris le temps de préparer, une omelette aux tomatons, un peu trop grasse maintenant qu'elle était froide, mais délicieusement parfumée.

Et Salem soupira de reconnaissance tant elle avait appréhendé la préparation du repas quand elle était si fatiguée et, oui, affamée. Elle se surprit à dévorer sous le regard caressant de Pompeius, cher Pompeius qui, tout en donnant son biberon au bébé, tentait de dispenser aux deux amours de sa vie une égale tendresse.

Aiguë, la culpabilité lui perça le ventre, mais Salem avait pris sa décision et dès que son mari partit pour son entraînement de l'après-midi, elle emmitoufla Kristianus et se précipita dehors. Pas de sieste, aujourd'hui, elle s'embusquerait non loin de la villa de Caius, dans un renfoncement des murs entre deux jardins. Des lauriers sauvages lui permettraient de se dissimuler. Sandre logeait chez Caius. Tôt ou tard, il passerait devant elle et, cette fois, elle l'aborderait.

Pliée en deux, elle attendait, se forçant à respirer calmement afin de ne pas contaminer Kristianus avec sa nervosité. Elle l'avait glissé sur sa peau, dans sa chaleur, laissant juste sa tête dépasser de la toge de laine entre ses seins, et elle avait entortillé ses jambes et ses pieds dans la couverture du bébé.

Elle n'avait pas froid, Kristianus dormait, elle-même glissait dans une douce torpeur quand une sensation l'éveilla. Ténue, pourtant Salem ne l'avait pas perçue depuis si longtemps qu'elle l'avait pensée perdue à jamais. Sahrâ ne brillait plus que comme un astre lointain, et Sandre, depuis l'effacement de sa mémoire demeurait hors d'atteinte.

Elle se dressa dans le halo, le scintillement bleu familier se focalisait et l'engloutissait enfin, flux de particules dansant avec ses propres atomes la danse intime, étincelante, de la reconnaissance.

Un pas sonnait sur les pavés multicolores de la rue. Un pas d'homme. Sandre apparut, au droit de la cachette où s'était tapie sa sœur.

— Sandy ! cria Salem, et dans son cri résonnaient le triomphe et le soulagement.

Sandre se figea. Salem le vit reculer de trois mètres, une expression de peur altérant son visage.

— Sandy, répéta-t-elle d'une voix brisée.

Comment était-ce possible ? Le halo, et pourtant il ne la reconnaissait pas ?

— Regarde-moi, je suis ta sœur, dit-elle, les yeux pleins de larmes. Nous sommes sorties du même œuf.

— Oh ! Voilà pourquoi tu sais mon nom. C'est vrai que tu me ressembles. J'ai pensé que tu allais m'agresser. À force de servir de cible, on apprend la méfiance. Et puis, j'éprouvais quelque chose d'étrange en arrivant ici.

— Le halo, murmura Salem qui reprenait espoir. Le lien entre les jumelles d'une triade.

— Ah ? C'était déjà là ce matin. À l'instant où j'apercevais mon pire ennemi. J'ai cru que cette sensation provenait de lui.

Salem se serait volontiers tapé la tête contre le mur. Son frère s'était rapproché, poussé par la curiosité. Elle l'attira au plus profond du fourré.

— Je n'ai pas le droit d'être là, expliqua-t-elle. Je voulais obtenir de Cæsar la permission de te revoir, mais il a même refusé de m'accorder une audience. Si jamais quelqu'un nous surprend…

— Oui, grogna le garçon. Toutes les bonnes choses sont interdites, ici. Pour trouver un peu de plaisir, il faut s'évader sur le Réseau. Je suis devenu un expert.

Elle posa la main sur son bras et il se tut. Quelqu'un approchait. Ils patientèrent en silence. Elle le tenait toujours. Ce contact la faisait frissonner. Qu'attendait-il pour la serrer contre lui ? Il y pensa peut-être car il remarqua le bébé englouti sous la toge.

— Tu as charge d'âme ? Tu n'as pas peur qu'il se mette à crier ? Bah, de toute façon, Caius va rentrer, il vaudrait mieux filer.

— Dis-moi comment te retrouver, alors.

— Demain, je ne serai pas de cuisine. Rejoins-moi à la sixième heure, au Temple du Principe.

Elle le regarda s'éloigner, élastique ludion, son frère, son amour, et tandis qu'il atteignait le portail de la villa et se retournait vers elle à l'instant de le franchir, elle était dans ses pas, dans ce corps dont elle n'ignorait rien, même pas les cicatrices nouvelles, sombres et rouges fulgurances. Elle ferma les yeux quand il disparut. De toutes ses forces, elle voulait rester dans son sillage, se baigner dans son être, renaître à la fusion.

Un nouveau bruit de pas la sortit de sa transe. Caractéristique : des socques de femme, les hommes portaient toujours des sandales. Elle retrouva son souffle. Elle craignait Caius, et qu'il la surprît alors qu'elle touchait au but. Allons, il ne fallait pas s'attarder, l'heure du biberon approchait, Kristianus ne tarderait pas à se réveiller.

27

Walkyrie ! songea Zelten, admirant la forte stature d'Ifni, la bourgmestre qu'il avait faite sienne et qu'il avait tenté de dominer. Vains efforts. Ifni n'était pas de celles qui se laissent asservir. À contre-jour dans le flot de lumière issu de la baie en ogive, elle se dressait, menton haut, épaules rejetées en arrière, splendide. Le pincement familier de la tendresse inquiète serra le ventre de son second. Zelten savait à l'instant même quand Ifni lui échappait. Une décennie de compagnonnage s'était ajoutée à son sens de l'empathie pour lui permettre de décoder quasi sans erreur les expressions de la bourgmestre. Il s'alarmait de la sentir raidie, depuis quelque temps. Elle le regardait parfois avec un mélange de supplication et de colère. Zelten n'en doutait plus, elle avait appris quels liens charnels il avait renoués avec Greco. Il s'avouait enfin qu'il avait peur de la perdre. Même s'il stationnait en politique depuis deux ou trois ans, sans Ifni, que deviendrait sa marche en avant ? Il ne comprenait pas comment il n'avait pas confessé sa liaison ni rompu avec la médicienne. Ifni était jalouse et il s'efforçait de ne pas la blesser. Jusque-là, il ne s'était autorisé que des passades. Un moyen pour lui de se rassurer. Encore en usait-il à doses homéopathiques : il s'était réellement attaché à la bourgmestre.

Alors, Greco ? La médicienne avait su réveiller en lui cette passion des corps désormais assagie dans la liaison avec Ifni. Une passion qui les jetait l'un contre l'autre et que des rencontres gagnant sans cesse en fréquence n'avaient pas assouvie.

Il s'approcha de la fenêtre. Ifni avait installé son bureau au dernier étage de la tour du Palais, le point culminant d'Améthyste. La vue sur les arbres que le vent du soir animait de lueurs précieuses était si belle que Zelten en avait la gorge serrée, chaque fois qu'il lui était donné d'en profiter.

Ifni tourna la tête. Sous le casque court de ses cheveux acajou, ses yeux noirs luisaient, amusés, mais quand elle parla, sa bouche épaisse trahit un tremblement d'amertume.

— Toi aussi, tu t'es entiché de ce petit serpent femelle ?

— Ifni ! s'exclama Zelten, les yeux agrandis d'étonnement. C'est Sahrâ que tu traites de « petit serpent » ?

— Réponds à ma question, s'il te plaît.

Incroyable ! Zelten avait l'impression qu'un poids monstrueux s'envolait soudain de lui, décomprimant sa poitrine. Ifni ne savait rien de ses rapports avec Greco. Elle avait perçu son éloignement sensuel et avait imaginé qu'il était l'amant de Sahrâ. Il se frappa la tête du plat de la main, un geste comique accompagné d'une moue exagérée, afin de signaler à la bourgmestre à quel point son soupçon était déplacé.

— Jade nous protège ! Je ne prends pas mes amantes au berceau.

— Sahrâ est adulte, dit Ifni d'un ton sec. Elle l'a prouvé.

— Ha, ha ! Je n'ai pas couché avec elle et je n'en ai pas l'intention, si c'est ce que tu veux savoir.

— Elle t'intéresse puisque tu plaides sa cause. Et pourtant, tu détestes Kirov. Tu n'ignores sûrement pas que c'est la petite protégée de ma capitaine. Qui cherche elle aussi à me persuader que Sahrâ sera parfaite en historienne. À chaque proposition de Kirov, tu prends le contre-pied, d'habitude : j'en déduis que ce trop joli serpent t'a piqué, toi aussi.

— Ifni, tu réalises ce que tu es en train de dire ? Premièrement, tu as poussé toi-même Sahrâ dans les bras de Kirov. Tu n'ignorais pas l'appétit insatiable de cette fichue guide. Si tu n'avais pas obligé la petite à ce stage de mousse sur la *Sémiramis,* ces deux-là ne se seraient jamais rencontrées. Deuxièmement, tu sous-entends que je ne suis pas capable d'une action désintéressée. Que dois-je en penser ? On est ensemble depuis dix ans et tu me connais aussi mal ?

La bourgmestre rejoignit l'abri de son bureau en arc de cercle. Elle s'assit et, dans un geste machinal qui lui était familier, frotta les veines apparentes et les nœuds du bois jaune où s'étayaient ses bras. Elle demeurait toute raide, les yeux dans le vague.

— Tu as raison, admit-elle au bout de lourds instants de gêne. Je vieillis mal. À la fin de mon mandat, je passerai la main.

Zelten sentit des doigts de glace fouiller son ventre et lutta pour ne rien en laisser paraître. Le mandat d'Ifni expirait dans trois mois. Qui la remplacerait ? Qu'allait-il devenir ?

Les yeux d'Ifni n'étaient plus vagues, ils s'étaient fixés sur lui. Il parvint à soutenir ce regard qui tentait de le déchiffrer et baissa la tête, lourd d'un chagrin qu'il éprouvait vraiment, quelle qu'en fût la cause.

— Cette Sahrâ, si tu savais comme je m'en fiche, chuchota-t-il. C'est juste une pauvre fille. J'aimerais que tu me témoignes un peu plus de confiance.

Sincère à l'instant où il proférait ces mots, il vit l'espoir éclairer le visage fermé de la bourgmestre et se dégoûta d'avoir su éveiller ce sentiment. Ifni pouvait-elle ignorer qu'il la quitterait si elle cessait d'être bourgmestre ?

Elle griffonnait sur un papier qu'elle glissa dans une enveloppe, négligeant de la cacheter.

— Tiens, dit-elle en lui tendant le pli. En dernier ressort, c'est Oural qui décide, pour les études d'histoire. Elle est à Aigue-Marine, aujourd'hui. Je lui ai annoncé ta visite. Il est trop tard pour les nacelles. Prends un des glisseurs du Palais.

Trop stupéfait et secoué pour commenter l'ordre qu'elle lui donnait, Zelten saisit la main de la bourgmestre et l'embrassa comme on fait allégeance. Ils avaient tous les deux les larmes aux yeux quand il quitta la pièce.

La plupart des Polléniennes usaient du courrier électronique. Les plis écrits à l'ancienne, sur du papier, étaient réservés aux messages tendres ou coléreux dont on se souciait qu'ils ne fussent pas déchiffrés par les premières pirates, filles ou garçons, du Réseau. C'était aussi le mode usuel pour le courrier administratif, quand il n'était pas de pure routine et qu'il devait être sécurisé. Enfin, certaines l'utilisaient par souci d'esthétisme, malgré le coût, et en faisaient une sorte d'art intime, réservé à très peu d'élues.

La lettre – Zelten le vérifia d'un coup d'œil – était destinée à la matriarche. Et Ifni négligeait de la cacheter ? Ce témoignage de confiance était un peu trop manifeste. Une façon de prétendre ne rien avoir à lui cacher. La couleuvre était grosse. Zelten grimaça, entre la fureur et le rire, et sortit le message de l'enveloppe. En dessous des salutations d'usage, Ifni avait écrit : « Je t'envoie Zelten comme nous en avions décidé. Tu peux te fier à lui comme à moi-même : son jugement est sûr. »

Plus tard, dans le glisseur qui survolait le damier coloré des terres en culture, Zelten s'avoua qu'il manquait lui aussi de confiance, qu'il dominait mal sa tendance au calcul, et qu'il lui était difficile d'imaginer un entourage moins retors que lui. Or Ifni se montrait à l'occasion d'une naïveté ahurissante, et il s'en agaçait, lui reprochant de manquer de sens politique. Elle le regardait alors, elle rivait sur lui l'un de ces regards clairvoyants qui le pétrifiaient, et elle disait : « Tu es là pour ça. Pourquoi penses-tu que je t'ai choisi ? »

Et voilà qu'elle lui donnait enfin sa chance : un entretien seul à seule avec Oural. Jusqu'ici, elle avait gardé Zelten par-devers elle comme une amante jalouse. En permettant cet entretien, elle courait un gros risque. Fallait-il croire qu'elle avait réellement décidé de mettre un terme à sa charge ? Ifni n'ignorait pas que la matriarche aimait s'entourer d'hommes… et qu'elle débauchait à l'occasion de leurs fonctions ceux qui lui paraissaient dignes d'intérêt. Elle avait la réputation de les écouter. On lui prêtait des appétits dévorants pour l'autre sexe, mais la rumeur voulait qu'ils se fussent assagis avec l'âge.

Zelten s'était souvent imaginé séduisant Oural. Il n'était plus aussi sûr de lui, aujourd'hui. Il ignorait s'il serait capable d'honorer à des fins arrivistes un corps très fatigué. À vivre en compagnie des femmes, on se fait limer les crocs, songea-t-il. Sa petite moue se changea en sourire : on y gagne à l'occasion quelque intégrité, voire le respect de soi-même.

Zelten atteignit sa destination au jour finissant. Du fait de sa position centrale dans la chaîne des sept villes ourlant la mer de Jade, Aigue-Marine avait de tout temps abrité le siège de la Matriarchie. C'était aussi de là que partaient les navettes pour le Bouclier. Zelten avait maintes fois décollé en pensée dans les flancs de l'un des appareils. Devenir le maître du satellite guerrier était plus qu'un rêve, le but qu'il s'était promis d'atteindre.

Il se posa derrière la Matriarchie dont les bâtiments en forme d'ailes de papillon étincelaient, dépolarisés pour la nuit. La danse subtile des éclairages sous les verrières donnait l'impression d'une palpitation. Zelten frissonna. Et si son avenir se jouait là, tout de suite. Et si cette rencontre avec Oural se révélait déterminante. Et s'il perdait à la fois toute chance avec la matriarche et sa place au Conseil municipal d'Améthyste ? Il évoqua Greco, sa passion séduisante quand elle prenait la défense des hommes, et se demanda si elle saurait lui suffire. Question de pure forme. Seule sa carrière politique comptait. Les femmes figuraient dans sa vie au titre d'agréables adjuvants, ou de moteurs, comme Ifni.

Ses pas hésitaient sur le vaste parvis de l'entrée principale. Toutes ses années d'auxiliaire en compagnie d'Ifni l'avaient familiarisé avec ces bâtiments. C'est dans l'aile droite que se tenaient les assemblées, restreintes ou plénières. Zelten connaissait aussi le bureau d'Oural, mais jusque-là, il y avait accédé dans le sillage d'Ifni, tel un sous-fifre attentif et muet. Ce soir était particulier.

Il secoua ses bras. Bon sang ! Ces maudites mains allaient-elles cesser de trembler ? Il les tendit devant lui, sans souci des quelques Polléniennes qui sortaient de l'établissement, ferma les yeux, prit une profonde inspiration… Quand ses paupières se rouvrirent, ses mains ne tremblaient plus et il se hâta de franchir le seuil.

De l'autre côté des portes coulissantes, une vigie contrôlait les accréditations. Zelten s'en agaçait chaque fois. Pur décorum. À sa connaissance, la Matriarchie était le seul bâtiment protégé par une escouade gardienne. Les secteurs non autorisés des ministères, répartis dans chacune des villes, étaient défendus par empreintes rétiniennes et codes génétiques. De vieilles techniques qui avaient fait leurs preuves.

La vigie de l'entrée se connecta à son com de poignet, trouva aussitôt l'information recherchée, hocha la tête et lui fit signe de passer. Tandis qu'il traversait les pièces d'apparat où les miroirs réfléchissaient à l'infini le pâle éclat bleu-vert des béryls synthétiques incrustés, Zelten se demandait quelle attitude adopter. Montrer sa compétence était un préalable. Parviendrait-il à jouer de surcroît l'acolyte idéal : sérieux, humour discret, séduction ?

Le bureau de la matriarche était lui aussi flanqué d'une vigie, uniforme à brandebourgs aux couleurs de la ville et choqueur à la ceinture. Elle lui fit signe d'entrer sans autre vérification ; sa collègue avait dû lui transmettre l'image du visiteur. Oural était en compagnie de Katyn, la bourgmestre d'Aigue-Marine, et Zelten en fut contrarié. Il n'aimait pas Katyn. C'était une Légaliste rigide qui s'opposait souvent à Ifni. Zelten s'était aperçu qu'elle contrait systématiquement ses propres propositions, même quand elles étaient avancées par la bourgmestre d'Améthyste. Il la soupçonnait de comploter avec les Radicales.

Afin de masquer son irritation, il s'abstint de saluer et resta en retrait, comme s'il attendait la fin de la réunion des deux femmes. Katyn s'attardait, manière de montrer qu'elle avait droit de cité en ce lieu, et que tout auxiliaire masculin y était un intrus. Zelten soupira entre ses dents. Aurait-il résisté à son désir de lui tordre le cou s'il avait été à la place de Lucca, l'auxiliaire qu'elle s'était choisi ? De Lucca, Katyn n'avait rien à craindre : c'était un être brillant, mais falot, et d'une timidité maladive. Katyn le forçait parfois à exposer lors d'un Conseil municipal ou d'une assemblée. Le pauvre bégayait, pitoyable. Il était arrivé que Zelten en rougît pour lui. Cela l'exaspérait d'autant plus que les exposés de Lucca étaient toujours clairs, et remarquablement argumentés.

Oural finit par se lever, signifiant son congé à la bourgmestre. Elle gardait un masque sérieux, mais ses yeux pétillaient d'ironie. Katyn se résigna, passant devant Zelten comme s'il était transparent. Tendances radicales, à n'en pas douter. Était-elle consciente de jouer un jeu dangereux en présence de la matriarche ? Zelten assistait-il à un affrontement larvé par sa personne interposée ? Ou cette femme était-elle plus simplement irresponsable et puérile ?

Il joignit ses doigts en tipi, s'inclina puis, Oural s'approchant de lui, s'agenouilla pour baiser la main de la révérende mère. Elle lui tapota la joue, le geste d'une marraine à l'enfant dont elle a la charge, et il sentit ses dents se serrer. Bruxisme. Sa dentiste l'avait mis en garde contre cette crispation incontrôlée des mâchoires qui provoquait l'usure prématurée de l'émail. Il fallait qu'il se détende. Le genre de conseils dont les soignantes étaient prodigues. Et quoi faire ? Prendre de ces potions magiques qui vous déplacent de vous-même avec une redoutable efficacité ? Ou se résoudre à considérer que cette vieille guenon de matriarche ne cherchait pas à l'humilier… Pas plus que la plupart des femmes sur ce monde utopique, n'est-ce pas ? Un monde béni où les hommes, ces grands enfants, étaient avec soin tenus à l'écart de tous les postes où ils auraient pu « se faire du mal », et accessoirement blesser la planète.

— Que tu es jeune, soupira la matriarche en lui faisant signe de se relever. Et pourtant Ifni assure te devoir beaucoup. Elle m'a brossé de toi un si joli tableau que j'en suis arrivée à m'interroger. Pourquoi la bourgmestre d'Améthyste pousserait-elle son auxiliaire préféré dans mes bras ?

Zelten ouvrait de grands yeux et Oural sourit, facétieuse.

— Je vois qu'il est encore assez facile de te troubler. Tu crois que je suis une dévoyée, et que c'est l'un des effets de la politique, mais je ne parlais pas de sexe, en l'occurrence. Ifni souhaite que tu entres dans mon équipe. C'est en tout cas ce que j'ai compris. Tu t'en doutes, sa requête était indirecte. Quelque chose m'échappe : tu couches bien avec elle, non ? Et à votre satisfaction réciproque ?

Une nouvelle fois, Zelten sentit ses yeux s'écarquiller. Pire, ses joues brûlèrent et il s'en trouva outragé. Il ne se souvenait pas d'avoir rougi depuis plus de dix ans. Et la vieille guenon prétendait ne pas parler de sexe ! Il chercha une réponse cinglante mais les mots se dérobaient. Une chance ! Oural testait peut-être sa susceptibilité. N'empêche, elle manquait à toute discrétion, ce qui n'était guère l'usage, sur Pollen.

— Tu couches avec qui d'autre ? enchaîna la matriarche.

Cette fois-ci, elle passait les bornes. Zelten eut un geste furieux de dénégation.

— Ne joue pas les vertueux avec moi, s'il te plaît. Je surveille chaque homme qui m'intéresse. Cette petite médicienne ne me semble pas bien dangereuse. Son frère, en revanche… Sais-tu qu'il appartient au Mouvement ?

Grimsel ? Elle présentait Grimsel en révolutionnaire ? Cet homme falot, qui se tenait toujours en retrait ?

— Bien, reprit la matriarche. Tu étais venu me parler de Sahrâ. J'ai étudié son dossier, et je connais déjà tous tes arguments. Cette petite m'intéresse. Son ambition m'intéresse. Et quand on voit ce que son frère et sa sœur ont mobilisé d'énergie pour atteindre leurs buts, on peut imaginer quelle carrière l'attend. Après l'histoire, elle entrera en politique. Tu seras mon truchement. Je veux que tu surveilles ses liens avec son ancien tuteur. D'ailleurs, que dirais-tu d'un peu d'entrisme ? Pénètre leur groupe. Sois mes yeux, sois mes oreilles.

Bras croisés, paupières mi-closes, Oural le dévisageait. La créature simiesque s'était effacée au profit du reptile. Zelten se demanda un instant si sa bouche n'allait pas se mettre à trembler. Il se maîtrisa, douloureusement conscient de ne pas être à la hauteur. Il n'avait pas encore prononcé un mot. On ne lui avait même pas proposé de s'asseoir. Il se sentait misérable et subjugué. Une nouvelle fois, ce fut la matriarche qui parla.

— Je te laisse réfléchir. Dans le cas où mon offre ne te paraîtrait pas insupportable, tu resterais l'auxiliaire d'Ifni. Pour le moment, tu me seras plus utile près de Sahrâ. Greco devrait te permettre de nouer des liens étroits avec notre nouvelle historienne. Marche dans ses pas. Surveille sa relation avec Kirov. Je ne voudrais pas que cette folle fieffée me la gâche. Je te laisse maître de la situation, tu es quelqu'un de subtil, si je me fie au jugement d'Ifni. Je m'engage solennellement à te prendre ensuite dans mon équipe, si tu me donnes satisfaction.

Elle le raccompagnait vers la porte. Il sortit enfin de sa stupeur, conscient que s'il ne parlait pas, il apparaîtrait comme un jouet entre les mains d'Oural.

— C'est tout réfléchi, lâcha-t-il d'une voix coassante. Moi aussi, l'avenir de Sahrâ m'intéresse. Et voir comment tu vas le modeler sera très instructif. J'ai soif d'apprendre à tes côtés.

Il se pencha sur les doigts de la révérende mère, captant au passage son coup d'œil incisif. Il s'était montré insolent. Comme un enfant rétif. Cela n'aurait pas dû lui remonter autant le moral.

28

Là, il en jurerait, il a vu un éclat de lumière dans le renfoncement, au centre du massif de lauriers qu'il s'est promis cent fois de raser. Le reflet du soir rouge sur un objet métallique. La lame d'une épée ? Le cœur de Caius s'accélère, son pas se ralentit, ses muscles se tendent. Il est quasi désarmé. Une erreur, d'autant qu'il sait depuis des jours le complot qui se trame contre lui. Ursus Arrius, une nouvelle fois, Caius en a la certitude. Hélas, cette fois encore, les preuves se dérobent.

Le reflet vient frapper son œil et Caius s'affole. Plus de doute, un homme se cache dans le buisson de lauriers, et si c'est un séide du tribun Ursus, alors il est bien maladroit. Caius approche, la main crispée sur le poignard qu'il porte à la ceinture. L'entrée de sa villa est à moins de vingt mètres mais peut-il prendre le risque de tourner le dos à son agresseur ? Il faut que celui-ci se démasque.

— Dehors ! Sors de là ! Seuls les enfants qui jouent se cachent de la sorte. Les autres sont des lâches.

Les branchages s'agitent, une silhouette en émerge, empourprée par le jour déclinant. Caius reconnaît aussitôt la jeune femme qui se tient courbée devant lui. Attitude humble et repentante, mais les yeux étincellent.

— Salem ! s'exclame le général exaspéré. J'aurais pu te tuer.

— Et j'aurais accueilli la mort comme une amie. Que vaut ma vie, aujourd'hui ?

— Tu serais mieux inspirée de te taire.

— Je me tairai quand tu m'auras enfin accordé une audience.

— Et tu crois que c'est le lieu et l'heure ?

Elle est plantée devant lui, un vrai petit soldat. Sans une ombre de discipline. Caius sait qu'il n'en sera jamais obéi. Il ne peut retenir un sourire, le caractère volontaire de cette fille lui plaît. À vrai dire, dès son arrivée sur le Caillou, Salem l'a séduit.

— Tu ne veux pas me recevoir au Palais pour des motifs politiques, affirme-t-elle. Chez toi, personne ne préviendra de ma visite.

— Tu oublies mes voisins.

— Je ne doute pas que tes voisins soient sûrs.

Le ton est péremptoire. Comment a-t-elle appris cette prérogative des Cæsar : choisir qui vous entoure ?

— Bien, cède Caius. Tu sais aussi que Sandre n'est pas là, je me trompe ?

— Je connais son emploi du temps aux cuisines, rétorque Salem d'une voix neutre.

— Ah ? Et d'où tiens-tu cette information ?

— De son instructeur, Licinius, affirme-t-elle sans se troubler.

— Il faudra que tu m'expliques comment tu t'y es prise. Et ne me parle pas de séduction. Licinius a si peur des filles qu'il a refusé de prendre femme, il y a vingt ans, quand on l'a choisi pour être père.

— Chrone ! jure Salem mezza voce. Elle détourne les yeux, furieuse contre elle-même.

— Tu devrais mentir plus souvent, s'amuse le général. Ce rouge qui fait flamber tes joues, c'est une pure merveille. Vois-tu, à part Sandre et son instructeur, je suis le seul à connaître l'emploi du temps de ton frère… et j'ai beau fouiller dans mes souvenirs, je ne me rappelle pas t'en avoir informée.

Il l'a prise par le bras et la tire en avant, malgré sa résistance. Le portail de sa villa s'efface sans bruit devant lui et ils avancent ensemble, dans une sorte de pas de deux contraint, Caius ivre du parfum émanant des cheveux de la fille, bouleversé de la serrer contre lui.

C'est d'un geste brutal qu'il la pousse sur l'un des divans de l'atrium. La violence ne lui est pas coutumière et il s'effraie d'avoir perdu son contrôle. La mise en garde de la matriarche lui revient en mémoire. Cette fille est-elle vraiment si dangereuse ? Doit-il craindre un être à peine sorti de l'enfance ? À demi courbée en avant, comme prête à s'enfuir, Salem le surveille, le regard assombri. Difficile, en cet instant, de voir en elle la séductrice cherchant à le manipuler. Difficile toutefois d'oublier le chemin qu'elle s'est ouvert à force de ruse et de ténacité pour retrouver son frère… Salem est-elle le simple jouet de forces contraires ?

Caius s'aperçoit soudain qu'il parcourt l'atrium à grands pas. Il s'arrête et s'assoit au bord de l'impluvium, provoquant la fuite d'un batracien gracile entre les nénuphars. Salem n'a pas osé reprendre la parole. Caius regarde d'un œil absent le vol des libellules. Sont-ils libres, ces insectes dont les ailes irisent la lumière ? Ou prisonniers comme lui, comme Salem, comme Sandre ? Caius sait qu'il a fait une erreur en ouvrant sa porte à Salem, mais il est fatigué des intrigues, excédé de ne jamais pouvoir baisser sa garde, et obscurément satisfait de résister à

Oural. Quand il rêvait de devenir le chef du Bouclier, il ne mesurait pas l'étendue de sa future allégeance à Pollen. Caius, qui s'appelait alors Cassaï, se voulait pragmatique. Ses sœurs préféraient le traiter d'hypocrite. Il s'arrangeait avec lui-même. S'il lui fallait se compromettre, il se débrouillait pour ne jamais baisser la tête. Même un homme peut conserver un minimum d'orgueil en politique. Il avait endossé les secrets très sombres du Bouclier avec une euphorie confinant à l'ivresse. N'étaient-ils pas la preuve de sa toute-puissance ? Et de la confiance absolue que lui témoignaient la matriarche et ses guides ?

Il n'avait pas imaginé qu'un jour ces secrets pèseraient trop lourd. Même s'il n'avait aucune intention de trahir, il éprouvait depuis peu le désir de s'écarter de la norme. La présence de Sandre était agréable, mais le garçon vivait en marge, l'évitant autant qu'il le pouvait, comme s'il avait peur de voir se réaliser son statut de giton. Surtout, sa mémoire était blanche. Sandre avait perdu toute communauté avec la planète où il était né. Il n'était pas plus un guerrier du Bouclier, et le pessimisme naturel de Caius ne l'incitait guère à croire en l'avenir du garçon.

Salem, c'était autre chose. Malgré sa castration chimique, Caius s'était ému à la moindre de ses apparitions. Certes, elle était belle, mais bien des filles du Bouclier ne l'étaient pas moins. Ce qui attirait Caius, c'était la volonté hors du commun de cette fille. Il aimait qu'elle eût inquiété Oural, ce qu'il ne s'était jamais autorisé. Il aimait par-dessus tout qu'elle fût entrée en rébellion par amour. Il n'avait pas oublié sa triade. Perdre ses jumelles avait été une petite mort. Il adorait ses sœurs. Il n'avait pas su décoder leur détresse quand elles se moquaient de ses aspirations politiques. Devenu conseiller auxiliaire, il avait cherché à renouer les liens défaits et s'était aperçu qu'il était trop tard. Les mots, les gestes, la tendresse de la fusion s'étaient enfuis. Ses sœurs étaient comme un bloc devant lui qu'il ne savait plus sculpter. Par la suite, leur dureté s'était retournée contre elles. Il avait appris qu'elles s'étaient déchirées pour un motif futile mais il pensait que toute triade se voue à la dissolution quand elle rejette son élément masculin.

Caius regarde Salem, recroquevillée sur le divan, sous une arche à l'enduit carminé, il hoche la tête et murmure :

— Que vais-je faire de toi ?

Elle serre plus étroitement ses jambes entre ses bras et détourne les yeux.

— Tu t'es donné la liberté de voir ton frère malgré l'interdiction. Tu es la seule coupable, il n'avait aucun moyen de te reconnaître. Tu connais la sanction de la faute : le redressement mental.

— S'il te plaît, non ! Je préfère mourir.

— C'est une très bonne façon de mourir, crois-moi. Ici, on appelle ça « naître une deuxième fois ».

— Alors je suis déjà condamnée, se révolte Salem. Sans jugement ? Sans défense ?

— Ce que je ne comprends pas, c'est le motif de ta visite. Tu n'attendais pas une autorisation, tout de même ?

Salem s'est redressée, toute son énergie retrouvée, un joli félin crachant sa colère.

— Et pourquoi pas ? C'est toi le chef ici, non ?

— Par le Principe, je rêve ! s'exclame Caius, stupéfait par la naïveté de la fille. Tu as donc si peu de sens politique ?

— Moi, en tout cas, je n'ai pas rayé le mot amour dans mon vocabulaire.

Elle le toise, les mains sur les hanches. S'il existait un lieu du supplice, elle y marcherait sans un instant d'hésitation. Caius lui rend son regard, partagé entre l'exaspération et l'envie de sourire. Qu'elle est belle avec ses joues de fièvre, la moue de fureur qui durcit sa bouche, ses yeux qui étincellent.

— Je vais te prouver que je sais conjuguer le verbe aimer, dit-il en affectant un ton sévère. Parce que je t'aime bien, Salem. Je t'ai aimée dès ton arrivée. Et tu pourrais faire les pires bêtises que je t'aimerais encore.

— Alors tu ne vas pas tuer mon esprit ?

— Ce serait tuer mon amour.

Elle se jette sur lui, l'étreint, l'embrasse. Il se dégage en riant.

— Jade soit louée ! s'écrie-t-elle. C'est trop beau !

— Attention, ma petite. N'attends pas de moi plus qu'il n'est possible. Je ne te donne pas ma bénédiction. Je ferme les yeux, c'est tout. Reviens me voir. Aux heures où Sandre n'est pas chez moi. Mes voisins sont sûrs, mais ils ne comprendraient pas.

— Est-ce que…

Salem hésite, détourne la tête, le général l'encourage.

— Oui ?

— Je pourrais visiter la chambre de Sandy ?

Caius hausse les épaules.

— Pourquoi pas. Je suppose que rien ne s'y oppose.

Il lui a pris la main, et ce contact mince tiède et doux d'une main de fille lui serre le ventre. Ils traversent le triclinium où l'un des deux lémuriens de Caius est occupé à dresser le couvert, et Salem s'exclame :

— Il y a des servants, sur le Bouclier ? Je n'en avais jamais vu.

— Une dizaine, tout au plus. Chez nous, les petits n'en ont pas besoin, leurs mères les maternent. Au fait, où as-tu caché ton fils ?

— Je l'ai confié à Grenade. Je craignais qu'il ne t'ennuie.

— Amène-le, la prochaine fois. Je me sens une faim d'ogre quand j'aperçois un bébé.

Il cligne de l'œil et reprend :

— Les personnes âgées n'ont pas davantage besoin de servants quand elles deviennent dépendantes. Leurs propres enfants les prennent en charge. Voilà au moins une raison de préférer le modèle du Bouclier à celui de Pollen.

Salem se dégage d'un coup sec du poignet et lui jette un regard incrédule.

— Voilà surtout le discours d'un homme ! Sur le Bouclier, les femmes sont les pures esclaves de leurs enfants et des tâches ménagères. Et quand elles ont fini d'élever leurs garçons, qui s'occupe des vieux parents du mari ? Elles. Encore elles. Les fils sans enfants se dérobent toujours devant cette tâche.

— Les fils sans enfants maudissent souvent leur famille. Parce qu'ils n'ont pas été choisis pour être pères. Comme si leurs parents en étaient responsables. La sélection ne se fait pourtant pas au niveau familial.

— Tu les excuses ? Tu crois que les Polléniennes sont heureuses d'avoir été choisies ?

— J'explique la situation, c'est tout.

— Et cette situation te semble idéale ?

Caius s'arrête devant la chambre de Sandre. Il se tourne en soupirant vers Salem.

— Pas de guerre entre nous, s'il te plaît. Ma phrase était malheureuse, je l'admets.

Il s'abstient d'ajouter que les femmes payent sur le Bouclier ce qu'elles ont créé sur Pollen, une société discriminante où toute égalité des sexes est impossible et, soucieux d'interrompre cette discussion sur un sujet qui ne les mettra jamais d'accord, il pousse la porte.

Salem se tait en découvrant la chambre de son frère, austère et nue. Pour tout mobilier, un lit que drape une couverture de laine doublée d'une soie verte aux reflets métalliques, un coffre orné d'un bas-relief en feuilles d'acanthe, une table et une chaise assorties, massives, en bois rouge acajou. Salem, soudain muette, hésite sur le seuil. Caius l'invite d'une poussée à entrer. Elle s'avance, indécise, tourne sur elle-même, la tête penchée sur l'épaule, sa lèvre inférieure frémit.

— On dirait, balbutie-t-elle enfin, on dirait que cette pièce n'est pas habitée.

Le général acquiesce.

— Les célibataires n'ont pas droit aux villas. Dommage. Ici, ton frère ne se sent pas chez lui. C'est idiot, non ? Nulle part ailleurs il ne serait en sécurité.

Elle s'approche du lit, en effleure la couverture, ses mains se crispent sur le tissu et elle tombe à genoux, le visage enfoui dans l'odeur de son frère, sanglotante. Bouleversé, Caius la rejoint, il masse les épaules qui tressautent, il caresse la sombre chevelure et, l'espace d'un instant, s'étonne de sa douceur. Alors, Salem se tourne, il l'accueille dans ses bras, effrayé par la force du sentiment qui le dévaste, un sentiment inconnu, violent, aigu, sa gorge se serre, son regard se voile et, murmurant : « petite fille, petite fille ! », il se jure de la protéger.

29

Sahrâ criait. Elle criait de jouissance tandis que debout derrière elle, il allait et venait entre ses reins. Et tout en criant, elle se disait : Animale, pourquoi aimes-tu tant cette posture ? Mais les mains de l'homme allaient et venaient, elles aussi, libres de glisser aux points sensibles, libres de s'y attarder jusqu'à des paroxysmes. Voilà, se disait Sahrâ, voilà pourquoi je préfère cette position, et non parce que cela m'abaisse au rang d'une créature inférieure. Puis Sahrâ cessa de penser, cessa d'entendre ses propres cris, cessa d'être au monde. La déferlante l'emportait, plus loin, encore plus loin, si loin qu'à n'en pas douter elle se perdrait au-delà de toute connaissance, dans les étoiles, à jamais.

Un sommeil profond, comateux, engloutissait toujours Sahrâ après l'amour, avant même qu'elle ne se fût déprise. Quand elle se réveilla, Zelten était parti. Elle sourit, l'auxiliaire se protégeait. S'il était resté, elle aurait initié un nouvel assaut amoureux. Ses appétits sexuels l'effrayaient. Elle ne s'était pas résignée à réduire le nombre de ses amantes. Chacune lui apportait un plaisir différent. Avec Kirov, le jeu d'une résistance toujours battue en brèche, et la passion brutale. Avec Greco, l'aboutissement de discussions interminables auxquelles succédaient les caresses, aux petites heures du jour, et des étreintes tendres. Avec Zelten, la pénétration de chair, qui rappelait à Sahrâ que l'homme et la femme deviennent parfois les deux faces d'une seule pièce. Le conseiller auxiliaire avait cessé d'être seulement son meilleur appui politique. Il savait si joliment bouger en elle… Et la nécessité du secret ajoutait du piquant à leur relation.

Allons, il fallait qu'elle se lève, sa vessie criait grâce. Elle se soulagea dans le coin toilette de la chambre et revint s'accouder devant le grand miroir installé face au lit. Sur le haut de ses cuisses sinuait la semence de l'homme. Cette sensation évoquait d'autres liens et ses yeux se mouillèrent. Elle n'avait pas choisi par hasard la chambre de Sandy pour abriter ses amours avec l'auxiliaire. C'était moins pour épargner Greco, qu'elle accueillait dans son propre lit, que pour essayer de chasser le souvenir de Sandy. Seule la chambre de Salem était restée inviolée. Sahrâ n'y était pas entrée depuis le départ de sa sœur.

La jeune fille examina d'un œil critique son reflet dans le miroir et s'autorisa un soupçon de complaisance. Sa quête de compagnie n'était-elle pas légitime ? Pourquoi aurait-elle dû se sentir coupable ? Était-ce sa faute si seules l'intéressaient des Polléniennes plus âgées ? Celles de sa génération lui paraissaient futiles et creuses. Des créatures à peine sorties de l'œuf, mal dégrossies, qui n'avaient rien à lui apprendre.

Sahrâ voulait apprendre. C'était comme une soif, elle pensait que rien ne pourrait l'étancher. Elle avait résolu de s'en donner les moyens, et tant pis s'il lui fallait dans ce but séduire l'amant en titre de la bourgmestre et, pire, de sa meilleure amie. Elle avait pris Zelten comme un bastion dont on fait le siège. Quand elle lui avait demandé crûment d'entrer dans son lit, il avait prétendu qu'il ne voulait pas d'elle. Ma vie amoureuse est trop compliquée, avait-il ajouté en manière de défense.

Sahrâ savait reconnaître l'attirance dans les yeux de qui la croisait. Zelten ne voulait peut-être pas d'elle mais il la désirait. Restait à le persuader qu'elle garderait le secret. Elle s'y était employée. Sa guerre d'usure avait duré presque une année. Elle avait multiplié les rencontres surprises, allant jusqu'à trouver l'audace de s'inviter au nid du conseiller. Il lui avait cédé, jurant qu'il n'y aurait pas d'autre fois.

Il avait tenu trois semaines avant de venir sonner à sa porte, un soir où la tempête avait éteint les ramures des nids. Zelten ne prenait aucun risque. Sahrâ l'avait embrassé en silence, elle était nue sous son peignoir, il s'en était aperçu et l'avait possédée dans l'instant, sur les marches de l'escalier, tremblant, grognant, suant, haletant, lui assenant son sexe comme pour la punir d'avoir triomphé de sa résistance. Quand elle avait retrouvé son souffle, elle avait découvert qu'elle adorait l'avoir rendu furieux. Toujours sans un mot, elle l'avait mené à la chambre de Sandre et avait pris la direction du jeu. Nuit frénétique…

Sahrâ dédia une petite moue satisfaite à son reflet. Elle y ajouta l'œillade qu'elle avait longuement étudiée et qui ne manquait jamais son effet. Sauf le retour de ses jumelles sur Pollen, rien ne lui semblait plus inaccessible. La toile qu'elle tissait, patiente, entre Kirov et les garçons du Mouvement la passionnait autant que ses études d'histoire. Sa plus grande fierté avait été de persuader Zelten, qui s'en défiait, de rallier l'organe occulte de lutte contre le Bouclier. Il ne voulait pas prendre le risque de se montrer en compagnie de conjurés aussi dangereux que Moray ? Qu'à cela ne tienne, elle serait son agent de liaison.

Le miroir encadrait comme un tableau le lit défait. Sahrâ plissa les paupières, essayant de s'imaginer nue entre les bras de Zelten mais l'image de son frère surgit, piquant ses yeux et lui serrant la gorge. On était libredi, cet ultime jour de la semaine où, de tout temps, elles avaient lâché la bride à leur imaginaire, s'autorisant les plus folles des fantaisies, au grand dam de leur marraine. Pauvre Kindia, elle affirmait que leur triade était la pire qu'elle eût jamais connue. Heureusement, la tendresse dans ses yeux démentait cette affirmation.

Sahrâ savait aujourd'hui que les libredis n'existaient pas sur l'ancienne Terre. Jade avait ajouté ce jour parce que la période sidérale de Pollen était de trois cent quatre-vingt-trois jours. Elle et les Cent Mères étaient trop habituées au calendrier terrien, préservé sur l'Arche, pour souhaiter en changer. Les semaines auraient dû devenir des octaines, un édit l'avait alors proclamé, mais la force de l'usage avait prévalu. La partition du mois s'était maintenue sous son nom antique et désormais fautif. On ne trouvait plus le mot « octaine » que dans les textes des érudits.

Sahrâ venait d'apprendre en cours d'histoire le débat qui avait divisé les Cent Mères lors de la création du jour supplémentaire. Devait-on l'intégrer entre samedi et dimanche, ou entre dimanche et lundi ?

Les fidèles de la tradition trouvaient cette hésitation sacrilège. Le sentiment religieux était resté puissant chez certaines d'entre elles. Le dimanche était le jour du Seigneur, rien ne devait lui succéder.

En athée militante, Jade tenait pour la même raison à ce que ce jour férié vînt après le dimanche. Les seuls dieux que l'on pouvait admettre, c'étaient les étoiles, qui dispensaient la vie et la mort. Comme son nom l'indiquait, le libredi serait voué à la liberté, une liberté que Jade souhaitait voir de son vivant triompher du déisme.

Afin de vaincre les résistances, elle affirma, avec une belle hypocrisie, que personne n'empêchait les Polléniennes de considérer le libredi comme le premier jour de la semaine. Cette déclaration permettait aux dissidentes de se rallier sans perdre la face. En vérité, elles étaient lasses de se battre sur ce front stérile quand tant d'autres problèmes plus urgents à résoudre requéraient leur énergie.

Jade obtint sa majorité et le libredi s'installa entre le dimanche et le lundi. Comme il était chômé, il apparut très vite qu'il clôturait la semaine et non qu'il l'inaugurait, mais bientôt même les irréductibles cessèrent de s'en soucier. Le libredi devint le Jour de Jade, et la première matriarche de Pollen vit de son vivant un nouveau culte naître. Elle en était le centre. Le bruit courut qu'elle n'était pas mécontente de cet excellent moyen d'asseoir son autorité.

Ah ! les libredis d'enfance… Sahrâ ferma les yeux. Un cortège de souvenirs accompagnait ces jours bénis. La jeune fille frissonna en se remémorant l'un d'eux. C'était le matin de ses sept ans. Les semaines précédentes, pendant que ses jumelles se poursuivaient sur la plage, elle choisissait avec soin de petits coquillages au ventre de nacre rose. Kindia l'avait aidée à les percer et elle avait réalisé deux colliers dont elle était très fière. Le jour de leur anniversaire, elle les avait offerts à ses jumelles. Quelle déception quand Sandre et Salem s'étaient moquées de son air solennel. Et leurs mains étaient vides ? Elles n'avaient pas de cadeau pour elle ?

Elles avaient posé un doigt sur leur bouche et l'avaient entraînée jusqu'à leur chambre. Là, sur le grand lit aux montants de fer, un servant était couché, pieds et poings liés avec des foulards. Elle avait éprouvé un début de panique. Ce servant, c'était Lemmy. Le préféré de Kindia. Sahrâ l'adorait et se plaignait toujours qu'il n'eût pas assez de temps à leur consacrer.

Les deux comploteuses lui expliquèrent qu'il avait accepté de jouer les cadeaux d'anniversaire. Mais pourquoi l'attacher ?

Il n'a pas le droit de rester toute une journée rien qu'avec nous, n'est-ce pas ? avait précisé Salem. Il faut bien l'empêcher d'aller s'occuper des autres.

Kindia élevait ensemble trois triades, à l'époque. Outre elles-mêmes, il y avait des petites de trois ans et des grandes de onze.

Sahrâ ne s'était pas interrogée davantage. Elle avait escaladé le corps du lémurien et s'était vautrée sur lui, se frottant et se frottant dans sa fourrure. Aujourd'hui encore, elle se rappelait le moelleux de ce corps, la douceur du poil roux et noir, son odeur de fougère et sa propre volupté tandis qu'elle le caressait, inlassable. Elle se souvenait aussi des yeux suppliants de Lemmy, bien plus tard, alors que le jeu s'éternisait. Elle s'était refusée à le libérer. Non, pas encore, et quand il avait commencé à gémir – pauvres servants, qui ne savaient parler que par onomatopées et par signes –, elle avait couvert sa tête avec un oreiller, vite relayée par ses jumelles qui hurlaient de rire en maintenant le coussin de plumes. Si Kindia ne s'était pas inquiétée de la trop longue absence du lémurien et n'avait fait irruption dans la chambre, criant d'effroi en découvrant son assistant tordu dans ses liens, Lemmy serait mort étouffé.

Sahrâ avait pleuré en mesurant son inconscience pendant la terrible semonce qui avait suivi la libération du servant.

Kindia était enragée. Elle les avait enfermées dans leur chambre pendant dix jours, confisquant jouets et livres, les obligeant à des pages et des pages d'écriture sur le thème : je respecte la vie et la liberté d'autrui.

La punition avait pris fin lorsque Sahrâ avait rédigé une lettre spontanée d'excuses et de regret à destination de Lemmy, chargeant Kindia de la lui lire. La marraine avait été émue aux larmes. Un peu plus tard, elle revenait avec le servant et des baisers scellaient la réconciliation.

Kindia. Sahrâ sentit ses yeux se mouiller de nouveau. Sa marraine lui manquait. Elle l'avait négligée depuis si longtemps. Un saut à la salle de bains pour se dépouiller de l'odeur de l'homme, une tunique et des sandales choisies à la hâte, et Sahrâ dévalait l'escalier de son nid.

Dehors, la fin de l'après-midi avait empli les rues de Polléniennes désœuvrées qui déambulaient dans un brouhaha joyeux. Sahrâ se sentait exclue de cette animation. Que serait-elle devenue sans la disparition de Sandre et de Salem ? Aurait-elle perdu comme aujourd'hui son insouciance d'enfant ? Elle ne savait plus rire d'une plaisanterie légère. Elle s'agaçait d'entendre ses anciennes amies parler chiffons ou joutes amoureuses. Il est vrai qu'elle ne pouvait guère échanger sur ce dernier point puisqu'elle s'était engagée au silence. Et quant à s'étendre sur ses relations avec Kirov ou Greco, elle déclarait forfait. On l'interrogeait souvent à ce sujet mais Sahrâ voyait bien que cette curiosité n'était pas innocente. Aimer des filles beaucoup plus vieilles, et par surcroît des politiques, c'était être jugée d'avance.

Le vent marin qui accompagnait les soirées se leva. Les ramures des arbres-nids commencèrent à tinter. Sahrâ se hâtait, sourde à leur harmonie. Elle escalada les marches qui menaient à la station de la 66e. Par chance, une nacelle attendait, vide de toute occupante. Elle s'ébranla en douceur dès que Sahrâ se fut installée et fila sur son rail, entre les ramures mauves des arbres-nids. Sahrâ changea à *Grand Marché* et prit la direction *Maison de Naissance-Nursery.* Les closeries des marraines étaient groupées dans ce secteur. Les soins des karélitas dans les nurserys prenaient fin dès que les bébés marchaient et parlaient, entre le dix-huitième et le vingt-quatrième mois, mais les marraines visitaient les triades dont elles auraient la charge dès leur sixième mois en nourrice. La proximité des closeries facilitait ces visites et les liens qui se nouaient alors.

Sahrâ regrettait de n'avoir aucun souvenir de sa karélita. En revanche, elle n'avait pas oublié son arrivée chez Kindia ni la peur que lui avait causée le chat Pépère. Les félins n'étaient pas interdits dans les closeries où ils ne risquaient pas de blesser le bois sensible des arbres-nids. Pour Sahrâ, le matou ressemblait à une karélita miniature. Elle avait posé sur lui ses mains brutales de toute petite fille que rien n'avait habituée aux rebuffades. Le chat avait supporté quelques instants les rudes attouchements, puis il avait tenté de s'y soustraire. Retenu par la queue, il s'était retourné en feulant et s'était libéré d'un coup de griffe. Premier contact avec le principe de réalité, s'amusa Sahrâ. Ses jumelles avaient fait bloc autour d'elle, injuriant l'animal, et Kindia aimait à rappeler que l'incident avait été l'occasion de sa première leçon sur le respect dû à tout être vivant.

Sahrâ était arrivée. Elle fit un détour par la nursery et trouva les pelouses désertes. Il était trop tard, les karélitas étaient rentrées. En revanche, elle découvrit Kindia devant la closerie, dans le petit jardin de plantes aromatiques dont elle était si fière. Les servants donnaient leur repas du soir aux triades, et

Kindia profitait toujours de son repos vespéral pour sacrifier à ce qu'elle nommait en riant son « rituel jardinier ».

S'approchant sans bruit, Sahrâ plaqua ses mains sur les yeux de la forte femme qui l'avait élevée.

— Sahrâ ? s'exclama Kindia, incrédule.

— Comment sais-tu que c'est moi ? dit la jeune fille d'un ton chagrin.

— Il n'y a rien que j'ignore de toi, et surtout pas ton odeur.

Sahrâ descendit ses mains autour de la taille de sa marraine, serrant fort, blottie contre le large dos, sa tête calée dans l'arche charnue reliant le cou à l'épaule.

— Je suis si contente d'être là, soupira-t-elle.

— C'est un plaisir que tu devrais renouveler plus souvent, grommela Kindia.

— Chut, chut, l'essentiel, c'est que je sois venue, non ?

Kindia leva les yeux au ciel et sourit.

— Tu dois avoir du sang de chatte. Tu retombes toujours sur tes pattes. Allez, je t'offre un bock, tu dois avoir des tas de choses à me raconter.

Elles s'installèrent dans le minuscule salon qui était le coin réservé de Kindia, un lieu tabou où les triades n'avaient pas droit d'entrée. L'ultime flamboiement du soir s'y invitait au travers des hautes fenêtres en arcade, enluminant l'enduit abricot des murs et faisant naître des ombres dansantes sur les meubles acidulés en même temps que, dehors, le vent jouait avec l'écran des nuages.

— Assieds-toi, ma Sahrâ, dit Kindia qui sortait deux bocks d'un placard, ainsi que la bouteille de sève fermentée.

Elle les servit et les deux femmes communièrent en silence. Sahrâ ne se lassait pas de contempler le beau visage rond de sa marraine, et elle se disait : c'est toi qui as du sang de chatte, Kindia, avec tes yeux fendus et le vert de tes prunelles, avec tes petites dents qui sont restées si blanches, tes dents pointues, tes dents de carnassière.

Dans un élan irrépressible, elle quitta le fauteuil un peu raide où elle s'était assise et vint s'agenouiller aux pieds de Kindia, enserrant ses jambes dans ses bras, nichant sa tête au creux des larges cuisses.

— Oh ! marraine, marraine, chuchota-t-elle.

Elle se sentait de nouveau comme une toute petite fille, les soirs de fièvre, quand la main de Kindia s'attardait, caressant ses cheveux. De longs instants coulèrent, Kindia gardait le silence, Sahrâ ne s'apaisait pas.

— Marraine, dit-elle enfin, t'est-il arrivé d'avoir plusieurs amantes à la fois ?

Kindia laissa fuser un petit rire que voilait l'amertume.

— À ton avis, bécasse ? Tu crois que j'en ai eu le loisir ?

Sahrâ eut un geste de dénégation. Ses sourcils se fronçaient.

— On te mangeait vraiment tout ton temps ?

— Vous me mangiez plus que mon temps.

— Alors pour être marraine, il faut renoncer aux rapports amoureux ?

— Qu'est-ce qu'ils t'ont appris, à l'école ? À partir d'un cas, tu sautes aux généralités ? Je ne sais pas m'organiser, c'est simple. Et mes triades remplissent amplement ma vie affective. Dans moins de dix ans, ce sera la retraite. J'aurai tout le temps de penser à renouer des liens amoureux.

— À soixante et un ans ? lâcha Sahrâ, narquoise.

— Tu sous-entends qu'il serait trop tard ? Ah ! la cruauté de la jeunesse. C'est oublier un peu vite la réjuvénation. Et puisque tu as ouvert le feu, permets-moi de te demander ce que tu fiches avec Kirov.

Sahrâ se redressa, hors d'elle.

— Ah non ! Pas toi ! Pas ce couplet sur la différence d'âge. C'est incroyable, à la fin !

— Oh ! ce n'est pas la différence d'âge qui me chagrine, c'est Kirov elle-même.

— Allons bon ! Voilà l'autre couplet : si je couche avec la foutue guide, c'est par intérêt. Et alors ?

Sahrâ s'était levée. Plantée au milieu de la pièce, les poings sur les hanches, les yeux étrécis, elle toisait sa marraine.

— Comme tu as vite fait de me juger, soupira celle-ci. Et moi qui pensais te connaître... J'ai commis la même erreur avec Kirov. Tant d'années de vie commune pour s'apercevoir un jour que vous ne savez plus rien de l'autre.

— Kirov a été ton amante ?

Sahrâ ouvrait des yeux ronds de stupéfaction. Kindia lui rendit un regard qui témoignait d'un étonnement non moins puissant. Elle se délivra soudain dans un rire explosif.

— Explique-toi, grogna Sahrâ qui ne comprenait rien à ce rire et que l'attitude de la marraine exaspérait.

— Jade me pardonne ! dit enfin Kindia en essuyant ses larmes. Nous sommes jumelles, tu l'ignorais vraiment ? Kirov est ma sœur.

Abasourdie, Sahrâ se rassit sur son fauteuil, se tortillant sans en avoir conscience afin de trouver une position confortable.

— Ta sœur, répéta-t-elle d'un air absent.

— Je pensais qu'elle t'avait montée contre moi. Elle me déteste.

— Par les Puissances ! s'exclama Sahrâ en se frappant le front. Je dois être en train de rêver. Kirov ne peut pas être ta sœur, vous ne vous ressemblez pas du tout.

— Chaque fois qu'elle perdait dix grammes, j'ai dû en gagner cent, se moqua Kindia. Je suppose que nous avions besoin de nous différencier.

— Ses yeux sont bleus !

— Ses yeux sont verts comme les miens. Elle porte des lentilles. Tu ne l'as pas remarqué ?

Abattue, Sahrâ piqua du nez. Kindia poursuivait :

— Méfie-toi de Kirov. Si tu ne joues pas son jeu, elle te détruira. Quand nous étions petites, mon frère Kirman et moi, nous lui cédions toujours. Pauvre Kirman. Elle avait décidé qu'il était veule et mou. Elle le martyrisait sans cesse, lui lançait des défis impossibles. Jusqu'au jour où il est monté sur le toit de la Citadelle pour en décrocher la bannière de Jade. Il a glissé. Un arbre avait amorti sa chute, le choc semblait bénin, pourtant il n'est jamais sorti du coma.

— Il est mort ? demanda Sahrâ d'une voix étranglée.

— Oui. Un triste soir où Kirov hurlait au-dessus de son lit que ce coma c'était de la blague. Un truc de son esprit malade, pour nous punir.

— Elle avait raison ?

— Qui sait ? Le corps a de sacrés mécanismes de défense. Kirman n'avait peut-être pas trouvé d'autre moyen d'échapper à Kirov. En tout cas, c'est à l'hôpital, avec mon frère, que j'ai appris à materner et découvert que j'aimais ça. Kirov ne m'a jamais pardonné d'avoir choisi le métier de marraine. Tu vois, l'histoire de ma triade, c'est la mort et la désunion.

Accablée, Sahrâ contemplait d'un œil aveugle les veines du précieux plancher de bois blond.

— Ton histoire est encore pire que la mienne, souffla-t-elle.

— Les malheurs ne se comparent pas. Il n'y a pas d'échelle dans la souffrance. Viens dans mes bras, ma petite fille.

Sahrâ répondit à l'appel de ces mains tant aimées qui lui faisaient signe. Jamais elle n'avait à ce point éprouvé le besoin de consolation.

30

Il avait posé sa main sur elle comme elle sortait du Temple du Principe. Salem retint à grand-peine un gémissement de peur. Son corps se glaçait tandis qu'un sang brûlant montait à ses joues. Elle se dit : alors ça y est, nous sommes perdues ? Puis elle reconnut l'homme qui l'avait arrêtée, Nicius Severus, l'ennemi de son frère, et il lui sembla que son sang la quittait dans le fourmillement diabolique de ses extrémités.

— Tu crois à ces foutaises ? s'exclama Nicius.

Salem remarqua l'haleine du garçon, chargée d'une odeur âcre d'alcool, et le tremblement de la main scarifiée sur son bras. Si elle avait choisi ce lieu retiré, ce n'était certes pas pour se recueillir. Et Nicius ne l'avait pas deviné ? Son esprit était-il obscurci par l'ivresse ? La tirant par le coude, il écartait Salem du temple. Le temple où Sandy se cachait, attendant pour sortir qu'elle se fût éloignée. Quand elles s'étaient fixé cette règle, elles l'avaient jugée d'une prudence excessive. Elles n'imaginaient pas que cela les sauverait un jour.

— Tu n'y crois pas, toi ? finit-elle par répondre d'un ton neutre. Le Principe est souverain. Il gouverne ma vie.

Nicius n'avait pas écouté sa réponse. Il suivait, non sans une évidente difficulté, le cheminement de sa propre pensée.

— Viens, disait le guerrier sans cesser de tirer Salem en avant. Viens, j'ai promis. Je dois te présenter ma famille.

Trop soulagée de le voir s'écarter du Temple, Salem suivit sans s'interroger, de ruelle en ruelle déserte aux pavés colorés. L'heure était tardive. Salem avait laissé Kristianus aux soins de Pompeius, prétextant une visite à Grenade. Quand Nicius la poussa dans le jardin à l'abandon d'une villa, Salem comprit quelles en étaient les occupantes. Elle tenta de se libérer. Nicius saisit sa résistance.

— Sois pas inquiète, dit-il dans un souffle empesté. Ils ne vont pas te faire de mal. Je les tuerais plutôt.

Salem frissonna. Impossible de mettre en doute la sincérité du garçon. Résignée, elle lui emboîta le pas sur l'allée de graviers piquetée d'herbes folles. De part et d'autre, arbustes et grimpants avaient envahi la place. Il avait plu le matin même et les senteurs fécales des feuilles de lauriers-tins pourrissantes agressaient l'odorat de Salem. Le feuillage resté sur les arbres était d'un bronze de mauvais augure. Partout s'enroulait en guirlandes le convolvulus. Dans les espaces demeurés libres entre les lantanas se dressaient les hampes énergiques du petit houx. Ce jardin n'était plus ni traité ni soigné. Il signait la désespérance de ses occupantes.

Passé le perron, lépreux de mousse grise, Salem découvrit un intérieur à l'image de l'extérieur. Nicius la menait de pièce en pièce, aveugle à la saleté des lieux, à cette chaise cassée que l'on avait laissée sur place, renversée, aux lits souillés et défaits, au triclinium où nul ne s'était soucié de débarrasser les derniers couverts autrement qu'en les poussant sur les tables jonchées de débris.

C'est là que se tenait Valmy. Elle berçait dans ses bras un poupon de chiffons. Mouvement stéréotypé, de femme qui a perdu l'esprit. Elle chantonnait une berceuse, approchant son oreille de la poupée comme pour écouter un babillage en réponse. Il flottait sur la scène un relent douceâtre de viande avariée. Salem n'osait plus bouger.

Valmy saisit un peu de semoule abandonnée dans une assiette et en macula la bouche du poupon.

— Mange, disait-elle. Mange, mon Publius. Tu dois manger pour être fort. Pense à Nicius. Ce bon à rien. Tu voudrais qu'il soit choisi à ta place ? Mange, mon petit chéri. Mange, pour être fort comme lui.

Dans la tête de Salem, une voix hurlait « va-t'en, va-t'en, rien ne t'oblige à regarder ça. Nicius est un pervers. Il savait ce qu'il faisait en t'amenant ici. Il veut te casser, te punir ».

Salem aurait dû fuir. Elle ne bougeait pas. Outre sa gêne et son angoisse, elle éprouvait de la compassion. Comment supporter la mort de son enfant ? Maintenant qu'elle en prenait la mesure, Valmy prenait l'aura d'un personnage tragique. Quant à Nicius, Salem voyait ses mâchoires se contracter, convulsives. Il devait être terrible d'avoir toujours été le mal-aimé. Quand il avait appris la mort de Publius, il avait dû ressentir un affreux soulagement. Quelle désillusion, ensuite, découvrir que votre mère continue à vous préférer un enfant mort.

— Maman ? disait Nicius. Maman, je te présente Pompeia Salvia.

Ses accents rauques devenaient effrayants. Salem frissonna. « Va-t'en, va-t'en, grondait la voix. Il n'y a rien à espérer d'une telle confrontation. Cette femme est folle. »

— Maman, reprit Nicius avec la même voix terrifiante. S'il te plaît, fais un effort. Regarde-nous, regarde-la. Tu ne t'intéresses jamais à mes amis. Salem, c'est une fille bien.

Les yeux vides, Valmy continuait de bercer son poupon. Nicius le lui arracha et le jeta au loin, provoquant la ruée de sa mère dans un ululement suraigu.

— Mon bébé, mon bébé, hurlait-elle en martelant la poitrine de son fils survivant. C'est toi qui l'as tué. Je le savais, je le savais. Tu as toujours détesté mon Publius.

Elle s'écroula sur le divan, sanglotante. Désemparé, Nicius l'avait saisie aux épaules, il la secouait doucement.

— Maman ? Tu sais bien que ce n'est pas moi. C'est arrivé sur Pollen. Publius est mort là-bas. Tu as blessé son meurtrier, tu ne t'en souviens pas ? Réveille-toi, maman, je t'ai amené sa sœur, Salem. Elle, c'est une fille bien.

Salem vit une lueur de reconnaissance éclairer les yeux de la femme, une sombre détermination les habiter puis, sans lui laisser le temps du moindre geste d'évitement, Valmy saisit un couteau à découper sur la table et se jeta sur elle.

Ce fut Nicius qui la sauva. Il avait attrapé au vol la tunique de sa mère. Déséquilibrée, Valmy tomba. Il se précipita pour la désarmer. Elle retourna le couteau contre son fils et le blessa au flanc. Salem hurla. Hors de lui, Nicius fit voler l'arme et resserra ses mains autour du cou de sa mère. Salem était pétrifiée.

— Non, non, gémissait-elle.

Elle entendit, distinct, le bruit atroce de vertèbres qui craquent à l'instant où un homme entrait en courant dans la pièce et découvrait le terrible spectacle : Nicius lâchant enfin le corps sans vie de sa mère et, son visage transformé par une expression d'épouvante, se laissant aller à des sanglots convulsifs.

L'homme avait ramassé le couteau. Passant derrière Nicius, il saisit le guerrier par le front et lui trancha la carotide.

La bouche ouverte sans qu'aucun son n'en sorte, Salem regardait le sang jaillir, à jets puissants. Elle n'éprouvait plus de peur. C'était comme si son corps s'était mis en sommeil. Elle était anesthésiée.

— Toute sa vie, Nicius a fait du mal à sa mère, dit l'homme en guise d'explication. Je regrette d'avoir été son père.

Son regard témoignait une tristesse infinie. Appuyant le couteau sur sa propre gorge, il mit fin à ses jours.

De longs instants, Salem resta debout devant les trois cadavres, fixant d'un œil halluciné les ruisseaux sombres du sang qui sinuaient avec lenteur sur les carreaux de mosaïque. Une pensée absurde lui vint : ce sera difficile à nettoyer. Elle se mordit la lèvre, partagée entre les larmes et un rire hystérique tout près d'exploser. Les larmes triomphèrent tandis que son esprit recommençait à fonctionner.

Trop tard pour les secours. Elle domina sa première pulsion : aller chercher de l'aide. Sa situation sur le Bouclier était précaire. Si elle se trouvait mêlée à cette triple mort, comment pourrait-elle encore côtoyer les femmes des guerriers ?

Elle n'avait vu personne quand elle était entrée. Avec un peu de chance, personne ne la verrait sortir. Et qui aurait l'idée de la soupçonner ? On avait vu Nicius tourner autour d'elle ? Comment imaginer qu'elle avait accepté de le suivre chez ceux que son frère avait éprouvés.

Elle se glissa dans le jardin, avançant courbée au milieu des massifs. Jade l'accompagnait, la rue était déserte. Elle s'éloigna sans trop de hâte afin de ne pas attirer l'attention et ne retrouva son souffle qu'en atteignant les bois mauves où se dressait le Temple du Principe Souverain. Elle s'assit un moment en haut des marches, le dos calé contre l'une des colonnes jaspées du péristyle, et réfléchit.

Prévenir Caius, oui, ce serait plus tranquille. Au cas où quelqu'une l'aurait aperçue en compagnie de Nicius, il saurait la défendre.

Elle se leva. Le contrecoup la frappait, elle se demanda si ses jambes allaient la porter. Ses mains tremblaient. Elle les blottit sous ses aisselles et avança ainsi, bras croisés, se forçant à marcher avec calme. Par chance, la villa de Caius se dressait à moins de mille mètres. Elle s'effondra sitôt qu'elle en eut franchi le seuil.

— Par les Puissances, que se passe-t-il ? s'exclama Caius. Tu n'es pas blessée, au moins ?

Elle secoua la tête et se remit à pleurer de plus belle. Il l'entraîna dans l'atrium, sortit deux verres et du vin de prunelle. L'alcool aidant, elle finit par se calmer.

Quand elle eut terminé le récit du massacre, Caius siffla de stupeur. De telles manifestations ne lui étaient pas habituelles. Il se flattait de rester maître de lui en toutes circonstances.

Ensuite, il se reprit. Il connaissait bien la famille Severus. Ce dénouement était sans doute inévitable. Qui s'en étonnerait ? Si par hasard, l'une ou l'autre avait vu Salem entrer, il serait facile de prouver qu'elle n'était pas responsable des meurtres. Seuls des hommes peuvent tuer d'autres hommes.

— Ils m'accuseront d'être l'instigatrice, dit Salem, sceptique.

— Soutiens cette thèse devant un guerrier et tu te feras écharper, fit Caius, amusé. Tu n'es pas sur Pollen, ma petite. Ici, les hommes se croient tout-puissants. Ils se prétendent insensibles aux manœuvres féminines.

— Les juges sont-ils aussi bornés ? hasarda Salem.

Le général rit de bon cœur.

— Tu peux dormir tranquille. Nicius était connu de tous, et surtout des juges qui n'ignoraient rien de ses brutalités ni de leur source : la mésentente avec Valmy. C'est un drôle de monde que celui-ci. On prétend qu'il est fondé sur l'excellence, mais priver de femme un homme sur deux engendre de sacrées frustrations.

— Tu n'as pas répondu à ma question, insista Salem qui se moquait éperdument des frustrations du Bouclier.

— Va en paix, ma fille. Les témoins n'encourent pas la peine capitale.

31

Sandre afficha la dernière ligne de code et poussa un cri de triomphe. Recherche, décompactage, défragmentation, lecture, sauvegarde, il les tenait enfin, les codes d'accès du général ! Plus rien ne s'opposait au contact avec Pollen. Il savait exactement quelle messagerie appeler. Salem lui avait remémoré l'existence de son autre jumelle, Sahrâ, et lui avait donné son numéro.

Il lança les algorithmes de décodage et se connecta. D'abord, une communication écrite. D'après Salem, Sandre était un personnage célèbre, sur la planète mère. Il n'allait pas prendre le risque d'être reconnu dès sa première apparition, si Sahrâ se trouvait en compagnie d'autres Polléniennes, qu'elle fût chez elle ou dans un lieu public.

— *Alea jacta est,* murmura-t-il en appuyant sur la touche Envoi.

Il avait l'impression de se réapproprier sa vie. Même sous RV ou dans les bras de Salem il n'avait pas éprouvé de sensation aussi forte. L'espace d'un instant, la culpabilité assombrit son plaisir. Après tout, il trahissait Caius. L'excitation triompha de ce malaise. Avouer au général qu'il avait craqué ses codes et s'en servait pour une liaison interdite était évidemment impossible. Il abusait de la confiance que lui avait témoignée le grand homme ? Mais celui-ci n'avait-il pas été péremptoire ? Sandre devait trouver sa place sur le Bouclier. Puisqu'il était doué pour la programmation, on allait lui donner les moyens d'étudier.

Sandre disposait désormais d'un bureau dans la propre villa de Caius. Doté d'un équipement informatique au complet. Ainsi pouvait-il parfaire en toute sécurité l'enseignement que lui prodiguaient les techs.

Quand Caius lui avait appris les meurtres de Nicius et de Valmy et le suicide de Severus, Sandre avait grimacé. Caius s'en était étonné : ces morts, quelle chance extraordinaire, non ? Sandre avait expliqué qu'il ne voulait plus croire à sa chance.

Son instinct ne l'avait pas trompé. La chance n'existait pas sur le Caillou. Pas pour lui. La disparition de ses principaux adversaires aurait dû entraîner un retour au calme. L'inverse s'était produit. Le drame avait réactivé l'hostilité à son égard. Rien ne serait arrivé sans la mort de Publius, n'est-ce pas ? Un matin, peu avant l'aube, alors qu'il sortait des cuisines, Laetus et Marcus l'attendaient. Hasard ? L'un des apprentis avait-il signalé sa présence ? Les âmes damnées de Nicius avaient décidé de venger leur ami. Quand ils le lui avaient annoncé, Sandre avait commis l'erreur de ricaner. S'il était le meurtrier de Nicius, alors c'est qu'il avait le don d'ubiquité. Il était avec son instructeur, au moment du meurtre.

— Ce foutu Licinius te protège ! avait hurlé Laetus.

— On sait bien que tu le tiens par les couilles, avait renchéri Marcus.

Sandre avait haussé les épaules. Il n'avait jamais rien vu d'aussi borné que les deux guerriers. À l'instant où il s'écartait, ils s'étaient jetés sur lui. Chacun d'eux brandissait une dague. Sandre avait évité leur charge mais il n'était pas de taille.

Il aurait succombé sans l'arrivée providentielle d'un maître boulanger, un géant qui avait entrechoqué les têtes des deux brutes, les assommant sur le coup. Il avait abandonné le théâtre de son exploit sans ajouter un mot, comme s'il se désapprouvait d'avoir porté secours au réprouvé.

Informé de l'incident, Licinius en référa au général. Le boulanger ayant corroboré le récit de Sandre, Laetus et Marcus furent envoyés au redressement. Depuis, leur couple s'était défait. À l'occasion, Sandre croisait l'un ou l'autre, une main froide lui serrait le cœur quand il voyait le regard de son ancien adversaire se vider.

Commande post-hypnotique, lui avait expliqué Licinius. Mais Sandre éprouvait chaque fois la même surprise. C'était comme si sa simple vue déclenchait un interrupteur. Il n'était pas le seul à s'en horrifier. Autour de lui, ses principaux opposants s'étaient calmés, affectant de l'ignorer quand il passait dans leurs rangs. Cela durerait-il ? Sandre n'osait pas l'espérer. D'autant que sa rapide promotion au rang de tech-programmeur suscitait la jalousie.

Finalement, cette agression s'était traduite par un réel avantage. En lui permettant de se connecter dans sa propre maison, Caius offrait à son hôte les clés du Bouclier.

Sandre tressaillit. La console bipait ? Sa gorge l'empêchait soudain d'avaler sa salive. Il avait réussi ? L'icône du courrier dansait devant ses yeux. Il cliqua sur la missive, sautant à la signature. Par les Puissances, c'était gagné ! Il avait envie de crier sa joie.

Sahrâ écrivait :

« Sandy, c'est vraiment toi ? Je n'arrive pas à le croire. Ni que je vais enfin savoir ce que vous êtes devenues. Tu peux me rappeler, si tu veux. Je suis dans un lieu sûr.

Ta jumelle qui n'a jamais cessé de t'aimer. »

Sandre remarqua l'accord au féminin. Salem l'y avait habitué. Cela l'attendrissait. Comme une survivance de sa vie passée. Le cœur battant, il composa le numéro de Sahrâ.

À l'autre bout, sa sœur attendait, la connexion s'établit tout de suite. L'image tridimensionnelle apparut devant lui, bien plus nette qu'avec un com de poignet. L'espace d'un instant, une affreuse déception le balaya. Comment avait-il pu commettre une telle erreur ? Puis il se mit à rire. Non, ce n'était pas Salem qui le regardait, des larmes ruisselant sur son visage, c'était sa jumelle. Sahrâ était la copie de sa sœur. Qui parvenait à différencier les filles d'une triade, sur la planète mère ?

— Sandy, Sandy, tu m'as tellement manqué, sanglotait Sahrâ. Tu étais si loin, privé de ta mémoire, sans moyens de te rappeler à moi, c'était comme si tu étais mort. Au début, j'imaginais te percevoir encore malgré la distance. Quand ce fil s'est rompu, j'ai pensé disparaître.

— Et tu es là, conclut son frère que cette trop grande douleur dérangeait.

Il s'en voulait de ne pas trouver les mots pour atténuer ce chagrin. Il se sentait sec, nu, blanc. Sahrâ était une étrangère. Tout comme Salem avant qu'ils ne renouent des liens sensuels. Il n'avait plus aucun passé commun avec ces deux filles. Leur passion le mettait mal à l'aise. Si une autre femme s'était jetée dans ses bras sur le Bouclier, aurait-il choisi Salem ? Et si Sahrâ n'avait pas été le meilleur moyen de contacter Pollen, l'aurait-il appelée ?

Oui, bien sûr que oui, se conforta-t-il. Sinon par compassion, au moins par curiosité pour ma vie effacée.

Sahrâ le pressait de questions. Avait-il retrouvé Salem ? C'était vraiment si dangereux ? Leur calvaire ne finirait donc jamais ? Par les Puissances, Salem attendait un deuxième garçon ? Déjà ?

Sandre expliquait, donnait des détails, affirmait que non, l'allaitement n'était pas dégoûtant, Salem assurait que c'était un moment de communion entre l'enfant et sa mère.

Sandre disait qu'il avait hâte de voir le prochain bébé téter. D'autant qu'il en était sans doute le père, Salem semblait avoir des certitudes à ce sujet.

Sahrâ s'exclama. Elle trouvait cela magnifique, l'idée qu'un petit puisse naître de la fusion entre ses deux jumelles. Sandre sourit, encore le féminin, il se demandait ce que ça donnait, ce monde où les femmes dominaient une minorité d'hommes, et il se promit, si Sahrâ lui ouvrait la voie, d'offrir à cette minorité des instruments de lutte.

Bientôt ils parlaient politique. Sandre s'aperçut avec plaisir que ce sujet passionnait sa sœur.

32

Sahrâ tourbillonne, les bras écartés, sa jupe parme à larges basques s'évase en corolle.

Elle tourne et tourne, heureuse qu'on l'applaudisse. Elle a beaucoup bu mais elle n'est pas ivre, elle a pris l'habitude des boissons fermentées pendant sa campagne électorale.

Sahrâ tourne, et cette giration s'ajoute à son triomphe pour l'enivrer mieux que le plus puissant des alcools.

Sahrâ tourne, elle passe de bras en bras, il lui semble que son succès lui a donné des ailes, que ces ailes la mèneront au firmament, elle n'en doute plus, un grand destin l'attend.

Sahrâ tourne, le visage extatique, Kirov, Colwyn et Katyn l'ont invitée. Maintenant qu'elle est centurionne, elles ont décidé de l'accueillir au sein des Radicales.

Sahrâ tourne, ses bras dessinent dans l'air étincelant des figures aériennes, elle fête son élection à la 66e centurie d'Améthyste. Elle a succédé à Greco, requise au Palais par la nouvelle bourgmestre. Hier, elle a eu vingt-cinq ans, le record de Zelten est battu, il avait vingt-six ans quand il est devenu le plus jeune élu de Pollen.

— Battu d'un an ! s'est-elle exclamée en riant tout à l'heure, comme il venait la féliciter.

— Tu n'as aucun mérite, a-t-il répliqué. Les filles réussissent toujours plus vite que les garçons.

Il souriait, mais ses yeux restaient froids.

— Ha, ha ! monsieur le secrétaire d'État, tes sœurs doivent être au moins guides ou ministres ?

Son visage s'est fermé tout à fait. Sahrâ s'est gardée d'insister. Elle a enquêté sur les triades des Polléniennes accédant au pouvoir. Dès que l'une ou l'autre des jumelles dépasse l'élection au Conseil de sa commune, les deux autres figures de sa triade s'éloignent. Le garçon ne supporte pas de voir sa sœur occuper un poste qui lui demeure inaccessible, et son autre sœur se ligue avec lui parce qu'elle ne supporte pas qu'il souffre. Et quand un frère peut prétendre ou s'imagine appelé aux plus hautes fonctions, ses sœurs deviennent l'incarnation de cette majorité féminine qui entrave sa progression. Quant à elles, une forme étrange et inconsciente de défiance face aux appétits de leur frère les écarte de lui.

Cette désaffection se traduit à l'occasion par des conflits violents. Étonnée, Sahrâ s'en est ouverte à sa marraine.

— Je n'ai jamais vu une triade intacte après qu'un de ses membres était entré en politique, a confirmé Kindia. On t'a appris ce qu'était la religion ? Comment il fallait s'en défier ? Eh bien la politique est la religion de Pollen. Elle entraîne intolérance et fanatisme. Et crois-moi, le culte de la personnalité vaut bien celui de Dieu. C'est un piège où j'ai vu tomber pas mal de Polléniennes.

— Tu penses à Kirov ! a protesté Sahrâ.

— Ma petite, tu m'enlèves les mots de la bouche. Et ne me dis pas que je suis jalouse ou je t'étripe !

— Marraine ! s'est exclamée Sahrâ qui affectait un air scandalisé. Un verbe aussi violent ! Dans ton vocabulaire ! Tu m'écriras cent lignes sur la douceur obligatoire des relations humaines.

Kindia l'avait attrapée aux aisselles et accablée de chatouilles mais Sahrâ n'était pas dupe. Sa marraine faisait diversion. L'utopie de Jade battait de l'aile. Les racines de la violence n'avaient pas été coupées sur Pollen. La composition même de la société voulue par la fondatrice engendrait cette violence.

Sahrâ tourne. Les basques de sa jupe s'envolent autour d'elle, livrant aux regards la ligne parfaite de ses jambes. Elle tourne et tourne et s'excite au souvenir de Zelten. Ils ne s'étaient pas vus depuis des mois, elle l'a entraîné dans un square obscur et il s'est agenouillé pour lui rendre hommage. Un très vibrant et personnel hommage. Sahrâ regrette qu'il ne trouve plus de temps pour elle depuis qu'il siège à la droite d'Oural.

Sahrâ tourne. Ses mains provocantes se posent sur ses seins que sangle le velours noir d'un corset. Elle mord ses lèvres afin de les rendre plus rouges. Elle est en manque. Son corps réclame un homme. Dès avant sa campagne, dans un but électoral, elle a rallié les jeunes de sa classe d'âge, dans l'idée d'emporter leurs suffrages, ainsi que ceux des aînées qui comprenaient mal sa relation avec Kirov. Du fait même de cette relation qui intriguait, elle était comme un phare où viennent buter les phalènes. Elle a choisi les plus jolies. Jeunesse et puissance compensaient l'inexpérience. Elle s'est montrée très bonne initiatrice et son art acquis auprès de Zelten lui a permis de boire à quelques divins calices. Puis elle s'est lassée de papillonner. La réapparition de Zelten, ce soir, a réactivé plus que des souvenirs. Sahrâ s'aperçoit qu'elle tient à l'homme. Qu'il appartienne désormais à l'entourage d'Oural passe au second plan.

Sahrâ tourne. Elle triomphe, il ne sera pas difficile de se trouver un cavalier. Elle sourit à cette image et tente de repérer dans la foule un candidat potentiel. Ses amants d'hier se pressent autour d'elle mais elle a envie d'un visage neuf. Cherche-t-elle à se rassurer ? Ce soir, elle n'est pas la seule à embrasser la victoire. Cent Polléniennes l'ont emporté aujourd'hui. Élues ou réélues, elles sont rassemblées sur la place et dansent telles des reines, entourées par les essaims serrés des ouvrières qui ont chevillé leur succès. Sahrâ s'en remet au hasard. Elle verra qui l'aborde quand elle reviendra sur le lieu de la fête, après son rendez-vous.

Sahrâ tourne sur la place du Grand Marché pavoisée. Du ballon à l'ancre qui la surplombe tombe par intermittence une pluie de paillettes. Sahrâ regarde, ravie, ses bras nus se consteller de microparticules irisées. Le même regard lui livre son poignet où son com clignote. Chrone ! Il est déjà l'heure de se rendre chez la vieille Colwyn ? Sahrâ grimace. L'ancienne matriarche déteste attendre et ne mesure pas ses reproches. Sahrâ se demande si l'impatience est propre au grand âge. Il lui semble au contraire que celles qui disposent de leur temps comme elles le désirent devraient se décontracter, s'adoucir. Elle sait, pourtant, ce que les anciennes s'accordent à dire : quand on arrive au bout de son âge, les heures semblent s'accélérer, les journées raccourcies deviennent un bien précieux sur lequel on veille, tel un dragon sur son trésor.

D'un pas dansant, Sahrâ passe entre deux échoppes où clignotent mille ampoules en camaïeu de mauve. Elle souffle quelques baisers du bout des doigts à la cour qui s'était agglutinée autour d'elle et s'engage dans l'avenue des Tisserandes. Les boutiques ont été illuminées pour la fête et Sahrâ peine à ne pas ralentir le pas devant les tissus somptueux qui cascadent en vitrine. Elle s'arrête, pourtant, colle son front sur l'une des vitres, là, cette écharpe en lamé où volent des abeilles, comment y résister ? Si l'échoppe n'était pas close, Sahrâ s'offrirait sur-le-champ cette merveille aérienne et tant pis pour Colwyn.

Elle se détache à regret du verre où sa peau abandonne une marque et se hâte de bifurquer dans l'allée des Fileuses. Au bout se dressent les ramures de la 9e Centurie. C'est là que Colwyn habite, dans un arbre trapu à l'escalier moins raide que celui de Sahrâ. Un arbre-nid, tout de même, Colwyn se flatte assez de ne pas avoir rejoint une closerie. Sahrâ hausse les épaules. Elle sait que la vieille femme a subi deux réjuvénations. À quatre-vingt-treize ans, elle paraît plus jeune qu'Oural, de douze ans sa cadette. De cela aussi, elle se vante, ajoutant invariablement que Pollen serait mieux gérée si elle était encore matriarche.

— Jade nous en préserve ! s'est exclamée Sahrâ, un jour où elle racontait ces propos à Zelten. Si Colwyn retrouvait le pouvoir, que deviendraient les hommes !

— Extermination, extinction, a déclaré le conseiller d'un ton bref.

Mots brutaux. Sahrâ voulait en rire, la fréquentation des Radicales l'en a dissuadée. Ces folles ont décidé que l'homme serait éradiqué. Elles s'y emploient, sûres que l'avenir enregistrera leur triomphe.

À l'instant d'appuyer sur le carillon du nid de Colwyn, Sahrâ hésite. Que vient-elle faire ici, en complet décalage ? Elle souhaite s'enivrer de cette nuit de fête et non la perdre en complots avec des femmes aigres. Elle veut chevaucher l'homme et non parler du meilleur moyen de lui tordre le cou. Elle s'adosse contre le bois tiède et doux, différant le moment de se manifester.

Après tout, qui t'oblige à continuer de voir les Radicales ? se dit-elle. Tu n'as plus besoin d'elles.

Des passantes approchant, Sahrâ se redresse, pose un doigt sur la sonnette, fait mine d'attendre une réponse.

Le groupe s'éloigne, préoccupé de lui-même, sans paraître remarquer l'isolée. Sahrâ grogne de dépit. Il ne sert à rien d'atermoyer. Le Mouvement réclame qu'elle infiltre les Radicales. Les hommes connaissent son ambition. Ils voient en elle celle qui peut-être, un jour, permettra un retour à la parité. Et Sahrâ s'interroge : veut-elle l'égalité pour les hommes ? Jusqu'ici, l'histoire de l'ancienne Terre semble prouver que les Cent Mères ont eu raison de limiter l'emprise mâle sur la cité.

Qu'importe, se reprend Sahrâ, qui aimerait éliminer ses pensées négatives. Pour le moment, que briguent les Radicales et le Mouvement ? La chute du Bouclier. Autant faire de ces ennemies des alliées.

Résolue, elle appuie sur le carillon. Le tableau de présence s'éclaire, le bouton central y brasille. Colwyn est dans son salon. Sahrâ escalade les marches. Le bois est beaucoup plus sombre, ici, que dans son propre nid. Il témoigne de l'édification ancienne de ce quartier, aux tout premiers temps de Pollen. L'espace d'un instant, Sahrâ plaque sa joue contre les veines nourricières de l'arbre. Est-ce une idée ou dégagent-elles plus de chaleur ? Un nid peut-il avoir la fièvre ? Il faudra poser la question à Guinée, l'amie de Greco dont la peau est si douce et qui est ingénieure.

Entrant dans le salon, elle s'incline, les mains jointes en tipi. Aucune des trois femmes ne lui rend son salut.

— Tu as presque une heure de retard, attaque Colwyn, glaciale. Vous, les jeunes, vous n'avez aucun respect pour les règles.

Sahrâ blêmit. Ni Katyn ni Kirov ne se sont levées pour l'accueillir. Elles montrent plus de bienveillance, d'habitude. Il se passe quelque chose.

— Mais ce n'est pas le pire, reprend Colwyn. Le pire, c'est que tu nous vends au Mouvement. Tu nous as trahies, petite masque.

— Pas du tout! proteste Sahrâ qui a préparé sa défense de longue date en prévision de cette accusation et s'étonne qu'elle serve si tard.

— Inutile de nier, Sahrâ, les preuves sont là, gronde Katyn tel un bourreau d'une place de Grève antique, prêt à l'écorcher vive.

— Attendez! Je ne nie pas mes rapports avec le Mouvement. Je nie que je vous aie trahies. J'ai agi dans l'intérêt des Radicales. Pour le moment, les garçons du Mouvement sont nos meilleurs alliés. Ils veulent la chute du Bouclier? Nous aussi. Ils ont plus de moyens que nous. Aidons-les en secret, nous n'aurons pas de mal à nous en débarrasser, quand cela deviendra nécessaire. Quelques dénonciations suffiront. Ce sont des attentats qui se préparent. Leurs têtes tomberont.

Encore une expression du passé qui témoigne de la violence à l'œuvre chez les Polléniennes, se dit Sahrâ. On ne guillotine plus, aujourd'hui. Pourquoi cette expression n'a-t-elle pas disparu?

Les trois femmes la dévisagent comme si elles pouvaient, d'un regard, lui extorquer la vérité.

— Doit-on te faire confiance? résume Kirov.

— À vous de voir! En attendant, moi, je vais m'amuser, lance Sahrâ, provocatrice.

Et sans laisser à ses hôtes le temps de réagir, elle quitte la pièce et dévale les marches. Dans la rue, elle s'éloigne en sifflotant la Carmagnole, un vieux chant révolutionnaire du très lointain passé de la Terre. Décidément, elle adore ses études d'histoire et « le son du canon ».

Puis les premiers panaches du feu d'artifice éclosent au-dessus des ramures et Sahrâ se hâte vers la Citadelle qui en est le théâtre, tête en l'air, trébuchant souvent sur les pavés de bois dans son désir de ne pas manquer les cieux enluminés. Elle arrive à temps pour voir les murailles tout entières ruisseler de lumière. Spectacle de magie. Ces lieux si sombres, symbole des entraves qui pèsent sur Pollen, sont métamorphosés. « Vive le son, vive le son » chantonnent les lèvres de Sahrâ tandis que sur la Citadelle son esprit projette l'image de la Bastille. « Vive le son du canon ! »

Nous aussi, nous vaincrons, se jure Sahrâ, nous prendrons notre Bastille, nous réduirons à un tas de pierres ce lieu de contrainte où l'on enferme avant leur départ pour un bagne définitif des filles faussement choisies par de pauvres gars manipulés. Nous te vaincrons, Citadelle, et avec toi le Bouclier !

33

Fascinée, Salem regardait les mains de Grenade lancer la navette entre les fils de chaîne du métier à tisser, si vives que, par instants, elles semblaient s'estomper. Puis elles réapparaissaient, solides, agiles, non elles n'allaient pas disparaître, et Salem retrouvait son souffle, un moment suspendu.

Devant elle, sur un guéridon, l'attendait une tasse pleine d'un liquide rouge et fumant. Infusion framboise-hibiscus, avait annoncé son hôtesse. Elle en but une gorgée avant de déclarer :

— Ta virtuosité me dégoûte. Moi, je n'arrive même pas à synchroniser mes pieds sur les pédales.

— Je t'ai donné quelques cours, il me semble, dit Grenade, malicieuse.

— Je comprends, tu renonces à parfaire mon enseignement, se plaignit Salem avec une grimace comique.

La jeune femme haussa les épaules.

— Si l'apprentissage subliminal et presque huit ans de pratique ne t'ont pas apporté les réflexes, c'est que ton cas est désespéré.

— Je m'en doutais, fit Salem, affectant un désespoir affreux. Je n'ai pas le moindre don pour les tâches manuelles.

— Avoue plutôt qu'elles te rebutent !

— J'avoue. *Mea culpa.* Je me suis même lassée de cuisiner. Au début, j'adorais inventer de bons petits plats. Aujourd'hui, préparer le repas de Pompeius et des enfants me demande un effort.

— Chrone ! jura Grenade, se penchant sur le métier. J'ai raté un rang. Allez, j'arrête, tu m'as déconcentrée. Depuis le temps, je devrais le savoir : je ne suis bonne à rien quand tu viens me voir.

— C'est que je suis l'être au monde le plus passionnant. Enfin… au moins sur le Caillou. Toute ton attention doit m'être acquise, c'est dans l'ordre des choses.

— Parlons plutôt de désordre, soupira Grenade, soudain mélancolique. Où que tu te rendes, c'est le chaos assuré.

— Vive le chaos, la folie, la fantaisie qui manquent si cruellement ici, conclut Salem.

Elle riait mais Grenade demeurait grave. Elle buvait son infusion en silence et son amie bientôt n'y tint plus.

— Quelque chose ne va pas ? s'enquit-elle. Tu as des informations qui me seraient cachées ?

Un pli d'inquiétude marquait le front de Grenade. Ce n'était pas habituel et Salem s'alarma.

— Donc, on s'apprête à me passer par les armes, dit-elle d'un ton désinvolte.

— Tu ne devrais pas rire avec ça. Ton imprudence te perdra. Des bruits courent. Je les écoute et mon cœur se serre. Annam a recommencé de monter les femmes contre toi. Elle dit que tes visites à la villa de Caius sont aussi fréquentes qu'injustifiées. Que tu bénéficies d'un traitement de faveur. Que la mémoire de Valmy et de ses enfants est bafouée.

— Je ne vois pas le rapport, grogna Salem.

— Alors, c'est que ton intelligence régresse. Annam soutient que tu as séduit Caius afin de retrouver ton frère en toute tranquillité.

Salem lui jeta un regard surpris.

— Il n'a pas la réputation de préférer les hommes ?

— La sexualité de Caius est mystérieuse. Il est facile de broder dessus. Si les femmes se laissent convaincre, elles répercuteront cette accusation aux guerriers. Et alors…

— Caius me défendra !

— Qui sait ? Le souci de Caius, c'est l'ordre qui doit régner sur le Bouclier. Souvent, les Cæsar ont dû maîtriser des émeutes. Certains y ont perdu la vie. Les autres ont été rappelés sur Pollen.

Salem se renversa sur les coussins du divan bariolé où elle s'était installée. Son regard balaya l'office, le domaine réservé de Grenade, une salle très claire où la jeune femme se livrait à toutes ses activités quotidiennes, hormis la cuisine. L'un des murs jouait les tableaux en relief. Grenade y avait collé une profusion de bouquets secs. L'ensemble figurait une scène champêtre. « Mon nid à poussière » disait l'artiste en riant. Elle en variait les détails chaque année, comme un rituel, l'été venu, quand avaient séché fleurs et graminées cueillies au printemps. Teints en ocre clair, les autres murs arboraient les dessins d'enfant des deux fils de Grenade. Un tapis aux motifs géométriques orange sur fond bleu nuit délimitait le coin salon de la pièce. Grenade l'avait réalisé elle-même et en tirait une juste fierté.

Salem soupira. Elle disposait chez elle d'une salle équivalente, mais si elle avait copié son amie en affichant elle aussi sur ses murs les œuvres de ses enfants, de gentilles horreurs offertes à l'occasion des fêtes, elle n'avait pas fait plus d'efforts pour personnaliser ce lieu qu'elle n'aimait pas et qui lui semblait le symbole même de sa condition subalterne sur le Caillou. Quand elle était chez elle, elle s'installait dans les pièces de réception, l'hiver, et dans l'atrium dès les beaux jours. La cour fermée tenait à distance l'espionnage de ses voisines.

— Tu ne dis rien ? s'inquiéta Grenade, la tirant de sa rêverie.

— Hum ? Oh ! Caius… Cesser de le voir ne sera pas difficile, mais il ne va pas aimer ça.

— Alors c'est vrai qu'il est amoureux de toi ?

— Je crois qu'il est amoureux de mes fils, plaisanta Salem.

Comme Grenade écarquillait les yeux sous le coup de la stupéfaction, elle précisa, charitable :

— Ne confonds pas amour et désir sexuel. Caius n'est pas pédophile. Simplement, il donne l'impression d'aimer autant mes petits qu'un père. Tu le verrais jouer avec eux. Le vrai papa-délices. S'il a improvisé ce moyen pour me séduire, c'est gagné, je le trouve attendrissant et je lui aurais volontiers cédé – mais oui, ne me fais pas ces yeux de juge –, le problème c'est qu'il n'a jamais eu un geste déplacé. Je n'en ai pas rajouté, ma vie sentimentale est assez compliquée.

— Justement. Pompeius doit les trouver plutôt bizarres, tes visites à Cæsar.

— Il pense que j'ai inventé cette ruse pour revoir mon frère. Et Pompeius est un mari comme on en rêve. Il veut mon bonheur plus que le sien.

— Que fera-t-il sous la pression, quand les guerriers lui parleront d'honneur bafoué ? Sa vie deviendra intenable. Moi aussi, je l'aime bien, Pompeius.

Salem se leva d'un bond et se planta devant son amie, bras croisés.

— Qu'attends-tu ? Que je me couvre de cendres et que je me tape sur la poitrine ? Que je me flagelle comme les pénitentes de l'ancien temps ? Si c'est ce que tu cherches, tu as gagné : j'ai envie de vomir tellement je me sens coupable.

Grenade eut une grimace navrée qui enlaidit son visage. Rejoignant Salem, elle l'entoura de ses bras.

— Je suis désolée, chuchota-t-elle. Je ne voulais pas te blesser. Ta situation est si difficile. Et tu es mon amie. Il est normal que je m'inquiète. Viens, on va se changer les idées. J'ai presque fini ta tunique. Tu peux l'essayer ?

Salem hocha la tête, souriant à travers ses larmes. Grenade ouvrit une armoire, en décrocha une merveille de douceur en soie jonquille aux lisérés émeraude et la drapa sur son amie. Tirée devant la psyché qui ornait un angle de la salle, Salem poussa un cri extasié.

Grenade grimaçait, insatisfaite. Retournant à la grande armoire, elle en sortit un foulard à sequins.

— Tourne, ordonna-t-elle, ceignant les hanches de Salem avec la pièce de tissu à l'éclat métallique.

Elle recula pour contempler son œuvre et son air concentré fit place à une moue de satisfaction.

— Voilà. Maintenant, c'est parfait.

Salem se regardait dans le miroir et se trouvait magnifiée. Le jaune étincelant du tissu illuminait son teint très mat et rehaussait de flamboyants éclats sa chevelure d'encre.

— La prochaine fois, dit Grenade, je tisserai une étoffe de la couleur exacte de tes yeux. Je vois déjà la teinte : entre le cuivre et l'ambre. Ce sera superbe.

Salem la prit dans ses bras et la couvrit de baisers. Sa gorge se nouait.

— Si tu ne m'avais pas donné ton amitié, commença-t-elle.

— Chut ! chut ! dit Grenade, posant un doigt sur ses lèvres.

Et elles se tinrent embrassées, un long moment, joue à joue, se berçant l'une l'autre. Enfin, Grenade relâcha son étreinte. Elle se dirigea vers le guéridon où attendaient leurs tasses et les remplit d'infusion.

Les yeux ailleurs, Salem buvait sans y penser, perdue dans le souvenir de son dernier libredi. Elle s'était surprise à rudoyer Kristianus alors que le garçon ne l'avait pas mérité. Elle se tourna vers son amie.

— Je me demandais… souffla-t-elle, un peu embarrassée. Il t'est arrivé d'être injuste avec l'un de tes fils ?

— Tu te poses la question ? répondit Grenade d'un ton léger. Toutes les mères ont des périodes de fatigue ou d'énervement.

— Je voulais dire, injuste avec un seul de tes fils, précisa Salem. Toujours le même.

Grenade lui jeta un regard incisif.

— Non, je ne crois pas.

Salem enfouit sa tête entre ses mains.

— C'est affreux, fit-elle d'une voix qui s'enrouait. Je m'étais juré en voyant Valmy tourmenter Nicius de ne jamais privilégier l'un de mes garçons par rapport à l'autre. Et c'est plus fort que moi, je préfère Maximus.

Grenade s'était approchée. Tirant sur l'une des mains de son amie, elle la serra comme pour lui communiquer sa force.

— Tu sais, beaucoup de mères préfèrent leurs cadets. Le traumatisme du premier accouchement empêche souvent une relation normale avec les aînés.

Salem lui sourit à travers ses larmes.

— Ma merveilleuse amie, qui cherche toujours à me trouver une excuse quand je n'en ai aucune. Au fond de toi, même si tu n'oses pas m'en parler, tu sais pourquoi je préfère Maximus. Regarde-moi, au lieu de détourner les yeux.

— Parce que c'est l'enfant de Sandre ? dit Grenade d'une voix blanche. Tu en es sûre ?

— Nous avons fusionné quand il était encore dans ma matrice. Et depuis qu'il est au monde... Tu ne peux pas imaginer, Grenade. Jamais le lien n'avait été aussi fort avec mes jumelles. Je comprends mieux Valmy, aujourd'hui. Si on me tuait Maximus, je crois que j'en mourrais.

Grenade aurait voulu se montrer rassurante mais s'entendre confirmer cette paternité l'avait bouleversée. Jusque-là, elle avait réussi à s'interdire le doute. Elle refusait d'envisager les implications de ce doute. Elle se souvint d'une réflexion récente de son mari :

— Au fait, j'ai croisé Salem et ses fils à la palestre. L'aîné tient de son père, il maîtrise toutes les règles du jeu de balle. Et il tape avec une de ces forces ! Quant au plus jeune...

Il s'était interrompu. Il penchait la tête sur le côté comme pour rappeler ses souvenirs et fronçait les sourcils.

— Oui ? avait demandé Grenade, étonnée de cette hésitation.

— Ce garçon, c'est le portrait craché de sa mère. Je n'ai jamais vu une telle ressemblance !

— Tu trouves ? avait dit Grenade d'un ton neutre.

Decimus n'avait pas insisté mais elle comprenait aujourd'hui que la ressemblance allait s'accentuer avec les années, et avec elle, le questionnement des guerriers.

Quand Salem prit congé, le pressentiment d'un désastre habitait Grenade. Elle était trop défaite pour trouver le courage de retenir son amie. Comme à l'habitude, elles échangèrent les consignes. Salem était censée rester chez son amie les deux prochaines heures. Si Pompeius appelait, Grenade préviendrait Salem grâce à son com. Cet appel était peu probable. Pompeius n'était pas soupçonneux. Jamais il n'avait cherché à contrôler l'emploi du temps de sa femme.

Salem s'en fut, elle aussi soulagée de se retrouver seule après son aveu. Elle n'aimait pas ce qu'elle avait lu dans les yeux de Grenade. La prochaine fois qu'elle verrait la jeune femme, leur amitié serait-elle intacte ? Que deviendrait Salem si leurs liens venaient à se dissoudre ?

Caius n'avait jamais feint d'être dupe. Il distribuait équitablement son affection aux deux enfants. Salem soupira. Elle imaginait à l'avance combien le général allait souffrir s'il leur fallait espacer, voire supprimer ses visites. Elle lui exposerait la situation. À lui de mesurer les risques. À lui de décider. Salem ne voulait pas être celle qui prend l'initiative.

La jeune femme se mit à trembler. Il lui apparaissait soudain que son avenir proche s'était obscurci. Jusque-là, elle avait vécu sa liaison avec insouciance, ivre de joie d'avoir renoué avec son frère et, grâce à lui, avec Sahrâ sur Pollen. Les doux moments qu'elles avaient passés toutes les trois, après la surexcitation des premiers contacts… Cela, ces liens renoués, même Grenade devait les ignorer. Le risque était trop grand. D'autant que Sandy transmettait des informations à sa sœur lointaine. L'objectif était de faire tomber le Bouclier. Tout était bon pour le réaliser. Y compris apprendre aux conjurés du Mouvement à fabriquer des explosifs.

Comme Sandy, Salem avait conscience de trahir Caius. Mais leur protecteur resterait-il longtemps le chef du satellite ? Sandy assurait que des guerriers contestaient ouvertement son autorité. Salem frémit. Pompeius lui avait fait part de menaces pires encore. Un complot se tramait, dont le but était la mort de Cæsar. Informé, celui-ci avait affirmé qu'il était au courant. Bien malin qui le destituerait ou le ferait passer de vie à trépas. Salem ne l'avait pas trouvé convaincant, ce jour-là. Les factieux n'étaient pas un homme ou deux, c'était un groupe organisé. À leur tête, un tribun. Salem avait eu l'occasion de le rencontrer, elle l'avait classé dans les arrivistes prêts à tuer pour satisfaire leur ambition.

Elle atteignit les bois mauves et l'euphorie de ses retrouvailles imminentes avec Sandre relégua ses appréhensions. Fût-elle restée dans la même disposition d'esprit, peut-être aurait-elle remarqué la silhouette qui s'effaçait derrière un tronc violine, mais elle avait abandonné toute prudence, elle se hâtait vers le lieu de son rendez-vous, aérienne elle en gravit les marches, elle s'engouffra entre les pilastres ornés du portique, elle entra dans le Temple du Principe Souverain, elle sentait déjà se fermer autour d'elle les bras de son amant, elle ne s'était pas retournée une seule fois.

Plus tard, bien plus tard, Salem revivrait ces instants et verserait des larmes amères sur son absence de prudence. La jeune femme était nue et chevauchait son frère quand elles entrèrent, des épouses et des guerriers, hurlant au sacrilège. Annam menait le terrible cortège telle une statue de la vengeance, les traits sculptés de haine, la bouche vomissant des imprécations.

Nues et frappées, Sandy et Salem furent traînées dehors. On avait enregistré leur inconcevable licence à l'intérieur du Temple, on les immobilisa pour les photographier sur le parvis comme s'il était besoin d'une preuve supplémentaire.

Alors, Annam se dressa devant les jumelles.

— Le Principe m'en soit témoin, vous avez détruit ma vie. Aujourd'hui je rétablis l'équilibre. Justice sera faite, Pompeia Salvia. Le lupanar t'attend. Oublie jusqu'à l'idée de revoir tes enfants.

Assommée par cette dernière phrase, Salem comprit qu'elle avait tout perdu. Elle s'évanouit.

34

Une lettre de la Matriarchie ? Apportée au nid, en personne, par une messagère ? Et sur papier officiel portant l'estampille d'Oural ! Sahrâ se décomposa. Elle savait déjà qu'il s'était passé quelque chose de grave. Sandre et Salem étaient muettes depuis des jours. Avaient-elles été surprises alors qu'elles se connectaient avec Pollen ? D'un doigt qui tremblait, Sahrâ cassa le sceau. C'était une convocation à effet immédiat.

— Tu peux rassembler quelques affaires, dit la messagère. Je t'attends dans le glisseur. On m'a chargée de t'emmener à Aigue-Marine. Ne tarde pas.

Sahrâ sentait l'adrénaline lui picoter les doigts. Elle entendit comme dans un rêve la messagère descendre l'escalier. Quelques affaires… et pour quoi, sinon en prévision d'une incarcération. Sahrâ jeta un regard traqué autour d'elle. Fuir, mais par où ? À treize ans, elle jouait bien à quitter le nid par les ramures mais elle était plus lourde, aujourd'hui, et beaucoup moins agile. De toute façon, on devait la guetter, en bas. Des vigies la repéreraient dans l'instant. Alors, risquer une décharge de choqueur et de se blesser en tombant ?

Sahrâ se résigna. Elle fourra sous-vêtements et tuniques en vrac dans son sac de voyage, ajouta des produits de toilette et renonça au maquillage. Là où elle allait, elle n'en aurait aucun besoin. Puis, voûtée telle une vieille Pollénienne, elle sortit de son arbre. Dehors, pas une vigie en vue. Ce n'était pas une indication, ces filles savaient se montrer très discrètes. Courbant la tête, Sahrâ monta dans le glisseur qui démarra aussitôt.

Au bout d'un moment, elle s'aperçut que ses articulations étaient blanches et que ses dents grinçaient. Elle ouvrit ses mains, détendit ses mâchoires. Son souffle commençait à passer mieux. Elle entendait de nouveau les bruits environnants, les battements de son cœur s'atténuaient.

— Ton glisseur, il ronronne comme un chat qu'on avait à la closerie quand j'étais gosse, dit-elle, pour engager la conversation.

Peut-être la messagère avait-elle des informations sur sa convocation ?

— Ouais, ça tourne bien, ces petites bêtes. C'est un plaisir de les conduire.

— Tu véhicules souvent des Polléniennes ?

— Non, c'est très rare.

Sahrâ blêmit. La messagère était venue pour elle. Concentrée sur sa route, attentive à éviter les quelques passantes attardées dans les rues, elle ne la regardait pas. Enfin, elle atteignit le square qui dégageait l'espace entre les quatre centuries attenantes et elle put prendre de l'altitude.

Quand elle eut déterminé son cap et enclenché le pilote automatique, elle se retourna vers Sahrâ.

— Mon boulot, précisa-t-elle, ce n'est pas le transport de passagères. Pour ça, il y a les glisseurs des palais. Moi, j'achemine le courrier confidentiel et les messages urgents quand ils doivent être sécurisés.

Elle ajouta d'un ton satisfait :

— Je suis assermentée, tu comprends ?

Ce qui fait de toi une très importante petite personne, se dit Sahrâ qui veillait à rester impassible. Si ma situation n'était pas si précaire, je testerais ta sensibilité au Mouvement. Une messagère, quelle recrue idéale ! Discrétion et liberté de déplacement, sans compter l'accès à des communiqués secrets…

Le silence était revenu dans l'habitacle. Salem dut une fois de plus décrisper ses mâchoires et ses mains. Sa pilote appartenait à l'espèce des taciturnes. Le genre qui se soucie peu d'entretenir une conversation. Pas étonnant qu'elle fût devenue messagère, une bavarde aurait choisi un autre métier. Sahrâ refusa de se décourager.

— Je m'appelle Sahrâ, dit-elle.

— Moi, c'est Sodiane. Eh, on est nées la même année !

— Et tu es d'où ?

— De Rubis. Mais je suis basée à Aigue-Marine. Je dois répondre dans l'instant à toute réquisition de la Matriarchie.

Sahrâ crut percevoir un peu de mélancolie dans la voix de la pilote. Vingt-cinq ans. Cette fille était jeune. Trop pour avoir déjà construit sa vie en dehors de son nid.

— Tes jumelles ne te manquent pas ? demanda-t-elle.

Touché. L'œil bleu de Sodiane s'était assombri.

— Quand je ne suis pas d'astreinte, je les rejoins le samedi. C'est vrai que c'est dur de les quitter. Je déteste les libredis soir.

— Ton métier passe avant leur amour ? s'enquit Sahrâ, très doucement.

Sodiane se tortilla sur son siège. Ses doigts pianotaient sur les commandes, hors de contrôle.

— Je le croyais, fit-elle dans un souffle sans regarder sa passagère. Je croyais que l'ivresse de voler m'empêcherait de trop penser à elles… Les glisseurs me faisaient déjà rêver dans ma closerie de gosse.

Sahrâ se pencha pour lui effleurer la main.

— C'est beau d'accomplir son rêve, et ce n'est pas donné à toutes.

— C'est vrai, dit Sodiane en écrasant une larme sur sa joue comme s'il se fût agi d'un insecte.

Taciturne et peu encline à montrer sa faiblesse, analysa Sahrâ. La fille allait se fermer, il était temps d'attaquer. Tant pis pour la prudence.

— Tu connais la raison de ma convocation ?

Les yeux interloqués de Sodiane étaient une réponse suffisante. Sahrâ conclut d'elle-même.

— Non, bien sûr que non, je suis bête. Tu n'es qu'une messagère.

Elle se reprocha aussitôt cette méchanceté gratuite et enchaîna par une autre question, en espérant que la pilote oublierait sa précédente réflexion.

— Des vigies t'accompagnaient, tout à l'heure ?

La fille fronça les sourcils, étonnée. Puis son visage s'éclaira d'une lueur mauvaise.

— Je n'en ai pas vu. Pourquoi ? Tu as fait quelque chose de grave ?

Touché ! se dit Sahrâ. Et je ne l'ai pas volé.

— Pas à ma connaissance, affirma-t-elle d'un ton serein, mais puisque tu la fréquentes, tu sais que Sa Révérence imagine un complot derrière chaque Pollénienne.

Sodiane grimaça. L'impertinence de Sahrâ la hérissait. Sa passagère se retint de sourire. Sans doute Sodiane voyait-elle en Oural la mère aimante de l'humanité…

Le voyage se termina dans un silence rigoureux. Sahrâ ne s'était jamais déplacée en glisseur et les survols de Lazulite et de Saphir, révélant la cité indigo, puis sa voisine d'un bleu profond, l'extasièrent assez pour distraire son angoisse un moment. Cependant, l'idée de rencontrer pour la première fois la matriarche en tête à tête lui gâcha l'arrivée à Aigue-Marine et le spectacle magnifique de la Matriarchie illuminée.

Les deux filles se séparèrent sur le parvis, échangeant un salut formel :

— Paix et prospérité, dit Sodiane du bout des lèvres.

— Que Jade t'accompagne, répondit Sahrâ d'un ton plus sincère, en descendant du glisseur.

L'appareil décolla et Sahrâ le regarda disparaître, son fuselage oblong scintillant dans la lumière irradiée par la Matriarchie. Elle sursauta : on lui prenait le bras. Une vigie était venue l'accueillir, un indice de plus. On ne voulait vraiment pas qu'elle diffère le moment de retrouver Oural.

— La matriarche t'attend, dit la fille d'un ton courtois. Je vais te conduire à son bureau.

Sahrâ suivit. Il ne lui vint pas à l'idée de fuir. Son corps sécrétait un flux qui la glaçait. Elle traversa sans les voir les salons d'apparat, insensible à l'éclat précieux des béryls qui en constellaient les parois, puis elles empruntèrent un ascenseur pour gagner le nid d'aigle de la matriarche au quatrième étage de la tour qui se dressait au centre des constructions en ailes de papillon. La vigie annonça la visiteuse et s'effaça pour la laisser entrer.

Sahrâ découvrit Oural, installée derrière un grand bureau en demi-lune dont le bois blond doré dessinait de symétriques arabesques, et Kindia, qui se levait pour la saluer, le visage grave.

Kindia ! Par les Puissances, que signifiait la présence de sa marraine, à une heure aussi tardive, sinon la condamnation sans appel de sa filleule ? Un renvoi acide brûla la gorge de Sahrâ. Elle s'inclina, malgré tout, les mains jointes en tipi, et laissa Kindia l'embrasser.

— Assieds-toi, ma fille, dit Oural. Tu es toute pâle. Aurais-tu rencontré Baba Yaga en chemin ?

Le ton était facétieux. Baba Yaga était issue des vieilles légendes terriennes. Les enfants des closeries adoraient cette histoire. Sahrâ retint une grimace. Même si elle n'en avait pas la stature, avec son corps décrépit et trop frêle, la figure de ses cauchemars, l'image de la femme dévorante et toute-puissante, c'était Oural. Elle incarnait parfaitement l'ogresse.

Sahrâ prit place sur le siège que lui avançait Kindia, un fauteuil contourné à l'assise moelleuse et aux bras figurant des griffons. Pour la troisième fois depuis l'apparition de la messagère, elle se fit violence et desserra ses mâchoires, desserra ses mains. Devant elle, Oural hochait la tête.

— Jade nous protège, ma pauvre Kindia, Baba Yaga lui a mangé la langue.

La marraine et la matriarche échangèrent un rire léger qui contrastait avec leurs mines contraintes. Sahrâ avait envie de hurler. C'était quoi, ce ton badin quand on s'apprêtait à la crucifier ?

— Elle est impressionnée, voulut expliquer Kindia qui couvrait sa filleule d'un regard caressant.

— Je vois surtout qu'elle est terrorisée, fit Oural dont le visage s'était durci. Pourquoi as-tu si peur, ma petite ? Aurais-tu quelque chose à te reprocher ?

— Matriarche ! intervint la marraine. On dirait que tu prends plaisir à la tourmenter. Explique-lui plutôt ce que tu attends d'elle.

Oural haussa les épaules et, se levant, elle se planta devant l'immense baie en ogive qui occupait le mur nord de la pièce. Elle resta quelques instants silencieuse avant de se retourner et de dire d'une voix sourde :

— Tes jumelles ont commis l'irréparable, sur le Bouclier. Salem a retrouvé son frère. Un enfant est né de leurs amours interdites.

— La morale est stricte, là-haut, commenta Kindia. La femme choisie par un guerrier commet une faute très grave en couchant avec un autre homme. Et d'autant plus avant la naissance de ses deux garçons. Le plus souvent, elle devient une exclue. À moins qu'on ne lui impose une forme de bannissement mental. Ma pauvre petite, tes jumelles se sont mises dans une situation très difficile.

Sahrâ ne sentait plus son corps. C'était une enveloppe floue autour d'elle et son esprit n'attendait qu'un signe pour s'en échapper. Salem et Sandy, découvertes ? Qu'allait-on lui annoncer, maintenant ? Que leurs communications par le réseau n'étaient ignorées de personne ? Oural n'avait aucune raison de lui apprendre ce que devenait sa triade si elle n'avait pas identifié Sahrâ comme la lointaine pointe d'un triangle reconstitué.

— Le deuxième garçon est donc le fils de Sandre, continua Oural. L'analyse sanguine est formelle. Pas le moindre gène en provenance de son père légal, Pompeius. Cet enfant ne pouvait pas rester sur le Bouclier. Les guerriers l'ont expédié par la navette. Il arrive à l'astroport demain matin. Comprends-tu ce qu'on attend de toi ?

Le cocktail entre irréalité et soulagement était trop fort. Sahrâ s'aperçut soudain que son enveloppe charnelle l'abandonnait, moite et froide, et qu'elle se quittait, gagnant un monde obscur où brûlait un unique point, étincelant.

— Malaise vagal, diagnostiquait Kindia quand elle reprit connaissance. Tu t'es évanouie, Sahrâ. Tout va bien. On tombe lentement, dans ces cas-là. J'ai pu te rattraper.

Oural s'était approchée. Elle se pencha pour scruter sa victime et Sahrâ eut un instinctif mouvement de recul, comme si la créature sèche et ridée qui se courbait sur elle s'apprêtait bel et bien à la dévorer.

— Là, là, chantonnait Kindia qui passait un linge mouillé sur le visage de sa filleule. Calme-toi. Oural ne te veut aucun mal, au contraire. Elle souhaite te demander un grand service.

Sahrâ repoussa la main de la marraine et s'assit. Sa tête tournait un peu. Un service ? Elle qui s'attendait à des sévices ? Elle sourit faiblement à ce jeu de mots facile avant de mesurer la signification de ces mots. On ne demande pas un service à une criminelle : Oural ignorait les liens de Sahrâ avec le satellite.

La matriarche tendit une main pour aider la marraine à relever sa filleule.

— Acceptes-tu de prendre en charge le garçon ? interrogea-t-elle, abrupte.

— Le garçon ? balbutia Sahrâ, égarée.

Oural la considéra d'un air agacé.

— Eh bien oui, l'enfant de tes jumelles.

— Ne sois pas si brutale, protesta Kindia, attirant Sahrâ dans ses bras et la câlinant comme à la closerie, quand elle pleurait après une mauvaise chute. Tu ne lui laisses pas le temps de souffler.

Sahrâ écarquillait les yeux. Ces femmes allaient réellement lui confier l'enfant de Sandre et de Salem ? Oural n'aurait pas dû trouver si déroutant qu'elle en reste sans voix.

— Alors, mon joli pois d'amour, reprit Kindia, voudrais-tu accueillir ce gamin dans ton nid ? Si je le prends avec moi, il sera malheureux. Je n'ai pas oublié Turin. Je n'étais marraine que depuis un an. Un accident très rare s'était produit à la sortie de la matrice. Ses jumelles étaient mortes à la naissance. Quand il est arrivé à la closerie, c'était une pauvre petite créature éplorée, cherchant de triade en triade à se faire accepter, sans cesse rejeté. Malgré tous mes efforts, il s'est replié sur lui-même et s'est laissé mourir.

Des larmes perlaient aux yeux de la marraine. Sahrâ vit Oural se raidir. L'émotion et les attendrissements lui étaient-ils étrangers ou ce souvenir en évoquait-il d'autres que la matriarche préférait refouler ? Elle surprit le regard de Sahrâ et le soutint, son petit visage chiffonné d'impatience.

— Décide-toi, dit-elle d'un ton cassant. J'ai encore un rendez-vous et je n'en peux plus de fatigue.

Cet aveu inattendu la rendait plus sympathique. Sahrâ hocha la tête.

— Je l'adopte, fit-elle comme on relève un défi.

La matriarche reconnut la vieille formule terrienne, du temps où les familles étaient composées d'adultes et d'enfants, et elle gratifia Sahrâ d'un sourire approbateur.

La jeune fille trouva le courage d'ajouter :

— Dommage que mes jumelles n'aient pas eu deux garçons. J'aurais reconstitué ma triade !

— Nous sommes sauvées, conclut Oural. Ta filleule a retrouvé sa langue et son mauvais esprit.

Plus tard, alors qu'elles se rendaient au caravansérail où leur séjour avait été payé par la Matriarchie, la marraine n'arrêtait pas de babiller, comme pour s'étourdir. Sahrâ sentit son ventre se contracter tandis qu'elle reconnaissait les toits ronds, doucement éclairés, des bâtiments où Sandre avait passé sa dernière nuit sur Pollen huit ans auparavant. Elle faillit aller coucher dehors en découvrant sa chambre en tout point semblable à celle qu'avait occupée son frère. Elle dormit mal et se leva dès le premier chant d'oiseau annonciateur de l'aube. Elle expédia ses ablutions, empoigna son sac et se hâta de quitter ces lieux où elle n'éprouvait que chagrin et perte. Elle attendrait dehors, dans le patio, le lever de Kindia.

Elle venait de commander sur le clavier de la table une infusion de tchaï et une omelette aux poires quand sa marraine apparut, presque aussi matinale. Ses yeux cernés témoignaient d'un sommeil agité. Le sort plus qu'incertain de Sandre et de Salem devait l'accabler. Elle se pencha pour un baiser bref et s'installa face à sa filleule. Son babil de la veille s'était mué en un silence dont la pesanteur, peu familière, finit par gêner Sahrâ. Quand la marraine eut commandé à son tour un café praliné accompagné de toasts au beurre de noisette, la jeune fille osa demander, d'une voix cassée par la fatigue et l'émotion.

— Marraine, c'est quoi, un bannissement mental ?

La terrible expression l'avait hantée toute la nuit. Kindia soupira, les yeux brillant de larmes.

— Ma petite fille, je n'aurais jamais dû te mettre une idée pareille en tête. Cela n'arrivera pas, j'en suis certaine.

— Je ne suis plus une petite fille, Kindia. Je suis une adulte élue au Conseil de sa commune. Réponds-moi. C'est quoi, le bannissement mental ?

Kindia baissa le front.

— Exactement ce que ton frère a subi. Un effacement sélectif de la mémoire.

Le visage de Sahrâ devint si blanc que la marraine s'affola. Se précipitant au côté de sa filleule, elle la prit aux épaules et la secoua sans douceur.

— Cela ne va pas se produire, tu m'entends ? cria-t-elle. Il ne sert à rien de s'angoisser à l'avance pour des événements improbables.

— Qu'est-ce qui te permet d'en juger ? s'emporta Sahrâ. Tu t'es déjà trompée pour Sandy !

— Chérie, chérie, protesta Kindia, les joues ruisselant de larmes. Ne remue pas le passé. Je suis sûre de moi, cette fois. J'en ai parlé avec Oural.

Un masque de défiance figeait le beau visage de Sahrâ. Kindia retourna s'asseoir à sa place, sécha ses joues avec ses paumes, et déclara d'une voix plus calme :

— La matriarche dit que tes jumelles ont trouvé un sacré défenseur en Caius, le Cæsar actuel du Bouclier. Par ailleurs, le mari de Salem veut plus que tout garder sa femme intacte. Maintenant que Maximus est parti, tout devrait s'arranger. Oural a promis de me tenir au courant. Dès que je sais ce qui se passe, je te préviens. Ils devraient changer de serveuse, ajouta-t-elle avec un petit rire fatigué. Celle-là leur fait une mauvaise réclame.

Une grande femme maigre et osseuse leur apportait les deux petits déjeuners. Kindia la suivit des yeux tandis qu'elle s'éloignait.

Sahrâ ne réagit pas. Elle poussait les bouts de poire dans son omelette sans se résoudre à manger. Quelques instants passèrent et Kindia repoussa elle aussi son assiette.

— Allons, dit-elle, je vois que ta faim égale la mienne. Autant se rendre à l'astroport. Nous serons en avance mais cela nous laissera le temps d'acheter un jouet pour le petit.

Elle se leva, soulevant sa chaise avec un soin exagéré pour l'empêcher de grincer sur le sol carrelé d'azulejos. Sahrâ l'imita sans autant de manières et les deux femmes s'en furent, leur sac sur l'épaule.

Sahrâ se souviendrait longtemps du choc qu'elle ressentit dans le hall de débarquement en voyant un petit bonhomme échapper à la main de la fille en uniforme qui l'accompagnait et se ruer vers elle. Un sourire illuminait son visage sali par les larmes.

— Maman, maman ! hurlait-il.

Il se jeta dans les bras de Sahrâ qui s'était accroupie pour l'accueillir et la jeune femme éprouva une émotion indicible. Elle fusionnait. Le halo s'était refermé sur leur couple, bleu, électrique, crépitant. Jamais il ne l'avait frappée avec tant de force.

— Sandy ? murmura-t-elle d'une petite voix d'enfant.

Elle avait de nouveau six ans, tête contre tête contre tête, la triade réunie, chaleur, amour, unité.

— Jade nous protège ! articula Kindia d'un ton plein d'effroi, Sandy est revenu parmi nous.

Elle cligna des yeux, comme pour chasser cette image impossible, et se reprit, consciente de sa dérive.

— Désormais, tu t'appelles Maxime, petit Pollénien. Maximus, c'est un nom du Bouclier. Et elle, ce n'est pas Salem, c'est Sahrâ, la sœur de Salem.

— Maman ! résista le garçon que Sahrâ avait juché sur ses bras et qui souriait, radieux.

— Laisse-lui le temps d'arriver, dit Sahrâ qui arborait le même sourire. Toi qui reproches à Oural son manque de patience, tu peux t'enrôler dans ses rangs.

Kindia se détendit, souriant au sourire des deux autres, heureuse de voir que ces deux-là s'étaient reconnues et que, au moins pour quelque temps, le bonheur les comblait.

35

Caius ne décolérait pas. Dès lors que Pompeius se satisfaisait du départ du fils adultérin et renonçait à poursuivre sa femme et l'amant de celle-ci, le cas Sandre et Salem aurait dû se régler au civil et le scandale se clore aussi vite qu'il avait éclaté.

L'insistance d'Ursus Arrius avait prévalu. Le cas serait jugé comme une affaire d'État. Caius devrait prouver que sa responsabilité n'était pas engagée. Quant à Pompeius, il était de toute évidence manipulé. Il fallait le sauver malgré lui, n'est-ce pas? Salem serait décérébrée, aucune autre issue n'était envisageable. Elle irait ensuite grossir le bataillon des filles du lupanar, pour le plus grand bien de la communauté. Et pour son frère, qu'il rejoigne les rangs des hommes de troupe. Il n'aurait jamais dû en sortir. Ce favoritisme pour un criminel montrait bien que Cæsar lui-même se laissait abuser.

La première confrontation avait été si houleuse que les juges avaient ordonné une suspension de séance. Parfaitement conseillé par son père Salvius et par son grand-père Xerus qui connaissaient l'histoire du tribun acharné contre Salem et en conséquence contre lui, Pompeius avait rappelé d'un ton calme qu'Ursus Arrius était le seul homme du Bouclier qui eût perdu son épouse, non qu'elle fût morte ou qu'il s'en fût lassé, mais parce qu'il la battait. Il avait failli la tuer, on l'avait obligé au divorce, et cet homme prétendait maintenant imposer son opinion sur les femmes ? Lui qui les haïssait ?

Ursus avait perdu tout contrôle. Il s'était jeté sur Pompeius, ce que le garçon avait espéré en secret afin que le tribun fût déconsidéré. Un pugilat s'ensuivit, ainsi que l'arrêt de l'audience.

Caius était monté voir les juges dans le salon où ils s'étaient retirés.

— Est-il vraiment utile de poursuivre cette mascarade ? avait-il demandé. Vous n'ignorez pas contre qui Ursus s'acharne réellement aujourd'hui.

Le prêteur et ses deux édiles s'étaient tortillés dans leur toge noir et or. Certes Ursus se montrait de parti pris, mais la pression populaire avait voulu ce procès, et maintenant que la procédure était lancée, il serait mal considéré de revenir en arrière.

Caius avait insisté. Il s'aperçut avec stupeur que ces magistrats censés échapper à toute influence et dotés de l'aura de la toute-puissance craignaient Ursus et le quarteron de conjurés qui le soutenait. La justice ne serait plus assurée tant qu'ils ne seraient pas défaits.

Découragé, Caius se réinstallait dans le tribunal quand l'alarme du Bouclier se déclencha, assourdissante. Caius regarda son com, il était frappé d'incrédulité, il n'avait commandé aucun exercice d'alerte. Puis son esprit admit l'évidence : le Bouclier était attaqué, des vaisseaux étrangers s'en approchaient, pour la première fois de sa carrière sur le Caillou, il allait livrer bataille. Autour de lui, les guerriers étaient arrivés à la même conclusion. Un exercice était incompatible avec le procès en cours. Ils refluaient de la salle en désordre, certains blanchis par la peur, d'autres rouges d'excitation.

Tout en courant vers le hangar central des guêpions Caius lançait ses ordres sur son com tels autant de traits destinés à blesser. En première ligne, Ursus Arrius et ses affidés. Caius disposait enfin du moyen de les éliminer.

Il ordonna la libération de Sandre. Le garçon était un trop bon élément, il n'allait pas s'en priver dans un combat. Brièvement, il évoqua Salem et se rassura. Les procédures joueraient. Elle serait sortie de sa geôle et conduite dans un abri sous bonne escorte.

Caius sourit. Grâce à la jeune femme, il s'était soucié de sa ligne et avait retrouvé la forme. Quelques années plus tôt, cette course l'eût fait haleter à l'égal d'un cyon poussif. La nostalgie l'envahit. Il avait adopté l'un des petits canidés rouges quand ses sœurs avaient abandonné leur nid. L'animal l'avait aidé à surmonter sa dépression. Caius s'était dit à l'époque qu'au moins l'amour des bêtes était sans condition.

Il courait sans faiblir et atteignit la soute avant la dernière vague des guerriers. L'ovation qui salua son arrivée le rasséréna. Il sourit, dans le feu de l'action, la plupart oublieraient de contester son autorité. Ils avaient tant attendu le moment de se battre. C'était un peu comme si le général leur offrait ce moment.

Il tendit le bras puis le plia, la paume sur le cœur.

— Ordre et harmonie ! cria-t-il.

— Paix et fraternité ! clamèrent-ils en retour.

— Tous ensemble pour la victoire ! conclut Caius.

L'excitation de ses hommes le gagnait. Il enfila son combi, verrouilla son casque, se hissa dans son guêpion, boucla sur lui le cockpit avec la sensation de fermer un cercueil. Ses joues étaient en feu. Il but à longs traits au biberon de son casque avant de se sangler sur son siège et de tester le canal privé qui le reliait aux techs.

— Du nouveau ? demanda-t-il.

— Oui, dit la voix nasillarde du contrôleur. La signature radar est celle d'un gros-porteur escorté d'un croiseur.

— Chrone ! jura Caius. C'est toi, Tullius ? Tu crois que c'est un cargo ?

— Vu la taille de la nef, ça vaudrait mieux pour nous, ironisa le tech.

Caius baissa la tête, accablé. Tullius ne parlait pas de risque mais de cas de conscience. Les consignes polléniennes étaient strictes. Un seul mot d'ordre : protection à tout prix. Il fallait empêcher quiconque d'aller clamer dans les étoiles qu'il avait trouvé un Éden. Il serait plus facile d'abattre un cargo commercial qu'une nef emplie de passagers qui pensaient toucher enfin au bout de leur voyage. Le passé avait appris aux guerriers que les pirates ne se déplaçaient jamais que dans de petites unités, maniables et rapides.

Pas d'alternative, se dit Caius. Redresse-toi. Ta mission était claire, dès Pollen. Tu es un protecteur, tant pis s'il faut prendre des vies. Et cette nef est peut-être une ultime ruse des pirates. Qui sait si elle ne s'apprête pas à vomir une horde d'exterminateurs. Tu n'as pas retenu les leçons de l'Histoire ? Frapper le premier, c'est ainsi que l'on gagne les guerres.

Et ils ne vaincraient pas sans combattre. Le croiseur était un adversaire sérieux. Un instant, Caius sentit son estomac se serrer. Il s'apercevait que s'ils n'avaient pas l'intention de la piller, ils allaient néanmoins attaquer cette nef exactement comme les pirates avaient jadis attaqué Pollen. Allons, il valait mieux penser qu'elle n'avait rien de pacifique.

— Première vague ! ordonna-t-il sur le canal commun à tous les chasseurs.

Une clameur d'approbation lui fit écho tandis que le sas s'ouvrait pour engloutir les dix premiers guêpions. Ursus Arrius menait l'attaque. En tant que tribun désigné pour l'affrontement aérien, il était normal qu'il soit en première ligne avec ses hommes. Caius s'était gardé de le cantonner à la défense du satellite. Plus tard, cela serait sans doute souligné, mais le général prétendrait qu'il avait voulu donner au tribun une chance de se racheter en s'illustrant au combat.

Dès que le sas fut repressurisé, Caius fit avancer la deuxième ligne. Dans celle-ci se trouvaient les meilleurs pilotes. Sandre en faisait partie.

Bientôt, cinquante guêpions fonçaient vers leur cible. Caius fermait la marche, en cinquième ligne. Il avait laissé cinquante défenseurs dans le sas qu'il venait de quitter. Cinquante autres guêpions postés à chaque extrémité du satellite n'attendaient qu'un ordre pour jaillir en renfort. Avec une flotte forte de deux cents guêpions, Caius ne doutait pas de sa victoire.

Alors qu'il atteignait le théâtre de l'affrontement, il éprouva un instant de stupeur sacrée devant la beauté du spectacle, les faisceaux des lasers telles des entretoises lumineuses liant les belligérants entre eux, la magie des explosions quand une ogive atteignait sa cible, les cris des chasseurs dans ses écouteurs.

Dix guêpions pourchassaient encore les unités mobiles du croiseur. Les techs avaient estimé leur nombre initial à douze. Trop peu nombreux, quoique fortement armés, pour inquiéter les forces de Pollen. Le croiseur était plus dangereux mais les guêpions avaient aveuglé les canons de son flanc droit et le vaisseau avait beau tourner sur lui-même, il ne parvenait pas à se débarrasser de ses parasites.

L'intense bombardement qu'il subissait porta ses fruits. Caius vit avec des yeux d'enfant ébloui une énorme déflagration lacérer la coque ennemie.

— Bouclier enfoncé ! commenta-t-il sur un ton de triomphe, pour les techs autant que pour ses hommes. Beau travail, les gars !

Les lasers à rayons X des guêpions pénétraient désormais le blindage du croiseur. La coque se déchirait. Une explosion dévastatrice ouvrit un trou béant par où s'échappait une tempête d'objets arrachés au ventre du croiseur. Caius frissonna. Pas seulement des objets, des corps, aussi. Un instant, il ferma les yeux. Ces gens avaient des familles, des amis, qui était-il pour les réduire à néant ?

Il assista au désastre en recensant ses troupes. Certains de ses opposants étaient portés manquants mais le plus important répondait à l'appel. Caius soupira. Il devrait régler le problème en personne.

— Ursus, tu restes en arrière, lança-t-il sur le com général. Je ne veux aucun survivant, tu comprends ? Les autres, à la maison.

Un hourra réconfortant explosa dans son casque. Ursus ne lui avait répondu que par un grommellement. Personne ne survit à un tel enfer, il le savait et se demandait ce que lui réservait Caius.

Plus tard, le général regarderait le film enregistré par la caméra du cockpit. Ursus y tournait la tête en tous sens, guettant le chasseur qui viendrait le descendre dans l'intention manifeste de tirer le premier. Il n'avait pas prévu une bombe embarquée.

— Adieu, Ursus, avait murmuré Caius en appuyant sur la télécommande.

Le bruit de l'explosion avait englouti le juron du tribun. Sale temps pour les traîtres, s'était dit Caius en se laissant aller sur son siège.

Plus tard, il scruterait la bande en essayant de déchiffrer l'expression d'Ursus au moment fatidique. Un reflet sur la paroi du casque le priverait de cette satisfaction. Dommage, penserait Caius, je me demande vraiment quelle gueule on fait à l'instant de mourir.

36

Oui, c'était de la provocation, Maxime était un enfant du satellite, mais il avait réclamé ce costume, pourquoi le lui refuser ?

Si on veut qu'il soit pollénien, qu'on lui en donne les droits, se confortait Sahrâ. Et d'abord celui de se travestir en guerrier. Au diable les critiques, le garçon passerait le carnaval en digne fils du Bouclier.

Sahrâ battit des mains en le regardant enfiler ses jambières de cuir. Ainsi vêtu, avec son casque d'apparat surmonté d'une crête écarlate, son plastron de métal étincelant sur sa tunique rouge, et le glaive court qu'il brandissait avec fierté, il était magnifique.

— Maman, dit-il en se fendant contre un ennemi invisible, pourquoi on n'a pas le droit de se battre, à la closerie ?

— Viens ici, ordonna Sahrâ.

Elle s'était accroupie et il se blottit dans ses bras. Elle adorait le manger de baisers. Il poussait des cris aigus de plaisir qui la transportaient dans le monde bleu où tout n'était que paix et harmonie. Elle huma son odeur d'enfant et chuchota contre son oreille.

— Tu te souviens de mon nom ? Celui que les autres me donnent ?

— Sahrâ ?

— Bravo, chéri. Et maintenant, quel est le nom de ta mère ? Celui que les autres lui donnent ?

— Pompeia Salvia, souffla l'enfant de mauvaise grâce. Sahrâ glissa un doigt sur la courbe veloutée de sa joue, s'émerveillant de sa douceur. Elle revint à l'oreille, en mordilla le lobe, pensant avec un rire intérieur qu'elle se ferait bien ogresse pour goûter cette chair, puis elle reprit, patiente :

— Et où se trouve en ce moment Pompeia Salvia ?

— Là-haut, dit le petit d'un ton indifférent en désignant le ciel.

— Alors, comment dois-tu m'appeler ?

— Maman !

Le garçon triomphait. Pas un instant, il n'avait été dupe de cet interrogatoire.

— Maman, maman, maman ! répéta-t-il.

Sahrâ capitula. Elle ne croyait pas que le gamin s'illusionnait, il savait qu'elle n'était pas Salem, mais il avait retrouvé le même visage, et surtout la fusion, cet indicible état qu'il n'avait partagé qu'avec sa mère.

Ou peut-être avec Sandre quand il était encore nourrisson ? Salem l'avait empêché de voir son père biologique dès qu'il était devenu conscient. Elle tenait à maintenir la fiction de la paternité légitime, y compris auprès de son fils.

Sandre avait confié à Sahrâ qu'il souffrait de cette exclusion. Il éprouvait une véritable curiosité pour cet être qu'il avait engendré, même s'il hésitait à l'appeler de l'amour. D'ailleurs, il se demandait si l'effacement de sa mémoire ne l'avait pas amputé du sentiment amoureux. Ses meilleures émotions lui venaient de ses trouvailles sur le Réseau.

Il riait en avouant cette infirmité, pourtant Sahrâ s'était persuadée qu'il souffrait de ce manque, un manque dont il pensait que rien ne viendrait plus le combler. Pas même ses jumelles.

— Où êtes-vous, Sandy, Salem, chuchota Sahrâ, trop bas pour que Maxime l'entende.

L'absence de nouvelles l'affolait. Kindia lui avait assuré que ses jumelles étaient hors de danger, mais elle pouvait avoir été abusée par Oural et, surtout, Sahrâ s'était habituée à ses liaisons avec le satellite. Elles lui donnaient une sensation de liberté. L'idée qu'elle devrait peut-être s'en passer était insupportable.

Maxime cinglait l'air avec sa lame. Il y déployait une belle énergie, comme s'il était occupé à défaire un bataillon de fantômes.

Sahrâ sourit, rassérénée. L'enfant était un merveilleux dérivatif à son angoisse. Elle enfila la veste et le pantalon bouffant de son propre costume. Ornées de pièces triangulaires en soie bleue, verte, rouge, jaune, orange et noire, il avait été fabriqué par Greco – la médicienne maniait à l'occasion l'aiguille pour son amie – et c'était une réussite parfaite. Ce soir, Sahrâ serait en Arlequin. Petite transgression, le costume d'homme. D'habitude, elle se montrait plus originale, mais ce déguisement était très apprécié des Pollénienne. Il permettrait à Sahrâ de disparaître dans la foule et servirait son dessein secret. Elle posa son masque sur ses yeux et leva son sabre de bois.

— En garde ! clama-t-elle, théâtrale.

Maxime se tourna, hilare, ravi qu'elle fît l'effort d'entrer dans son jeu, et se rua sur elle. Les deux lames s'entrechoquèrent avec un bruit mat. Le garçon rompit, en épéiste confirmé, avant de revenir à la charge, frappant d'estoc et de taille. Sahrâ parait sans difficulté mais Maxime n'avait que six ans. S'il avait continué son apprentissage, dans quatre ou cinq années tout au plus, il l'aurait acculée sans merci et réduite à l'impuissance.

Il y eut un bruit de déchirure, crissant, et Maxime fit un bond en arrière.

— Chrone ! jura-t-il, contrit.

La pointe de son glaive avait accroché la manche de son adversaire. Sahrâ regarda les pièces de tissu coloré béer telle une bouche, puis le garçon qui mesurait le désastre d'un air consterné. Elle éclata de rire.

— Si tu nous fermais ce gentil museau ? On dirait que tu vas pondre un œuf.

— Mais, mais… balbutia l'enfant.

— Et voilà que tu bêles comme une agneline, se moqua Sahrâ. Toi, le grand guerrier ! Ta mère devait adorer coudre pour qu'un accroc te fasse autant d'effet ! Elle t'attrapait quand tu déchirais tes vêtements ?

Maxime hocha la tête.

— Eh bien moi, je m'en fiche. Regarde, je dispose d'un produit magique.

Elle fouilla dans un tiroir, en sortit une bande de tissu translucide, la posa quelques instants sur la plaque chauffante du coin cuisine et l'appliqua sous la déchirure, appuyant avec la paume de la main pour solidariser les deux fibres. Elle brandit la veste devant Maxime : la réparation était invisible.

— Voilà, petit bonhomme. La colle n'est pas terrible mais cela tiendra au moins deux ou trois lavages. Et le carnaval n'a lieu qu'une fois par an.

Maxime applaudit, soulagé, en voyant que sa maladresse n'entraînerait aucune conséquence. Sahrâ nota qu'il avait remis son glaive au fourreau. Il s'attendait à des représailles. Elle se dit que Salem devait détester les instincts guerriers de son fils et se saisir du moindre prétexte pour les brimer.

— Kindia m'a puni, ce matin, déclara le garçon d'un ton fâché.

— Elle n'a pas eu raison ?

Maxime prit le temps de réfléchir. Il fronçait les sourcils et finit par secouer la tête.

— Je sais pas. J'aime tant jouer à la guerre.

Sahrâ s'était assise. Elle lui ouvrit les bras. Il s'installa sur ses genoux, attentif.

— Tu sais qu'il y a des choses permises et des choses qui sont interdites, commença-t-elle en lui caressant les cheveux.

Ils étaient d'une douceur de pelage, animés de reflets châtain doré. Sahrâ savait qu'ils fonceraient avec les années. Elle obtint un acquiescement du garçon et poursuivit :

— Les choses qui sont permises là-haut, sur le Bouclier, ne sont pas forcément autorisées ici. As-tu compris pourquoi les jeux de guerre sont interdits, chez nous ?

— Parce que ça fait mal ? dit le garçon, hésitant.

— Oui. Si tu blesses un garçon ou une fille en jouant, tu seras puni, même si c'est un accident. La règle de Pollen, c'est qu'il ne faut jamais mettre en danger les Polléniennes qui vous entourent. Dans un jeu collectif, tu dois d'abord penser à elles avant de penser à toi.

Maxime pencha la tête, avec un petit sourire insolent.

— C'est pas comme ça, fit-il, péremptoire. Pense au ballon ! Pense à l'épée ! Voilà ce qu'il disait, Lupercus.

— L'homme au nom du dieu-loup ! siffla Sahrâ, feignant la terreur respectueuse. C'était ton entraîneur ?

Le garçon acquiesça, des étoiles plein les yeux. Il en gardait de toute évidence le meilleur souvenir. Sahrâ biaisa.

— Lupercus avait raison. Sur le Bouclier, un guerrier doit penser à son glaive, au coup qu'il va porter. C'est important. Parce que son rôle est de défaire les ennemis de Pollen. S'il est battu, Pollen est perdu.

— Oui, jubila le garçon. C'est ça, ce que disait Lupercus.

— Écoute-moi bien, Maxime. Sur Pollen, il n'y a pas de guerriers. Pas un seul.

— Pas un seul? répéta le garçon, incrédule. Je croyais que Kindia mentait.

— Kindia ne ment jamais. Les guerriers sont tous là-haut.

— Mais pourquoi?

— Parce qu'il faut être capable de tuer pour devenir un guerrier. Sur Pollen, si tu prends la vie d'un être humain, ou même d'un animal sans nécessité, tu es un criminel, on efface ton esprit, c'est comme si tu n'étais plus là.

Maxime ouvrait des yeux ronds. Les concepts de violence et de crime lui étaient étrangers. L'idée qu'on ne puisse pas se défendre si on était attaqué allait contre tout ce qu'on lui avait appris jusque-là. Sahrâ se tut. Elle n'était pas tutrice ni pédagogue. Pourquoi se serait-elle substituée à Kindia, elle qui ne rêvait que vengeance, qui donnait au Mouvement les moyens d'une prochaine émeute, qui préparait la révolution…

— Tu comprendras plus tard, éluda-t-elle non sans se reprocher la lâcheté de cette phrase adulte. Souviens-toi juste de ça: on ne cogne pas les petites de la closerie, surtout si elles sont plus jeunes que toi, d'accord?

Le garçon hocha la tête, le visage grave. On lui avait dès le Bouclier inculqué ce précepte: on ne s'attaque pas à plus faible que soi. Sa mère, peut-être ? Ou son père Pompeius dont Salem affirmait qu'il était chevaleresque ? Sa jumelle avait adoré autant qu'elle les histoires de chevalerie que leur racontait Kindia, le soir, à la closerie. Des histoires d'hommes et de femmes d'honneur qui se battaient, certes, mais pour la délivrance des opprimés.

Elle ajusta son masque, assujettit son sabre à son ceinturon et, attrapant la main de Maxime, elle dévala l'escalier de son nid.

Dehors, l'ambiance était festive, du square proche parvenaient les notes joyeuses d'une fanfare, des cassolettes d'encens disposées au pied de chaque arbre s'échappaient des fumées paresseuses et Maxime riait en agitant les bras, créant des tourbillons colorés aux senteurs de musc et de jasmin.

— On va chercher Kindia ? demanda-t-il.

Sahrâ sourit. Le garçon était pressé de s'exhiber devant ses camarades. Son intégration avait été inespérée. Contrairement à ce que craignait la marraine, il n'avait pas été rejeté par les triades de sa closerie. Au moment de son arrivée, Kindia élevait des petites de deux ans, six ans et dix ans. Les deux triades des plus âgées avaient accueilli l'enfant avec excitation. Elles savaient ce qu'était le Bouclier. Qu'il en vienne donnait à Maxime une aura irrésistible. De mystère, d'exotisme… d'interdit, aussi. Le garçon avait été assailli de questions sur la vie du satellite. Les dix ans avaient fini par épuiser leur curiosité mais gardaient encore une attention bienveillante à l'enfant. Quant aux six ans, elles avaient adopté le garçon comme une mascotte. Bien sûr, il était exclu de leurs processus fusionnels. Était-ce parce qu'il retrouvait Sahrâ tous les soirs, il ne semblait pas en souffrir.

— Kindia nous rejoindra dans une demi-heure, répondit-elle. Elle doit t'attendre devant la confiserie. À Kyoto.

— C'est quoi, Kyoto ?

— C'est le nom du square qui est au bout de la rue. Kyoto était une grande capitaine, aux débuts de Pollen. C'est elle qui a ensemencé la mer.

Le garçon ne l'écoutait pas. Il s'était avancé jusque sous le nez d'un travesti déguisé en bergère, tresses de chanvre et triple jupon, et il le contemplait, la bouche pendante. Il éclata de rire.

— Zelten avec des gros nénés ! hurla-t-il, rouge d'excitation.

Sahrâ se joignit à son rire, stupéfaite par la sagacité de l'enfant. Elle-même n'avait pas reconnu son compagnon.

— Caramba ! Je suis démasqué ! s'exclama celui-ci en affectant un air terrible. Ma parole, Maxime, quelle allure martiale ! Quant à toi, Sahrâ, je vois que nous avons eu l'idée inverse. Toi en garçon, moi en fille, difficile d'imaginer plus beau couple. J'étais venu t'inviter pour le bal.

— Il faudra te trouver un autre cavalier, ma chère. Tu t'y prends trop tard, j'ai d'autres rendez-vous. Je te verrai demain, si tu veux.

Zelten s'inclina. Il cachait bien sa déception, derrière ses joues maquillées de rouge. Sahrâ s'étonna qu'il eût choisi de se travestir. Depuis qu'elle le connaissait, il n'avait jamais sacrifié à cette tradition des garçons.

Une révérence ultime et le secrétaire s'éloignait. Sahrâ le suivit des yeux. Elle regrettait de l'avoir renvoyé mais depuis qu'il était devenu secrétaire d'Oural, elle lui mesurait sa confiance. Qui sait s'il ne l'aurait pas trahie afin de gravir plus vite l'échelle qui menait au pouvoir.

Ils atteignirent Kyoto et Sahrâ chercha Greco des yeux. Sur la place, on dansait, on s'enivrait, on criait, dans une joyeuse confusion des sexes. Celui-là, n'était-ce pas une fille déguisée en garçon ? oh ! oh ! celle-là, sûr, c'était un garçon avec des atours de fille. Et comment savoir qui se cachait sous cette fourrure oursonne ? Fille ou garçon ? Et ce bel oiseau chamarré dans ses plumes, son genre resterait un mystère… Heureusement, Greco avait promis de se travestir en mistigri, un costume inhabituel, et d'aller sans masque. Sahrâ la découvrit avant même d'avoir terminé sa traversée de la place.

— C'est le jour des postiches ! rigola-t-elle en guise d'accueil.

— Tu as remarqué ? Il n'y en a jamais eu tant !

— Si seulement cela sautait aussi aux yeux d'Oural, grogna Sahrâ.

— Parce que tu crois Sa Révérence capable de s'interroger ? se moqua son amie.

La tirant par la manche, Maxime désignait à Sahrâ un étal où s'alignaient les cotillons de la fête, chapeaux de toutes formes, étoiles, serpentins et paillettes. La jeune fille lui acheta un sac de confettis, après qu'il eut promis de ne pas en user dans l'instant ni sur elle. Là où Sahrâ s'apprêtait à se rendre, elle se souciait de ne pas semer des indices. Les lieux devraient être laissés comme elle les trouverait, en apparence inviolés. Le moindre confetti eût trahi sa visite.

Puis les deux filles gagnèrent la confiserie où devait les retrouver Kindia. Cette fois-ci, c'est Greco que le petit garçon malin agrippa, par la peluche grise de son costume de chat. Ses yeux luisaient devant la vitrine où des sucres filés de mille formes, tailles et couleurs composaient un spectacle aussi tentant que féerique.

— Mauvais choix, cette boutique, pour attendre un rendez-vous, commenta Greco. Comment tu veux que ça résiste, un petit bout de cet âge ?

— Pourquoi veux-tu qu'il résiste ? Tu n'étais pas gourmande, à six ans ?

Les deux filles entrèrent, encadrant Maxime. À l'intérieur retentit une musique de cirque et d'aériens mobiles tintèrent, cristallins. Ils piégeaient la lumière tels des lustres et semblaient osciller en mesure. Maxime ouvrait des yeux ravis et ses doigts se tendaient au plafond vers les acrobates, les fusées, les comètes, et toute une faune de sucre, heureusement inaccessible.

Greco acheta quatre sacs de pralins au chocolat et Sahrâ sept sucettes géantes qui trouvèrent preneuses à l'instant où elles sortirent : la marraine était arrivée avec ses triades de six et de dix ans. Les plus jeunes avaient été laissées aux soins des servants.

Maxime paradait dans son déguisement guerrier devant les petites de sa closerie qui en oubliaient de déballer leurs sucettes, béates d'admiration. Kindia fronça les sourcils mais s'abstint d'une réflexion dont elle n'ignorait pas comment elle aurait été accueillie. Elle refusa le sac de pralins qui lui était destiné, arguant de la nécessité de surveiller son poids, selon sa médicienne.

— Allons, ce soir, c'est la fête, dit Greco. En tant que fille d'Esculape, je t'autorise à déroger.

— Ce n'est pas bien de me tenter, protesta la marraine. Je goûterai ceux des petites.

— Tant pis pour toi, conclut Sahrâ, nous les mangerons en pensant à la fonte de tes chairs. Amusez-vous, mes jolies !

Elle regarda le groupe s'éloigner, joyeux, Maxime encadré par les deux triades, et son ventre se contracta d'inquiétude. Elle était folle de commettre des actes illicites. Si Oural lui retirait Maxime, que deviendrait le garçon ?

Et moi, que deviendrais-je ? s'avoua-t-elle. Depuis que j'ai retrouvé la fusion avec cet enfant, je n'imagine plus comment je pourrais m'en passer. Le bonheur se satisfait d'une vie simple, et moi je m'ingénie à tout compliquer. Si Salem et Sandy n'étaient pas loin de moi, si je n'avais pas l'espoir de les retrouver, est-ce que je continuerais à me battre ?

Elle évoqua Oural. La vieille sorcière avait sûrement fait ce calcul en lui offrant de parrainer Maxime. Le gamin lui deviendra si précieux qu'elle arrêtera de comploter contre moi. C'était compter sans l'inflexible volonté de la jeune fille. Plutôt tout perdre que se soumettre.

Inconsciente de ces réflexions désabusées, Greco avançait d'un pas pressé dans les allées qui menaient au Palais. Elles avaient résolu d'éviter les nacelles. Heureusement, le bâtiment se trouvait, comme la 66e, au nord d'Améthyste. Elles l'atteignirent en moins de vingt minutes. Les lieux étaient déserts. Greco assurait que seules deux vigies avaient été laissées en faction à chacun des postes. Le garage à glisseurs n'était pas gardé. En tant que secrétaire d'Ophir, la nouvelle bourgmestre, Greco détenait les codes d'ouverture, ainsi que ceux des glisseurs. La plus grande joie de ma promotion, avait-elle avoué à Sahrâ, c'est de conduire ces engins.

Elle manœuvra tous feux éteints et gagna le ciel sans avoir attiré l'attention.

— Comment en es-tu si certaine ? s'enquit Sahrâ qui n'osait pas croire à leur chance.

— Si une vigie m'avait détectée, j'aurais reçu un message radio. Ordre de mission et tout le bataclan puisque je ne figure sur aucun organigramme. Prie les Puissances pour que nous ayons autant la baraka au retour.

Elles atteignirent Rubis et se posèrent avec le même succès entre les bâtiments obscurs de l'Université. Pas de chercheuse attardée, ce soir. Partout, sur Pollen, quels que soient leurs statuts, filles et garçons faisaient la fête.

Greco se posta dans un angle où, invisible grâce au gris souris de son costume, elle pourrait surveiller l'entrée et avertir Sahrâ sur son com si quelqu'une approchait.

Grâce à sa carte magnétique, Sahrâ pénétra sans encombre dans l'auguste bâtisse, la première, disait-on, que l'on eût édifiée sur Pollen, tant on se souciait de préserver la science rescapée de l'Arche. Elle s'était connectée à son lumen afin d'éclairer sa route dans les couloirs obscurs mais il lui semblait qu'elle aurait atteint sa destination les yeux fermés. Enfin, elle fut devant la porte qui ne s'ouvrait que pour une poignée d'historiennes. Son cœur cognait tandis qu'elle saisissait les trois séquences que lui avait indiquées Sandy sur le clavier qui défendait ou autorisait l'ouverture. Il y eut un déclic et la porte bâilla dans un soupir. Sahrâ se détendit. Pas d'alarme. Son frère les avait neutralisées. Devant elle s'alignaient les dossiers des archives interdites. Toute la mémoire secrète de Pollen enfermée dans des cristaux. Sur un bureau attendaient des lecteurs. Elle disposait d'une heure, elle allait essayer d'en faire bon usage. Projetant le faisceau de sa lampe sur les tranches des boîtes, elle fit un premier choix.

Quand elle rejoignit Greco, après que son amie l'eut rappelée à l'ordre – elle avait une heure de retard –, Sahrâ était décomposée.

— Filons d'ici, dit-elle d'une voix blanche. Si Oural apprend ce que j'ai découvert ce soir, nous sommes perdues !

Greco lui jeta un regard dur.

— C'est ce que tu voulais, non ? Découvrir une grosse anomalie, un scandale, une contrevérité bien sale ! Alors, qu'est-ce que tu as trouvé ?

— Jade a fondé Pollen sur une imposture.

37

Un septième sens l'avait-il alertée ? Oural ouvrit un œil à l'instant où Zelten opérait une marche arrière prudente, à la porte de son bureau.

— Jade m'emporte ! je me suis endormie, fit-elle d'un ton mécontent. L'âge et la fatigue, voilà les vraies ennemies.

Sur le seuil, Zelten avait suspendu son geste. Oural voyait monter et s'abaisser la chemise en maille de soie blanche qui moulait son torse puissant. Le secrétaire avait-il couru ou était-il la proie d'une forte émotion ?

Ton visage est trop lisse, mon petit chéri, pensa Oural. Tu te contrôles mais je vois bien que tu n'apprécies guère ma présence dans ton bureau.

— Je suis venue t'attendre ici parce que j'ai des propositions à te faire, annonça-t-elle. D'importantes propositions. J'avais besoin de calme.

Une lueur passa dans les yeux de Zelten. Il n'était pas dupe. Oural était la matriarche. Il lui suffisait de donner un ordre pour tenir réunion sans être dérangée.

— Eh bien, dit-elle, ne reste pas là comme un invité qui se demande s'il a le droit d'entrer et de s'asseoir. Tu es chez toi.

Zelten ferma la porte et, après trois pas indécis, il finit par s'abattre dans l'un des fauteuils réservés à ses visiteurs. Son visage ne s'était pas départi de son masque impassible, preuve qu'il se dominait. Il devait détester qu'elle se fût assise à sa place. Il se pencha en avant, coudes aux genoux, doigts joints, dans une posture d'attention sans doute fabriquée.

— D'importantes propositions? répéta-t-il d'une voix neutre.

Comme il est facile de vous circonvenir, jolis mâles, s'amusait Oural. Jade avait raison. Bâton dans la main droite, gâterie dans la main gauche, et vous courez où nous voulons.

— Nous allons en parler. D'abord, dis-moi ce que tu as appris chez Sahrâ.

— Elle est folle de son filleul, tu en doutais?

L'ironie de Zelten était inhabituelle. Oural fronça les sourcils.

— Ne joue pas avec moi, je te prie.

— Je ne joue pas. Si elle avait eu Maxime plus tôt, elle n'aurait jamais conspiré contre toi.

— Ce n'est pas ce que je veux savoir, gronda la matriarche.

Le garçon tergiversait et elle détestait ce que cette hésitation impliquait. Sahrâ détenait des informations importantes et elle en avait fait part au secrétaire. Oural elle-même avait envoyé Zelten chez la jeune fille. Les liens sensuels débrident la parole. On se confie plus facilement après l'amour. Elle décida d'abattre une carte maîtresse.

— J'avais pensé à toi pour le Bouclier, mais si tu n'as pas confiance en moi…

Touché! Zelten avait tressailli. Son masque se fissura. Des émotions contrastées se succédaient sur son visage, espoir, peur, dégoût. Un mouvement involontaire de ses mâchoires montrait à quel point il était contracté. L'espace d'un instant, Oural éprouva de la compassion. Pauvres marionnettes, quand elles tombaient entre ses mains… Puis sa volonté de savoir la posséda de nouveau tout entière.

— Détends-toi, ordonna-t-elle sans la moindre douceur. Ce n'est quand même pas si terrible !

— Pas si terrible ? répéta le garçon en passant une main sur ses yeux comme pour en chasser une affreuse vision.

— Si tu m'épargnais ton numéro de perroquet ? Des faits, s'il te plaît.

Ces mots cinglants produisirent un effet. Zelten se redressa, les yeux brûlant d'effroi et de haine.

— Que les Puissances t'emportent, toi, Jade, et toutes les filles de Pollen ! Sahrâ est entrée dans votre chambre aux secrets, à l'Université.

Zelten se tut, comme si le souffle lui manquait pour continuer.

— Oui ? s'impatienta Oural.

Cette infraction, elle la connaissait. Les caméras IR de surveillance avaient enregistré la visite. Malheureusement, le soir du carnaval, personne ne regardait les écrans. Si l'alarme s'était déclenchée, la jeune historienne aurait été interceptée. Oural voulait apprendre comment Sahrâ était arrivée à neutraliser les sécurités. Des systèmes autonomes et sophistiqués. Toutes les tentatives d'intrusion précédentes avaient été détectées.

Zelten se prit la tête à deux mains et gémit :

— Vous nous avez tués.

Il jeta un coup d'œil à Oural et comme elle se penchait, attentive, il ajouta :

— Sur l'Arche. Vous nous avez exterminés. Des hommes s'étaient opposés au massacre, battus à vos côtés, c'est grâce à eux que vous aviez survécu. Vous les avez tués dans leur sommeil. Pourquoi ? Pourquoi ?

Il avait entouré son torse de ses bras et se berçait. Un ricanement amer lui échappa.

— Les Cent Mères ! Les Cent Meurtrières, oui ! Elles sont jolies, les fondatrices de votre utopie.

Oural s'était levée. Elle contourna le bureau, s'accroupit devant Zelten dans un craquement assourdissant de ses genoux et le saisit aux épaules.

— C'est Sahrâ qui t'a raconté ça ?

Il acquiesça.

— Comment a-t-elle eu accès aux Archives ?

Zelten se dégagea d'un mouvement brusque.

— Je n'en sais rien, moi ! C'est tout ce qui te préoccupe ?

— Tu ne le lui as pas demandé ?

— Tu crois que je m'en souciais, après une révélation pareille ? Elle était aussi bouleversée que moi.

Oural se redressa et haussa les épaules.

— Elle, ça ne m'étonne pas. Mais toi… Je pensais que tu avais passé l'âge de raisonner avec tes tripes plutôt qu'avec ton intelligence.

— Tu justifies ce crime ? s'exclama Zelten, indigné. Tu n'as même pas la décence d'en paraître affectée.

— Ce n'est pas mon crime, pas plus qu'il n'est celui des Cent Mères, dit Oural d'une voix froide. Si Sahrâ s'était donné la peine de lire les cristaux jusqu'au bout, elle aurait appris que ces meurtres ont été le fait d'une poignée de femmes. Leurs compagnes étaient mortes pendant l'affrontement. La douleur peut rendre folles les meilleures d'entre nous. Elles ont drogué les survivantes et sacrifié toute créature masculine, y compris les enfants.

Zelten écarquillait des yeux épouvantés. Ce récit était tellement contraire aux préceptes de la non-violence qui fondaient Pollen… Il peinait à l'assimiler. Oural le dévisageait d'un œil froid. Elle ajouta :

— Ces femmes ont été jugées. Bien que le tribunal ait conclu à l'irresponsabilité pour démence, elles ont été condamnées à l'effacement. Si cela peut t'apaiser, elles ont porté comme les autres des garçons dans leurs flancs.

— Vous avez fondé la règle des deux tiers/un tiers sur un mensonge, s'indigna Zelten. Les hommes seuls responsables du massacre de l'Arche ? Tuer des malheureux dans leur sommeil, c'est la pire violence.

— Ce sont les hommes qui avaient commencé. Ce qui s'est passé ensuite… Que tu sois homme ou femme, le désir de vengeance te dépouille de ton humanité.

— Pourquoi Jade a-t-elle menti ? dit Zelten d'un ton plaintif.

— Tu connais la réponse, grogna Oural.

Elle se reprochait souvent son impatience, depuis quelque temps. Était-ce un effet de l'âge, elle avait de plus en plus de mal à se décentrer pour adopter le point de vue de l'autre. Mauvaise pente. Quand on ne comprend pas son adversaire, on perd tout moyen de le dominer. Elle devrait se ressaisir. Zelten était un auxiliaire précieux. Le meilleur qui l'eût approchée depuis longtemps. Et elle avait un besoin urgent d'un nouveau chef du Bouclier. Depuis qu'il s'était entiché de Salem, Caius résistait. Au lieu d'envoyer la fille au lupanar, il avait accédé au souhait de Pompeius. Elle ne serait pas punie autrement que par l'exil de son fils. Oural avait alors ordonné la disparition de Sandre à la première occasion. Celle-ci s'était présentée. Caius avait préféré se débarrasser d'un de ses tribuns. Oural devait admettre que le guerrier posait depuis longtemps de sérieux problèmes. Cependant, elle ne pouvait s'enlever de l'idée qu'en tuant Ursus plutôt que Sandre, le général voulait épargner Salem.

À la réflexion, pour quelle autre raison n'aurait-il cessé de protéger le garçon ? Le Bouclier pouvait-il s'accommoder d'un chef amoureux, alors que tout, justement, avait été prévu pour que Cæsar ne fût pas gouverné par ses gonades ? Il était temps de remplacer Caius par un Pollénien plus docile.

— Jade a menti pour s'attribuer le pouvoir, accusa Zelten. Dans le passé, quand il y avait autant d'hommes que de femmes, c'étaient les hommes qui détenaient le pouvoir.

— Sahrâ t'a montré ses cours ?

Zelten détourna les yeux. Des taches rouges pointillaient ses pommettes. Sahrâ n'était pas censée divulguer le passé de la Terre. La petite peste s'y entendait pour prendre les garçons dans ses filets. Oural reprit d'une voix cassante :

— Alors elle a dû te dire aussi comment ces hommes usaient de leur pouvoir. Elle a dû te dire les guerres, les génocides, les famines et les épidémies, le massacre écologique de la planète. Elle a dû te dire l'oppression des femmes… Non ? J'ai de la peine pour toi mais je ne voudrais pas que tu restes sur une idée fausse de ce qu'était la Terre. Suis-moi. J'ai quelques cristaux dans la bibliothèque de mon bureau. Certains sont édifiants.

Bien plus tard, après qu'il eut séché ses larmes, Zelten admit qu'il s'était trompé. Peut-être Jade avait-elle eu raison de réduire le nombre des hommes et leur mainmise sur la *res publica*. Oural hocha la tête. Le secrétaire venait de visionner des documents terribles, elle savait à quel point il en serait hanté. Elle se souvenait du choc qu'elle avait éprouvé en voyant ces atrocités, au début de sa carrière. Longtemps ensuite, ses nuits avaient été peuplées de hurlements.

— Pardonne-moi, dit-elle.

Pur opportunisme. Elle ne se sentait pas coupable. Zelten avait cherché cette confrontation. Elle pouvait espérer, désormais, qu'il lui obéirait sans discuter.

Elle entreprit de lui expliquer ce qu'elle attendait d'un chef du Bouclier. Quelles seraient ses contraintes, le difficile abandon de sa virilité pendant son mandat sur le satellite. Zelten s'était réveillé. Ses yeux luisaient d'excitation. Oural savait qu'il avait rêvé de ce poste comme d'un couronnement et qu'il n'avait jamais espéré qu'il lui fût proposé aussi vite. Elle sourit. L'énergie du garçon la gagnait. C'était comme une transfusion qui la revigorait. Elle le persuada sans peine de la nécessité d'éliminer Sandre. Elle avait craint une opposition, par fidélité à Sahrâ, mais Zelten affirmait que Maxime avait remplacé ses jumelles auprès de la jeune fille. Et comme elle ignorerait toujours la disparition de son frère... Quant à Salem, Oural l'aurait juré, privée de son fils et de son jumeau, elle perdrait le goût de vivre, et avec lui toute velléité de révolte.

Quand Zelten quitta son bureau, des heures avaient passé, la nuit tombait, ainsi qu'une petite pluie fine qui apportait par la fenêtre ouverte des effluves de jacinthe et de terre mouillée. Oural se frotta le visage et les bras. Ils la tiraillaient, signe de fatigue intense, mais elle ne regrettait pas le temps qu'elle avait sacrifié afin de s'attacher le secrétaire. Quelle satisfaction ! Elle tenait le successeur de Caius. Elle avait bien mérité une visite aux thermes et les soins attentifs d'Arâk.

38

Au son des tambourins, des fifres et des trompettes, ils pénétrèrent dans l'arène, acclamés par la foule. Juste après la victoire, six jours auparavant, ils avaient défilé dans le forum, sous une fantastique ovation. Sandre était fier, alors. Il avait adoré combattre. Même s'il mesurait avec lucidité l'exagération de l'épithète « héroïque » dont les cinquante guerriers qui avaient triomphé ce jour-là étaient désormais affublés, il se voyait maintenant en défenseur. Cette étiquette lui valait l'admiration et la déférence de ses concitoyens, là où hier encore, il ne rencontrait qu'hostilité, et cela, ce changement, c'était si doux, si plaisant, que toute objection s'en trouvait effacée.

Depuis, le prêteur et ses deux édiles avaient prononcé sa grâce, ainsi que celle de Salem. L'ambiance sur le Bouclier n'était plus à la punition, et le principal accusateur des deux amants avait disparu. Les juges avaient prétendu parler en son nom et proclamé que la clémence eût été agréable au tribun. Aujourd'hui « bienheureux », Ursus Arrius avait gagné l'Olympe. Sandre le rejoindrait un jour dans le séjour des dieux.

Cette envolée lyrique avait été applaudie. Pas un opposant dans la salle ne s'était levé pour remettre en question le verdict.

Le tribunal était interdit aux femmes, Annam ne pouvait pas y faire entendre sa voix. Ni Xanthus, son époux, ni Titus, son fils survivant, n'avaient souhaité prendre la parole. Aucun des deux ne se trouvait dans la vague d'assaut. On ne lutte pas contre celui qui a le statut d'un héros. Peut-être aussi étaient-ils las de cette guerre des femmes qui avait détruit leur famille.

De toute façon, la mort d'Ursus Arrius en avait soulagé plus d'un. Sandre s'en était aperçu en écoutant les bavardages aux cuisines. Beaucoup stigmatisaient la préférence du tribun pour les hommes à peau claire comme lui. « Les moricauds, avait-il coutume de dire, n'ont pas plus de valeur au combat qu'ils n'en ont au lit. Néant plus néant égale fainéant. » Il ne manquait pas une occasion de les provoquer. Sa force physique exceptionnelle lui permettait de rester invaincu. On murmurait qu'il aimait violer les plus jeunes, sûr de son impunité. Son caractère maussade et belliqueux lui avait valu l'aversion de tous ceux qui n'étaient pas de son cercle. Un cercle si restreint que Sandre se demandait aujourd'hui comment le tribun avait imposé sa loi si longtemps.

— Guerriers ! lâcha-t-il, ironique. Vous êtes de tout petits garçons.

L'homme qui le précédait dans la file se retourna, interrogateur.

— Tu as dit quelque chose ?

— Laisse, je me parlais à moi-même, souffla Sandre, évasif.

— Des propos bien désabusés, commenta son compagnon.

Il s'appelait Avidius, et malgré ce nom, c'était le plus désintéressé des médiciens. Le jour de l'assaut, il était en deuxième ligne, comme Sandre. Et comme lui, c'était un pilote hors pair, qui avait contribué à enfoncer le bouclier du croiseur. À cause de ses cheveux blonds en brosse et de sa peau pâle, Sandre l'avait soupçonné d'appartenir au clan Ursus ; l'attitude affable du guerrier avait infirmé ses soupçons.

Avidius s'était retourné, poursuivant sa marche vers la tribune où Caius attendait le cortège, au côté des cinq tribuns qui lui étaient fidèles et de leurs épouses. L'entourait tout ce qui comptait sur le Bouclier, censeurs, questeurs, prêteurs, édiles, ainsi que les techs, indispensables à la bonne marche du satellite.

Sandre avait alors mesuré à quel point, au fond de sa geôle, il s'était pensé perdu. Afin de se protéger du désespoir, il s'astreignait au vide jusqu'à l'hallucinose. Dans l'obscurité de sa cellule, il avait vu les Immortels. Il s'imaginait sans y croire tout à fait que ces âmes venaient le soutenir. Elles dansaient, formes éthérées à la vague luminescence et il tendait ses doigts pour les saisir. Son rire se muait peu à peu en celui de l'ivresse, on ne fréquente pas impunément le monde de l'invisible. Que serait-il devenu si l'alarme n'avait pas sonné ? Si Caius n'avait pas jugé sa présence indispensable ? Si son incarcération s'était prolongée ?

Avidius avait touché juste, les propos de Sandre étaient à son image, désabusés. Dès que le héros avait été lavé de sa faute, il avait retrouvé chez Caius le bureau où l'attendaient son ordinateur et ses consoles. Il en avait éprouvé un sentiment de plénitude et de satisfaction si intense que ses yeux s'étaient emplis de larmes.

Il n'osa pas tout de suite établir une liaison avec Sahrâ. Peut-être l'avait-on mis sous surveillance. Il n'avait pas osé non plus prendre des nouvelles de Salem. Les circonstances étaient spéciales. Rien ne prouvait que Pompeius s'entraînait comme tous les après-midi à la palestre. Tenter un message sans image, ce serait s'identifier à coup sûr. Il imaginait trop bien l'exaspération du mari trahi.

Pour se changer les idées, il décida de regarder les images du combat. Tous les guêpions étaient munis de caméras. Chacun enregistrait sa partition, retransmise en direct au PC du Bouclier. Le général recevait en retour une sélection d'images. Ainsi pouvait-il infléchir la bataille en donnant des ordres fondés et déterminants.

Les techs avaient fait du bon travail. La bande était parfaite. Sandre jubilait en reconnaissant ses propres actions. Tandis qu'il regardait la projection, ébloui par les explosions, assourdi par les cris des guerriers, il entra dans un état second. Il en sortit avec une sensation de manque.

— Il y a une lacune, murmura-t-il en se grattant l'occiput.

Intrigué, il s'astreignit à reprendre la totalité du visionnement.

— Je te tiens ! s'exclama-t-il, les doigts fourmillant d'excitation tandis qu'il examinait les dernières données.

Sa nuque était endolorie et des phosphènes dansaient devant ses yeux quand il se jeta en arrière, cognant sa tête contre le dossier de son fauteuil.

Il manquait la mort d'Ursus. C'était une anomalie. Le tribun avait été tué en défendant le Bouclier. L'explosion de son guêpion aurait dû conclure le film.

Sandre se leva. Que lui importait, après tout ? Cet homme était son ennemi. Il était mort, les Puissances l'emportent !

Il gagna le triclinium où l'attendaient un flan de chounelles, un carpaccio de poisson rose à l'aneth et une coupe de framboisines aux kumquats confits. Il mangea sans appétit et but trop, sous l'œil tendre du servant qui emplissait son verre de verdero, un vin blanc pétillant que produisait le satellite.

Bientôt, il n'y tint plus. Abandonnant son repas, il se précipita dans son bureau et, s'y enfermant, il se mit à fouiller.

Il lui fallut deux jours pour craquer les codes derrière lesquels Caius et les techs cachaient leurs secrets. D'inavouables secrets.

Sandre assista en direct à l'assassinat d'Ursus. Personne n'avait attaqué le tribun. Aucun trait ne provenait du croiseur en déroute. À ce moment-là, Sandre l'avait vérifié, toutes les unités mobiles de l'ennemi étaient anéanties. Ursus avait été tué par une bombe embarquée.

Quant à l'ennemi, maintenant qu'on lui ouvrait les yeux, Sandre remarquait sa fonction : protéger une nef. Un gros cargo inoffensif qui n'avait pas un seul instant tenté de se défendre. Il n'en avait pas les moyens. Sandre comprit qu'ils n'avaient jamais été attaqués. Les belligérants n'étaient pas les gens de la nef ni du croiseur, mais les guerriers du Bouclier.

Il se remit à fouiller. Il voulait voir in extenso les anciennes batailles et non les morceaux choisis dont se servaient les techs pour les entraîner en RV.

Il trouva. Des enregistrements vidéo qui montraient la destruction d'autres nefs, sans sommation, sans pitié. L'éradication des visiteurs était donc la loi de Pollen et du Bouclier ? Les enregistrements radio lui serrèrent la gorge : les voix étaient étrangères, et leur affolement prouvait que les arrivants n'avaient aucune intention belliqueuse.

Il remontait dans le passé. Les dernières incursions de pirates dataient de l'année 107. Depuis cent trente-cinq ans, les guerriers chargés de protéger Pollen n'avaient éliminé que des nefs commerciales, ou pire, des arches de voyageurs. Sandre alla vomir et se coucha. Jamais plus je n'aurai plaisir à combattre, gémissait-il en se retournant dans son lit.

Jamais plus je ne pourrai combattre, se reprit-il en s'asseyant d'un coup dans le noir.

Le refus d'obéissance n'avait pas cours, sur le Caillou. Sandre encourait la peine maximale, l'effacement. L'idée de se perdre une fois de plus lui parut atroce. Non qu'il ne fût prêt à renaître, mais recommencer à vivre dans ces lieux que gouvernait le mensonge, c'était insupportable.

Il faut que j'alerte Sahrâ, se dit-il, allumant la lumière. Elle est ma seule chance d'échapper au Caillou.

À l'instant de se connecter, il hésita.

Réfléchis, avant de te précipiter. Sahrâ aura besoin de preuves. D'abord, copier. Une sélection d'extraits. Qui ne laisse aucune incertitude. La mort d'Ursus. Les gros plans des nefs. Les voix des sacrifiés. Ensuite, attendre le moment favorable. C'est-à-dire libredi, pendant le Triomphe. Le premier Triomphe de Caius. Je me demande s'il lui trouve un goût aussi amer que moi. J'en doute. Quiconque devient Cæsar doit forcément abdiquer tout respect pour la vie. As-tu toi-même tué Ursus, général ? En as-tu éprouvé du plaisir ? Et si je t'interrogeais demain, dirais-tu que tu voulais me protéger ? Oui, oui, j'en suis sûr. Magnifique justification, et quel excellent moyen de décharger ta culpabilité, sinon ta conscience. Oh ! Caius, Caius, je te pensais si proche et je m'aperçois que tu habites une autre étoile, à mille années-lumière de moi. Ta cruauté m'a volé ma place.

On le tirait par le pan de tunique écarlate qui dépassait de sa cuirasse. Avidius ? L'œil égaré, Sandre vit que tous les guerriers avaient posé genou à terre et qu'il était la cible des regards peu amicaux de l'Augure et du Pontife, les maîtres de cérémonie.

— Qu'est-ce qui te prend ? chuchota le guerrier après que Sandre se fut agenouillé.

— J'étais ailleurs, souffla le garçon en guise d'explication.

Devant eux, face à la tribune, l'Augure lâchait un jeune colombien. Il s'envola en traçant une belle ligne droite et ne fut bientôt plus qu'un point qui se fondait dans l'azur.

— Les présages te sont favorables, ô Cæsar ! fit l'Augure d'une voix pompeuse.

Sandre se retint de hausser les épaules. Son sentiment religieux s'accommodait mal de la comédie que se livraient les officiants.

Le Pontife s'avançait à son tour, assisté de deux flamines qui balançaient des cassolettes au bout de longues chaînes. Une fumée bleue s'en échappait que les flamines rabattaient vers les guerriers au moyen d'un éventail de palmes. Bientôt une brume mauve flottait à la hauteur des hommes agenouillés. Sandre fut vite incommodé par son odeur entêtante.

— Salut, Caius Cæsar, Magister, Proconsul du Bouclier, Général des Six Cohortes…

Sandre cessa d'écouter la litanie des titres de Caius. Le manque de sommeil de ces derniers jours se conjuguait à son exaspération, il était moite et nauséeux, l'envie de se coucher et de tout abandonner lui vint. Le Pontife les aspergeait d'eau pour une bénédiction finale quand Sandre bascula en avant.

Il s'était laissé aller. Il ne perdit pas conscience mais simula sans beaucoup se forcer. Son malaise était le bienvenu. Il lui donnait une excuse parfaite pour quitter le cirque sans éveiller les soupçons. On n'aurait peut-être pas remarqué son absence aux démonstrations qui allaient suivre, une succession de jeux d'affrontement – il n'en était pas l'une des vedettes –, mais s'éclipser en douce était bien plus risqué.

Il parvint non sans mal à persuader Avidius qu'il avait moins besoin de soins que de sommeil. Ses nuits étaient troublées, oui. Un médicien de sa qualité s'en étonnait ? Des cauchemars après une bataille, ce n'était pas une réaction normale ? Sandre savait qu'il n'était pas le seul à en souffrir.

— Oui, mais tu es le seul à nous faire un malaise, dit Avidius. Tu as raison. Va dormir. Je viendrai t'examiner ce soir.

Sandre s'en fut, soulagé. Dès qu'il eut quitté les arènes, il retrouva tous ses moyens. Les rues étaient désertes. Tout habitant valide du Bouclier se trouvait au Triomphe. Sandre avançait en sifflotant, fort d'un sentiment de puissance qu'il n'avait encore jamais éprouvé. C'était comme si ces lieux inoccupés lui appartenaient.

Quand il atteignit la villa de Caius, une forme échevelée se jeta sur lui.

Voilà ma mort, se dit-il en se figeant. Il avait été trop confiant. La fatigue le terrassait de nouveau. Ses genoux ployèrent. Il ne se battrait pas, non. Il ne lèverait pas même une main pour se défendre.

— Sandy ! Oh ! Sandy, gémit la fille en l'entourant de ses bras.

— Salem ? s'étonna-t-il.

Il n'avait pas perçu le halo en approchant, et maintenant qu'il tenait sa sœur contre lui, il ne détectait qu'une aura discontinue, du bleu dissous. C'était si troublant qu'il la repoussa. Elle le regardait en se tordant les mains, son beau visage dévasté par la souffrance.

— Maximus, dit-elle, et même sa voix rendait un son méconnaissable. Tu as des nouvelles de mon petit ?

Il fut tenté de mentir, moins par charité que pour se débarrasser d'elle. De nouveau, elle s'accrochait à lui. Quand il secoua la tête, dans un mouvement de négation silencieux, elle se mit à pleurer, sans bruit. Il ne supportait pas sa douleur, et comment la renvoyer ?

— Viens, fit-il d'un ton brusque. On appelle Sahrâ et tu files. Ta présence ici est une pure folie.

L'espoir illumina les yeux rougis, leur rendant un peu de leur éclat d'antan. Sandre l'entraîna dans la villa, de salle en salle, jusque dans son bureau, la forçant à courir, soudain pris de panique à l'idée qu'on pourrait à nouveau les surprendre ensemble.

Par chance, Sahrâ était seule et répondit au premier appel. Oui, Maximus était arrivé sur Pollen, confirma-t-elle. Et pour une fois, la matriarche s'était montrée bienveillante. Kindia et Sahrâ se partageaient la garde du petit. Non, il n'avait pas l'air de souffrir : une jumelle, ça fait une bonne mère de substitution. Son père lui manquait, toutefois. Pompeius, pas Sandre.

— Pompeius regrette de l'avoir laissé partir, se lamenta Salem. Mais c'est trop tard ! Trop tard ! Mon fils ! Je veux mon fils ! Montre-moi mon bébé.

— Il est sorti. Une virée au bord de la mer, avec les triades de notre marraine. Il va bien, je t'assure.

— Sahrâ, reste en ligne, intervint Sandre. J'ai du nouveau pour toi. De l'explosif. Si tu te débrouilles bien, les jours du Bouclier sont comptés. Attends une minute, je raccompagne Salem.

La jeune femme se laissa tirer sans réagir jusqu'à l'entrée.

— Sauve-toi ! lui enjoignit son frère. Rejoins Pompeius. Lui seul peut te protéger. Tu retrouveras bientôt Maximus, je t'en fais le serment.

Salem acquiesça. Son frère doutait qu'elle eût enregistré sa promesse. Un instant, il la regarda s'éloigner, les épaules voûtées, cette femme hier si droite, si fière puis, saisi d'une affreuse sensation d'impuissance, tête basse, il se réfugia dans la villa.

39

— Qui nous a trahies ? grondait Sahrâ, hors d'elle.

Elle arpentait la pièce et ses enjambées de girafe ébranlaient l'arbre-nid.

— Assieds-toi, protesta Greco. Tu me donnes le tournis. Et ta colère ne nous rendra pas Moray.

Sahrâ s'abstint de dire qu'elle se fichait éperdument du chef du Mouvement. Le redressement qu'il venait de subir lui semblait une juste revanche. Elle n'avait pas oublié qu'il s'était jadis servi de Sandre comme d'un instrument et qu'il ne s'était guère soucié ensuite de la mémoire effacée du garçon ni même de sa déportation.

— J'ai besoin de bouger sinon je vais exploser, déclara-t-elle. Et justement, nous avons perdu Moray. Il est vital pour le Mouvement d'apprendre qui nous trahit. Arâk, tu vois toujours Oural, tu n'as pas une idée ?

Le masseur balança ses épaules en signe d'indécision.

— Je l'ai vue il y a trois jours. Elle était ravie de m'apprendre qu'elle avait trouvé un nouveau chef pour le Bouclier. À la réflexion, c'est le lendemain que Moray s'est fait prendre.

— Zelten ! marmonna Sahrâ, consternée. J'allais vous annoncer sa promotion. Ne pas avoir établi le lien ! Faut-il que je sois bête ! J'étais si contente que ce soit lui, et pas un inconnu…

Un silence terrible s'abattit sur le petit groupe et Sahrâ se sentit jugée. Qui avait imposé le conseiller au Mouvement ? Qui avait souhaité son maintien quand il était entré au service d'Oural ? Les autres s'y étaient opposées, elle-même se méfiait, quel démon l'avait poussée à lui parler des explosifs ? Moray avait été suivi, la cache découverte, et maintenant, c'était sans doute une question d'heures, que déduiraient les ingénieures, après l'analyse des composants ? La simple étude des systèmes de mise à feu prouverait que les factieuses avaient reçu de l'aide et que celle-ci ne pouvait avoir d'autre origine que le Bouclier.

Grimsel croisait et décroisait ses jambes.

— J'avais raison de me défier de lui, lança-t-il avec amertume.

Il avait repoussé farouchement le parrainage de Zelten. À l'époque, Sahrâ mettait son hostilité sur le compte de la jalousie. Comment imaginer que la lucidité marche parfois de pair avec le dépit amoureux ?

— Nous n'avons pas de preuve, le contra sa sœur.

Sahrâ nota que sa voix manquait de conviction.

Arâk s'était penché. Il attrapa le carafon, remplit les verres de sève fermentée, vida le sien d'un trait. C'était inhabituel. Les yeux de Sahrâ s'arrondirent : il s'était resservi aussitôt.

— Il est trop tard pour les regrets, affirma-t-il en réprimant un petit hoquet. Réfléchissons, plutôt. En décapitant le Mouvement, Oural nous met en garde. N'oubliez pas qu'elle nous connaît. Notre appartenance à la fronde est identifiée. En redressant Moray, elle nous envoie un signal clair : voilà ce qui vous attend si vous continuez. Elle veut nous effrayer pour ne pas avoir à nous neutraliser. Un acte politique difficile, nous sommes nombreuses.

Grimsel fronça les sourcils.

— Pour l'effacement, il faut de sérieux chefs d'inculpation. Moray ne nous a pas vendues, on nous aurait arrêtées. Et toi, Sahrâ ? As-tu vendu Moray ?

— Grimsel ! s'exclama Greco, révoltée.

Le tuteur rougit et détourna les yeux. Ses mains se croisaient si fort que ses articulations blanchissaient.

— Pardonne-moi, Sahrâ. Mes mots dépassaient ma pensée.

La jeune fille hocha la tête. Elle savait qu'il n'en était rien. Grimsel l'imaginait après l'étreinte, confiant des secrets qui ne lui appartenaient pas malgré les mises en garde.

— Je ne vous ai pas vendues, dit-elle d'une voix sourde. Tout au plus me suis-je vendue moi-même quand Zelten est venu me voir, le lendemain de ma visite nocturne à l'Université. J'étais bouleversée, je n'ai pas su me taire.

Arâk se frottait le menton, pensif.

— S'il en avait parlé, Oural serait en alerte. Je l'ai trouvée très détendue, mercredi soir. Quoique… Elle ne se croit peut-être pas menacée par cette révélation ? À vivre sur le petit nuage du pouvoir, on perd de vue certaines réalités.

— Peu importe, intervint Greco. Puisque aucune de nous n'est neutralisée, poursuivons notre plan. Les copies ont circulé partout. Nous avons un sacré groupe de centurionnes prêtes à prendre la parole dans chacune des sept communes. À moins d'arrestations massives, Oural ne pourra plus nous empêcher de parler.

Sahrâ se laissa tomber sur un canapé aux ramages orange et bleu. Engloutie dans les coussins moelleux, elle se détendit. Par la lucarne en forme d'ogive perlait le jour vert pâle que filtrait le feuillage des arbres. Devant elle, la flamme d'une bougie dansait, dispensant un parfum sucré de vanille.

Avec curiosité, Sahrâ découvrait le nid d'Arâk. Elle n'y avait prêté aucune attention, jusque-là. Elle remarqua les veines noueuses et fortes qui portaient la sève sur les parois de l'arbre, des parois d'une couleur précieuse et chaude, un pourpre chatoyant dont on aurait juré qu'il se lisérait d'or. Du bout de ses orteils, Sahrâ fit sauter ses sandales. Elle s'y était attendue, sous la pulpe de ses pieds, le sol d'une parfaite douceur palpitait telle une peau. La symbiose entre Arâk et son nid se révélait parfaite. La jeune femme avait remarqué récemment que les nids de triades et de couples étaient imparfaits. Au moins ceux qu'elle avait visités. Son propre nid dont elle était si fière avait régressé après l'arrivée de Maxime. Son lit avait durci, parfois il s'y créait des bosses, et il lui était arrivé de s'écorcher le doigt sur une rugosité nouvelle. Même la belle teinte ocre rouge du néoderme s'était ternie.

Elle n'avait pas mesuré ces changements aussitôt. Maxime accaparait son attention. Quand elle en avait pris conscience, ils étaient si considérables qu'elle avait enquêté, intriguée. Sa vieille soif de comprendre. Il lui était vite apparu que les arbres les plus beaux étaient ceux des solitaires. Rien d'extraordinaire, quand on dispose de temps pour les soins. Ce qui était troublant, en revanche, c'était de voir des nids magnifiques s'étioler lorsque leur habitante installait à la maison un ou une amante.

Si j'étais bio-ingénieure, s'était dit Sahrâ, j'écrirais une thèse sur la jalousie et le syndrome d'abandon des arbres-nids.

Elle s'en était ouverte à Greco, les deux filles s'étaient esclaffées, Sahrâ n'y avait plus pensé. La beauté de la demeure du masseur réactivait ses souvenirs.

Elle but son bock de sève tandis que Greco clôturait la réunion :

— Arâk, nous te souhaitons bon courage pour lundi prochain. Ce Conseil des communes sera historique !

— Je n'aurai pas besoin de beaucoup de courage. Le Mouvement est puissant, à Aigue-Marine. On laissera parler les filles, mais on a un renfort de dix-huit centurions !

— Bravo ! applaudit Grimsel dont les joues se coloraient à la perspective de la bataille proche.

— Filons, conclut Greco. Nous avons encore le temps d'attraper la dernière nacelle de l'après-midi. Autant que les espionnes d'Oural ne nous voient pas nous attarder toute une soirée chez toi.

Elle croisa ses mains sur sa poitrine et, les écartant telles des ailes, prononça d'une voix fervente le credo du Mouvement.

— Égalité !

— Égalité ! répondirent les autres.

Le voyage de retour se fit en silence. Soucieuse d'alléger l'ambiance, Greco s'étourdissait de paroles sans réussir à dérider Grimsel, aveugle au survol des cités qui l'enchantaient d'habitude, ni Sahrâ qui s'était rencognée au fond de sa banquette.

Elles descendirent à Kyoto. Greco babillait, incapable d'accepter son échec. Arrivée devant le nid qu'elle partageait avec Grimsel, elle leva sur son amie un regard implorant.

— S'il te plaît, monte un moment.

Une bouffée d'émotion envahit Sahrâ, s'opposant à sa première réaction de refus. Elle chancela. Sa gorge se serrait. Ma Greco, pensait-elle, je te dois tant. Tu m'as sortie de ma dépression, tu m'as laissé aimer ton propre amant autant que je voulais, tu ne m'as jamais témoigné la moindre jalousie, tu t'es évertuée à me rendre la vie facile, tu es la plus merveilleuse des compagnes, alors oui, je vais monter avec toi ce soir, et boire pour oublier que Zelten m'a trahie.

— Merci de m'inviter, dit-elle. Comme je ne savais pas quand nous allions rentrer, j'ai laissé Maxime à Kindia. J'étais justement en train de le regretter. Je n'avais pas envie de rester seule, cette nuit.

Et tandis que ces mots sortaient de sa bouche, elle s'apercevait qu'ils étaient vrais et non pure charité comme elle l'avait imaginé. Si elle était rentrée chez elle, le spectre de Zelten ne l'aurait pas lâchée.

Sahrâ suivit ses amies dans le salon du nid et s'installa sur le sol, goûtant sa tiède souplesse, vierge d'aspérités, sans doute les médiciennes savaient-elles aussi soigner les arbres et vivre en couple sans les blesser. Elle but la sève fermentée et bien d'autres liqueurs, accepta de tirer sur des tiges de jal, elle qui ne fumait plus depuis l'adolescence. Dans la nuit, Greco posa la main sur elle, Grimsel l'imita timidement, elle était ivre, délicieusement, elle laissa le tuteur la dépouiller de sa tunique et semer partout sur son corps de tout petits baisers doux comme des plumes et qui la faisaient frissonner. Plus tard, il se glissa en elle, il bougeait à peine et cela durait, durait tandis que Greco jouait avec ses aréoles. Ils parvinrent au plaisir ensemble et Sahrâ eut l'impression de toucher l'infini.

40

Les séances plénières du Conseil municipal se tenaient le même jour, une fois par mois, dans les sept cités de Pollen. Tradition providentielle. Le Mouvement n'avait plus les moyens d'une frappe physique, mais il allait frapper aujourd'hui les esprits de toutes les élues du peuple. Sahrâ ne doutait pas qu'il en sortirait victorieux.

Elle était arrivée la première. Elle avait l'impression que sa présence déjouerait les catastrophes ou les entraves de dernière minute. Pur fantasme. Si la matriarche donnait l'ordre d'une arrestation massive afin d'empêcher la tenue du Conseil, comment Sahrâ trouverait-elle le moyen de s'y opposer ?

Ses mains étaient moites. Elle détestait cette sensation. Elle les frotta sur sa tunique, un geste machinal qu'elle regretta aussitôt. Elle s'était habillée avec un soin particulier d'une simarre bleu nuit où s'envolaient des tourterelles aux ailes gris perle. Pas de bijoux, elle voulait rester sobre, mais elle avait teint ses joues d'écarlate, et argenté ses yeux.

Maxime avait applaudi quand elle était venue le réveiller. Joli cadeau, cette admiration du gamin. Elle l'avait embrassé sans retenue, recommençant au moment de le laisser chez Kindia. Elle éprouvait un déchirant sentiment de perte. Quoi qu'il arrive, se disait-elle, ce que je vais faire aujourd'hui m'éloignera de toi. Si j'échoue, la moindre des punitions d'Oural sera de supprimer nos liens. Si je gagne, Salem reviendra sur Pollen... Et alors, qui appelleras-tu maman ?

L'hémicycle se remplissait. Sahrâ envoya un petit signe d'encouragement à Gaza, une ancienne qui leur était acquise. C'était une forte femme qui ressemblait à Ifni, mêmes épaules larges, même peau basanée, même sensualité des lèvres et des yeux noirs où battaient de longs cils, même tendance à dénoncer l'injustice.

Au contraire de l'ancienne bourgmestre, et bien qu'elle fût son aînée de deux ans, Gaza n'avait jamais fait carrière, préférant se consacrer aux humbles tâches de sa centurie. Gaza dirigeait la 12ᵉ. Le Mouvement l'avait choisie pour parler au nom des dissidentes d'Améthyste. C'était une bonne oratrice. Sahrâ aurait été précieuse, en tant que témoin direct, mais elle n'était qu'en 66ᵉ position pour prendre la parole. Quand arriverait son tour, bien des centurionnes dodelineraient du chef, un défaut d'attention qu'il n'y avait pas lieu de craindre en 12ᵉ position.

Majoritaires, les garçons du Mouvement s'étaient montrés sages. S'ils menaient le combat en première ligne, ils prendraient le risque d'indisposer les élues et d'être mal écoutés. Ils avaient cédé leur place aux filles, certains avec un peu trop d'empressement. Les feux de la rampe se révéleraient peut-être brûlants.

Sahrâ réprima un frisson alors que les quatorze guides d'Améthyste s'alignaient sur la scène, derrière Ophir et ses deux auxiliaires, Greco et Burgos, un ébéniste aux longues mains pâles dont la médicienne disait qu'il donnait de la magie au moindre morceau de bois. Burgos appartenait à la très rare catégorie des hommes qui entrent en politique non par goût mais par devoir. Quand Ophir mettrait fin à son mandat, il prétendait retourner à l'ombre dont il s'était satisfait jusque-là. Greco le pensait sincère et tentait de le persuader de rallier le Mouvement.

Raide et martiale au milieu des guides, Kirov scrutait un point dans la salle, et ce point que brûlait l'œil bleu électrique, c'était Sahrâ. La jeune fille se détourna, la bouche sèche, les paumes de nouveau moites. Elle connaissait cette expression. Kirov avait appris quelque chose sur son ancienne protégée et elle ne se gênerait pas pour intervenir.

Puis Oural en personne fit son entrée dans l'hémicycle, accueillie par une rumeur d'étonnement. Le fourmillement de l'adrénaline hérissa les bras de Sahrâ. La matriarche? Dans un Conseil municipal? Cela ne se produisait jamais. Si elle était venue arrêter Sahrâ ou lui interdire de parler, elle s'y prenait bien tard. Rien ne pourrait plus empêcher la vérité d'éclater.

Ophir se levait pour la saluer, il était visible qu'on ne l'avait pas informée. Elle proposa la présidence de la séance à sa visiteuse qui déclina en agitant les mains. À petits pas mesurés, Oural gagna l'autre bout de la scène où l'une des guides lui avançait un siège.

Gaza et Sahrâ échangèrent un regard. La partie s'annonçait difficile. L'ancienne avait blêmi, ce qui donnait à son teint la couleur de la terre quand on la mélange de cendres afin de la fertiliser. Néanmoins, lorsque son tour arriva, sa voix s'éleva forte et claire. Avec une assurance qu'elle était sans doute loin d'éprouver, Gaza dit qu'elle avait des documents à montrer. Elle fit un signe à la projectionniste, les lampes s'éteignirent et les premières images sélectionnées par Sandre semblèrent se matérialiser entre les gradins et la scène, suivies par un silence stupéfié.

Puis une voix hurla dans la demi-obscurité :

— Cette projection n'a pas lieu d'être ! Elle ne concerne pas la 12e centurie !

Kirov, évidemment. En matière de droit strict, elle avait raison, mais il y avait toujours eu des exceptions à cette règle, dans les cas d'urgence.

— Elle concerne Améthyste et Pollen, répliqua Gaza. Que les guides se montrent si inquiètes n'a rien d'étonnant puisqu'elles nous ont caché ces horreurs. Centurionnes, voulez-vous la vérité ?

Une clameur d'acquiescement lui répondit. Sur la scène, des remous confus prouvaient que les guides avaient décidé d'agir. Malgré son angoisse, Sahrâ se permit un sourire. Les couloirs d'accès à la cabine de projection avaient été condamnés. Quand les âmes damnées de la matriarche viendraient à bout des protections, leur action n'aurait plus d'objet.

Les images terribles s'achevèrent avec la mort d'Ursus Arrius.

Quand la lumière revint dans la salle, il y régnait un silence écrasant. Oural le rompit la première. Avançant au-devant de la scène, elle tendit le doigt vers Gaza.

— Arrêtez cette femme ! dit-elle d'une voix qui s'enrouait de fureur. Vous venez de voir un montage ignoble et sans valeur. C'est un complot du Mouvement.

Gaza ne se laissa pas démonter. Profitant de l'hésitation d'Ophir et de ses auxiliaires, elle fit un tour sur elle-même afin que nulle ne puisse ignorer sa détermination.

— Réfléchissez, centurionnes ! Est-il possible que nous ayons fabriqué ces films ? Ils proviennent en droite ligne du

Bouclier. Que venez-vous de voir ? Le meurtre, la destruction ! Le Bouclier ne protège plus Pollen, il détruit tout ce qui en approche. Et il réserve le même sort à ses opposants. Nous avons d'autres archives à vous montrer. Elles prouvent que des hommes avaient survécu au Jour des Fous, sur l'Arche, et que ces hommes ont été tués par les femmes.

Un extraordinaire chahut suivit cette déclaration. C'était toute la fondation de Pollen qui se trouvait mise en cause. Dans le calme revenu à grand-peine, Oural expliqua d'une voix lasse les événements réels et pourquoi Jade et les Cent Mères avaient choisi de se taire. Elles voulaient fonder leur utopie sur l'espoir et non sur la rancœur.

Un centurion hurlait :

— Drôle d'utopie quand un tiers de l'humanité est mis sous le boisseau ! Et quel en est le prétexte ? Les hommes sont les facteurs de la violence ! Les femmes tuent, elles aussi. Vous êtes complices des actions du Bouclier.

Oural tenta d'argumenter, mais elle avait perdu tout crédit. Kirov vint à son secours. Reprenant l'idée d'une manipulation ignoble, elle fixait son regard sur Sahrâ, regard qu'elle savait rendre insoutenable, et ce regard disait : j'avais confiance en toi et tu m'as trahie, manœuvrée, tu t'es servie de moi, jamais je ne te pardonnerai.

Sahrâ trouva le courage de la fixer en retour : Kirov n'avait-elle pas souhaité la fin du Bouclier ? Mais elle savait qu'elle se mentait. Elle avait autant voulu la fin des Radicales que celle des guerriers. Fréquenter leurs rangs lui avait montré à quel point ces femmes étaient raidies dans leur intégrisme unisexe. Elle frissonna en se rappelant avoir un instant envisagé d'embrasser leurs idées.

Le chahut devint indescriptible. Des voix contradictoires s'élevaient. Quelques centurionnes refusaient de croire que les principes fondant Pollen avaient été si tragiquement bafoués, d'autres assuraient que le Bouclier avait été une création inique, et qu'il aurait dû être abandonné depuis longtemps. De toutes parts, des phrases vengeresses fusaient.

— Le Bouclier a isolé Pollen au lieu de la protéger. Est-ce cela que Jade avait rêvé ?

— Mais sans protectionnisme, nous péririons ! rétorqua la matriarche.

Le protectionnisme à ce prix ? Elles y avaient réfléchi, toutes ensemble, lors de plusieurs réunions du Mouvement. Pour aboutir à cette conclusion : Pollen ne pourrait pas rester éternellement cachée. Tôt ou tard, les armes des guerriers ne suffiraient plus et les défenses de Pollen seraient enfoncées. Que deviendraient les Polléniennes, alors ? Si l'on en croyait les leçons de la Terre, elles étaient si peu nombreuses… C'en serait fini de l'utopie de Jade. Et de toute façon, rien ne justifiait de poursuivre ces massacres contraires à la loi de Pollen.

La matriarche n'avait pas réussi à se faire entendre. Les centurionnes vociféraient. Commentaires et conclusions se succédaient :

— L'utopie de Jade est un prétexte.

— C'est la soif de dominer qui nous gouverne !

— Le Bouclier n'a plus de raison d'être.

— Que cesse enfin l'enlèvement de nos sœurs !

Oural et ses guides abandonnèrent le champ de bataille. Ophir était restée. Elle leva la main pour demander la parole. Intriguées, les centurionnes se turent.

— Je n'occupe pas ma fonction depuis très longtemps, commença la bourgmestre, mais j'ai déjà éprouvé un gros sentiment de dégoût. Apprenez ceci : depuis toujours, le Bal du Don est truqué. Les filles qui partent sur le Bouclier sont sélectionnées à l'avance. Les guerriers sont sous l'emprise de phéromones. Ils croient choisir alors qu'ils sont victimes d'une éphémère pulsion sexuelle. On m'a obligée à autoriser cette mascarade. Ifni aimait son travail à la tête d'Améthyste. Si elle y a mis fin, c'est parce qu'elle ne supportait plus ce mensonge.

Un nouveau tumulte suivit cette révélation. Sahrâ eut un éblouissement. Alors c'était ainsi que Salem avait réussi à partir. Moray ne s'était pas trompé. En échangeant son verre avec Sologne, Salem s'était rendue irrésistible.

Une infinie tristesse s'abattit sur Sahrâ. Sa jumelle n'avait pas été enlevée contre son gré. Elle avait voulu la quitter.

La colère qui avait saisi l'hémicycle fit place à l'abattement. Les insurgées avaient espéré ce retour au calme. Gaza reprit la parole.

— Centurionnes ! Nous savons ce que nous ne voulons plus !

Une acclamation unanime salua cette phrase.

— Mais savons-nous ce que nous voulons ? enchaîna Gaza.

— Oui ! La mort du Bouclier !

— Plus de guerriers !

— La fin des enlèvements !

— Les mêmes droits pour tous !

— Deux garçons pour deux filles !

Gaza leva les bras. Elle souriait, radieuse, les yeux brillants.

— Changeons la vie, dit-elle d'une voix qui s'enrouait d'émotion. Le Bouclier n'a plus de raison d'être. Que les guerriers qui le souhaitent s'installent sur Pollen. L'assouvissement de leur sexualité résoudra peut-être leur violence. Que leurs épouses reviennent là où elles sont nées, en compagnie de leurs enfants. Nous élèverons ces petits avec les nôtres.

— Et celles qui ne voudraient pas ? lança une voix.

Gaza hocha la tête.

— Nous avons envisagé le cas. Quiconque le souhaitera aura la liberté d'habiter le satellite jusqu'à sa mort. Simplement, le Bouclier ne sera plus le théâtre d'aucune naissance. Dans moins d'un siècle, le satellite sera devenu un désert, à moins que nous ne le gardions pour accueillir des visiteurs et pour les tester. Une tête de pont, pourquoi pas ? Nous y réfléchirons.

Une ancienne se leva, le visage battu de tics. Ses mains s'agitaient devant elle.

— Alors, c'en est fini de l'utopie de Jade ?

Le ventre de Sahrâ se serra. Il y avait du désespoir, dans cette voix. Pour beaucoup, ce jour allait signifier l'écroulement de tout un système de pensée.

— Pollen est vaste, répondit Gaza d'une voix calme. Nous n'en occupons qu'une infime partie. L'utopie de Jade nous a figées. Qu'avons-nous réalisé depuis cent ans ? Nous nous sommes installées dans une sorte de stase. Reprenons les missions d'exploration de la planète. Et qu'elle devienne une terre d'accueil pour des colons que nous aurons choisis.

— Et les garçons ! On n'a pas parlé des garçons ! clama un centurion sous une houle de rires.

— Eh bien oui, les garçons, se moqua Gaza. Qu'en pensez-vous, les filles ?

— On peut s'en passer ! rigola une ancienne.

— Oui, oui, à la trappe ! insista une autre avec un sérieux mortel.

À nouveau, Gaza leva les bras pour mettre fin aux huées.

— Que diriez-vous de changer les triades en tétrades ? Restaurons la parité. Donnons naissance à deux garçons pour deux filles. Il sera temps de retourner au modèle précédent si nous nous apercevons que nous nous sommes trompées.

De nouveau, le tumulte régnait dans la salle. Garçons et filles s'embrassaient. Les centurionnes étaient les représentantes du peuple. Elles savaient mieux que leurs consœurs élevées dans la hiérarchie les souffrances qu'avait entraînées l'inégalité masculine.

Sahrâ ferma les yeux. Elle voulait savourer ce triomphe. Rêver à ses jumelles. Imaginer son avenir avec elles. Son com sonna. Arâk annonçait la victoire du Mouvement à Aigue-Marine.

Il ajouta d'une voix rembrunie :

— Oural s'apprête à résister. Elle a convoqué tout son monde. En ce moment, les guides des sept cités convergent vers la Matriarchie. Il faut nous dépêcher de circonvenir ou de neutraliser les bourgmestres. Sans les vigies, les guides seront impuissantes.

— Ophir s'est ralliée, annonça Sahrâ. Améthyste est sauvée.

— J'aimerais pouvoir en dire autant ici. Katyn est une butée de la pire espèce.

— C'est-à-dire de l'espèce radicale ? lança Sahrâ, malicieuse.

— Oui. Tu as pu en juger, n'est-ce pas ? En revanche, Lucca, son auxiliaire, nous est acquis depuis peu.

Sahrâ fronça les sourcils. Elle se souvenait du bonhomme. Un grand mou aux yeux fuyants et aux mains moites.

— Ouh là ! s'exclama-t-elle. Je le connais. C'est de la guimauve, ce gars-là. Je le vois mal séquestrer Katyn.

— Méfie-toi des pâtes poisseuses. Quand ça colle, on ne peut plus s'en dépêtrer. Et Lucca a des comptes à régler. Allez, je te laisse, il faut que j'annonce la bonne nouvelle aux autres.

Il se déconnecta dans un grand rire heureux.

Le com retentit de nouveau au poignet de Sahrâ. La jeune fille grimaça. Autant oublier le rêve. La réalité prendrait toute la place, aujourd'hui.

Elle ouvrit la ligne et son visage s'illumina. C'était Sandy. Un vrai cadeau. Inespéré.

— Je crois qu'on a gagné, annonça-t-elle. Grâce à toi. Il sera facile d'intercéder en ta faveur. Tu devrais fouler bientôt le sol de Pollen.

Un rugissement de joie lui répondit. Sahrâ soupira. Pourquoi ne pouvait-elle déjà serrer son frère dans ses bras ?

À défaut de Sandy, Greco se ruait sur elle. L'auxiliaire n'avait plus besoin de feindre la fidélité au pouvoir d'Améthyste maintenant qu'Ophir avait rejoint leurs rangs. Les deux femmes s'étreignirent.

41

Caius dînait avec Sandre dans le triclinium de sa villa quand il sentit son com vibrer à son poignet.

— Chrone ! jura-t-il en s'apercevant de l'amplitude du signal.

Oural ? À cette heure ? Que lui voulait la matriarche ?

Il se leva de table, sortit dans l'atrium et se connecta. Fantomatique, le buste de la matriarche se dessina devant lui. Comme il se précisait, l'expression de la vieille femme apparut, effrayante. L'espace d'un instant, Caius se demanda si ces yeux fous, ces traits marqués, cette bouche crispée n'étaient pas le signe que la révérende mère avait perdu la tête, puis elle se mit à parler d'une voix froide et ce fut comme si cette voix coulait le long du dos de Caius en y déposant une chape de glace.

— Je t'ai envoyé la navette, indiqua-t-elle sans autres préliminaires. Prépare tes hommes. Les meilleurs. Une cohorte devrait suffire, dans un premier temps.

— Trois centuries ? s'étouffa Caius. Et comment je les case, dans ta boîte de conserve ?

— Débrouille-toi. Les soutes sont pressurisées. Et veux-tu écarter ton bras ? Je ne te vois pas.

Caius s'exécuta, décalant son poignet de façon à ce que les microcaméras de son com puissent enregistrer son visage.

— Bon, grommela-t-il. Je les tasse dans ta foutue boîte, et ils font quoi, ensuite ?

— Ils viennent sur Pollen délivrer la Matriarchie assiégée. Une bande insurrectionnelle. Ferme ta bouche, général. Tu n'as pas l'air malin en temps ordinaire, mais là, c'est le bouquet.

Caius obéit, sans pour autant sortir de sa stupeur.

— Où sont passées tes vigies ?

— Neutralisées, dit Oural d'un ton bref.

— Toutes ? Ce n'est pas possible. Pas dans les sept cités !

— Pourquoi ferais-je appel à toi, autrement ?

Caius la dévisagea, déconcerté. Puis ses yeux se plissèrent. Il commençait à comprendre.

— Tes rebelles, ce n'est pas une petite bande de rien, je me trompe ? Ce que tu me demandes, c'est de mater une guerre civile !

Les pupilles d'Oural luisaient telles deux billes brûlantes.

— Que t'importe, dit la vieille femme d'un ton exaspéré. Tu as l'intention de discuter mes ordres, toi aussi ? La situation est critique, ici, et c'est à cause de toi. J'ignore comment elles s'y sont prises, mais Sandre et Salem ont réussi la connexion avec Pollen. Imbécile ! voilà le fruit de ton laxisme. Elles t'ont vendu. Elles ont vendu les guerriers, les combats truqués, la mort de ton tribun.

Caius fixait sur la matriarche un regard plein d'épouvante.

— Alors ? ajouta-t-elle, méprisante. Puis-je espérer que tu viennes réparer les dégâts ?

Caius hocha la tête.

— Bon, conclut-elle d'un ton radouci. Tout n'est peut-être pas perdu. Méfie-toi, à l'astroport. Nos rebelles ont sûrement prévu un comité d'accueil.

Caius ne la vit pas croiser les mains dans un salut formel avant de se déconnecter. Il était anéanti. Il contemplait d'un œil hagard le vide où s'était trouvée l'image d'Oural quand une main serra son épaule.

— Sandy ? lâcha-t-il dans un souffle épuisé.

Il employait ce diminutif pour la première fois.

— Je vais tout t'expliquer, dit le garçon.

La gêne et la culpabilité se lisaient sur ses traits. Caius le dévisagea, incrédule.

— Oural a raison, dit-il d'un ton égaré. Tu m'as trahi. Tu m'as vraiment trahi. Toi et ta sœur. J'étais un jouet entre vos mains. Je vous aimais comme un père. Par les Puissances, je suis maudit !

Il se laissa glisser sur le sol et enfouit sa tête entre ses bras. Désemparé, Sandre le considéra un instant sans réagir, puis il prit le parti de le secouer sans ménagement.

— Caius, gronda-t-il, regarde-moi. Bien. La matriarche t'a obligé à commettre des actes horribles, tu en es satisfait ?

— Comment peux-tu l'imaginer, protesta Caius qui retrouvait un semblant de ressort.

Sandre le lâcha et s'accroupit devant lui. Caius s'était ressaisi, son expression n'était plus vague.

— Je ne l'imaginais pas, justement. Maintenant, dis-moi : cette folle qui détruit tout autour d'elle et jusque chez nous, tu n'as jamais eu envie de l'envoyer bouler ?

— Mais nous dépendons d'elle, gémit Caius.

— Erreur ! C'est elle qui dépend de toi, aujourd'hui. Oural n'a pas menti, je communique avec Pollen. J'en ai eu des nouvelles : les sept cités se sont rebellées. Même si tu dépêches tes guerriers, le règne d'Oural est fini. Il serait temps de changer de camp si tu veux assurer ton avenir.

Caius dodelinait de la tête, repris par l'indécision. Sandre attaqua :

— C'est d'un chef que nous avons besoin, pas d'une chiffe ! Quand je pense que Salem était si fière de toi !

Ce fut comme une décharge électrique. Caius se redressa, ses yeux avaient retrouvé leur clarté.

— Je l'appelle, claironna-t-il.

Usant du rappel automatique de son com, il se connecta aussitôt.

— Matriarche, scanda-t-il avant même qu'elle fût devenue distincte. Tu m'as rendu trop souvent complice de tes crimes. Aujourd'hui, je te l'annonce solennellement, je refuse de t'envoyer des hommes pour réprimer dans le sang une guerre civile. Tu es une fine politicienne. Règle ce problème avec des mots plutôt qu'avec des armes.

La vieille femme blêmit et ses yeux s'étrécirent.

— Sandre, encore ? Tu es conscient que ce garçon te manipule ?

— Je ne suis plus un enfant, grogna le général.

— Ta décision est prise ?

— Elle est irrévocable.

Oural lui adressa une grimace sardonique et, levant son poignet, elle tapa une séquence de chiffres.

— Dommage pour toi, commenta-t-elle.

Terrifié, Sandre vit Caius porter ses mains à ses tempes et ouvrir la bouche, le visage déformé de souffrance. Il s'abattit comme une masse avant d'avoir eu le temps de crier.

— Adieu, Caius, dit l'image vacillante d'Oural. Et toi, Sandre, je sais que tu écoutes. Tu vois, les traîtres n'échappent pas à leur destin. Caius s'apprêtait à passer une retraite heureuse sur Pollen. Il a perdu la vie. Et pour quel résultat ? Son successeur est dans la navette. Cela prendra du temps, mais Pollen retrouvera son calme. Quant à toi et à tes jumelles, prie Jade ou les Puissances, à ton gré ! Vous êtes condamnées.

Sandre se boucha les oreilles et s'enfuit en hurlant.

42

— Oh ! maman, regarde ! Comme c'est beau ! On dirait un serpent de couleurs !

Les yeux émerveillés, Kristianus dessine sur l'écran incrusté dans le dossier du siège la courbe des sept cités de Pollen. Salem le serre contre elle en riant. Il a vomi tout à l'heure, à cause de l'apesanteur, mais son odeur sure émeut Salem. Il n'y a pas si longtemps, elle en aurait été dégoûtée.

— Plutôt un arc-en-ciel, explique-t-elle. Chacune des sept villes porte une de ses couleurs. Tu vois ? À l'extrémité, là-bas, c'est Améthyste, la ville où je suis née. Une ville très importante, on y traite l'économie et les finances de Pollen.

— Violet ! s'exclame le petit garçon.

— Oui. Et la suivante, c'est Lazulite. Indigo. Pas tout à fait violet ni tout à fait bleu. Une très jolie couleur.

— On fait quoi, dans Lazulite ?

— À Lazulite, le reprend Salem. La spécialité de la cité, c'est la culture, le sport et les loisirs.

— Je préfère, dit Kristianus avec un petit rire.

Salem le serre derechef et dépose un baiser sous ses cheveux. C'est moite et chaud et doux, elle goûte le sel de l'enfant sur ses lèvres avant de continuer.

— Ensuite, tu as Saphir, bleu, Aigue-Marine, bleu vert, Émeraude…

— Vert, la coupe le garçon. On fait quoi, dans Émeraude ?

— La justice, souffle Salem dont le visage se ferme. On y trouve la Cour des Cent.

— Ensuite, c'est jaune d'or, fait le petit qui n'a pas remarqué le changement d'humeur de sa mère.

— Oui, Chrysolithe, acquiesce Salem. La ville de l'équipement et de l'environnement. C'est là que travaillent les ingénieures.

— Et rouge ! s'exclame Kristianus qui poinçonne le verre de l'écran du bout de son doigt, terminant l'ellipse un peu grasse qu'il a laissée sur la surface.

— Rouge comme Rubis, chantonne Salem, entrant dans son jeu. C'est là qu'on gère les richesses. La mer, les champs, les animaux, et tout ce qui se fabrique, se vend ou s'achète.

Kristianus la regarde, bouche bée.

— Tout ça ? s'étonne-t-il, plus impressionné par ces éléments concrets, qui lui sont familiers, que par les abstractions des autres ministères.

Salem étire ses jambes qui la picotent furieusement.

— J'ai des fourmis, annonce-t-elle à son fils. Je vais me dégourdir les pieds, tu veux m'accompagner ?

Le garçon l'ignore et colle son nez contre l'écran qui lui livre le spectacle de la planète approchant. Salem se lève, vole un baiser à Pompeius qui profite de son départ pour se glisser à côté de son fils.

Pompeius le magnifique, se dit-elle tandis qu'elle foule l'épais tapis bleu et noir tendu entre les sièges.

Il s'est passé un événement étrange, sur le Bouclier. Pompeius est devenu le héros des femmes. Pas une – ou peut-être

Annam – qui ne l'ait cité en exemple à son mari comme un modèle d'amour et de tolérance. Les guerriers en étaient exaspérés. Ces derniers jours, Pompeius était dispensé d'entraînement à la palestre. Dès qu'il apparaissait, il déchaînait bagarres et huées.

Salem sourit. Ce temps est révolu, et ce n'est pas Pompeius qui s'en plaindra, lui qui a toujours détesté la violence, refusant les rituels brutaux de ses aînés, en particulier leurs scarifications. Les guerriers ont massivement choisi de rallier Pollen. Que deviendront-ils sur la planète-mère où leurs instincts encouragés depuis l'enfance sont hors-la-loi ? Ceux qui n'avaient pas de femme trouveront-ils leur place ? Ceux qui en avaient une sauront-ils la garder ?

Salem pivote sur elle-même avant d'atteindre la rangée où Sandy s'est assis. Pourquoi cet évitement ? Elle ne l'a pas calculé. Est-ce un geste inconscient pour épargner Pompeius ? Elles ont beaucoup parlé de son jumeau, toutes les deux, ainsi que des mœurs de Pollen. Pompeius n'a pas exclu un ménage à trois, voire à quatre, si cela tente Sahrâ. L'idée d'approcher la jumelle de sa femme, telle une contrepartie à Sandre, semble l'intriguer et l'intéresser.

En fait, Salem ne sait plus où elle en est de ses sentiments pour son frère. Depuis le scandale qui les a séparées, elle s'est interrogée. Avait-elle tant besoin de le retrouver ? L'amour de Pompeius et la fusion que lui prodiguait Maximus étaient-elles vraiment insuffisantes ? Par quelle extraordinaire aberration a-t-elle multiplié leurs rencontres et risqué leur mort ?

Le départ de Maximus l'a rapprochée de Kristianus et de son père. Même si elle a hurlé à en devenir folle quand on lui a pris son enfant, elle en aura au moins retiré ce bénéfice. Elle s'est calmée dès qu'elle a su que le petit était entre les mains de Sahrâ, mais elle n'est sortie du néant où elle s'était enclose qu'en apprenant le triomphe de sa sœur et sa conséquence prochaine : elle va revoir Maximus.

Salem frissonne. Elle n'arrive toujours pas à croire en sa chance. Ses derniers moments sur le Bouclier lui semblent irréels. Sandy faisant irruption chez elle en criant qu'elle doit se cacher : Caius est mort et Oural leur a envoyé un tueur. Sandy repartant telle une fusée. Sandy revenant bien plus tard accompagné d'un géant à la toison orange et claironnant : « Voilà notre tueur ! » Sandy expliquant que Zelten, cet homme qui l'escorte, n'a jamais eu l'intention d'obéir aux ordres de la matriarche et qu'il est un rebelle, lui aussi, rallié aux dissidentes et chargé d'embarquer sur la navette quiconque voudra quitter le Bouclier, mais surtout certaines jumelles portées aux nues par les insurgées parce qu'elles ont permis la révolution. Sandy, souriant au côté du géant. Quelle image ! Elle n'oubliera jamais. Ses yeux se mouillent d'émotion. Puis ses larmes coulent au souvenir de Caius. Elle aurait tant aimé retrouver le général sur la planète-mère…

— Maman, maman ! s'exclame Kristianus au comble de l'excitation. Viens vite, on arrive !

Salem sèche ses joues et s'approche, elle s'installe à côté de son fils et de Pompeius pour partager avec eux ce moment tant attendu. Le halo lumineux d'Aigue-Marine se précise. Les lumières scintillent, féeriques. Elle invite son fils à s'installer au fond de son siège, en réponse à l'ordre qu'un haut-parleur vient de donner. Les sécurités flottantes emprisonnent doucement leurs torses. Kristianus se tortille pour échapper à leur emprise. Il pépie tel un oiseau ivre.

— Tu es content de retrouver ton frère ? demande Salem avec un peu d'inquiétude.

Le garçon grimace et se rembrunit. Salem lui caresse la main, désolée de sa jalousie, désolée de ne pouvoir éprouver avec lui la même magie qui la fait une avec son cadet, par-delà sa naissance.

Kristianus s'agite sur son siège. Il a déjà oublié sa contrariété. Il hurle de joie à l'instant de l'atterrissage. Pompeius, en revanche, se tient raide et crispé sur son siège. Salem lui adresse un sourire. En acceptant de quitter le Caillou, il n'a pas seulement embrassé le destin de sa femme, mais l'exil, aussi. Elle se serre contre lui et murmure :

— Je t'aimerai toujours.

Kristianus trépigne en attendant qu'on les libère. Enfin, ils sortent de l'appareil. Enfin, au bout du hall immense, Salem reconnaît trois silhouettes qui se précipitent vers elle. Elle court à leur rencontre et s'accroupit pour intercepter Maximus.

— Maman, dit le garçon, exultant.

Il se retourne vers Sahrâ dont le sourire chavire.

— Maman, crie-t-il en l'attirant à lui.

Kindia et ses jumelles éclatent de rire. Pompeius est resté en retrait, Kristianus serré contre lui. Sandre les a rejoints. Silencieux, les trois garçons observent la scène.

Au diable vauvert
Collection Les Poches du Diable

TRISTANE BANON
Le Bal des hypocrites, récit
PIERRE BORDAGE
Le Jour où la guerre s'arrêta, roman
POPPY Z. BRITE
Alcool, roman
La Belle Rouge, roman
OCTAVIA BUTLER
La Parabole du semeur, roman
La Parabole des talents, roman
DOUGLAS COUPLAND
La pire. Personne. Au monde., roman
Joueur 1, roman
GIL GRAFF
Personne ne parlera de nous lorsque nous serons morts, roman
GRÉGOIRE HERVIER
Dark Was the Night, novella
ANTOINE JAQUIER
Simili-love, roman
VINCENT RAVALEC
Sainte-Croix-les-Vaches, roman
Le Retour d'Horace, roman
JEHAN-RICTUS
Les Soliloques du pauvre, roman
RÉGIS DE SÀ MOREIRA
Mari et femme, roman
MINNA SIF
Méchamment Berbère, roman

Imprimé en France par CPI
en mars 2021

Composition :
L'atelier des glyphes

Nous imprimons nos ouvrages sur du papier issu
de forêts gérées durablement, de sources contrôlées
et avec des encres végétales.

Certifié PEFC

Ce produit est issu
de forêts gérées
durablement et de
sources
contrôlées.

PEFC™
10-31-3068

pefc-france.org

Dépôt légal : mars 2021
N° d'impression : 162876